KB081832

"사랑이 결코 무게로 느껴지지 않기를,
세상에서 가장 편하고 마음 놓이는 곳이기를…"

박완서

사랑을 무게로 안 느끼게

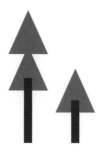

사랑을 안 느끼게
무게로

박완서 에세이

세계사

출간을 기념하며

독자들에게 많은 사랑을 받던 「꼴찌에게 보내는 갈채」를 비롯해 제목부터가 정겹고 다정한 46편의 글들은 지금 다시 읽어 보아도 불후의 명작이 아닐 수 없다.

자연과 사물과 인간에 대한 애정, 사회에 대한 솔직하고 예리한 통찰은 공감을 불러일으키며 삶에 대한 겸손과 용기를 가르쳐 준다. 때로는 눈물겹고 때로는 미소를 떠올리게 하는 유익하고도 재미있는 글의 힘! 긴 시간을 거슬러 다시 펴내는 이 희망의 이야기들이 더 많이 읽힐 수 있길 기도한다.

작가는 우리 곁에 없지만, 변함없이 마음을 덥혀 주는 그의 진솔한 문장을 통해 우리는 다시 따뜻하고 행복한 사람이 되는 꿈을 꾼다. 시골집 장독대에 핀 고운 백일홍 한 송이처럼 노을 진 들녘에서 엄마를 기다리는 아이처럼 소박하고 순수한 눈빛으로 착해지는 꿈을. 그래서 살기 좋은 세상이 되는 꿈을.

지금도 "선생님!" 하고 부르면 어디선가 반달 미소를 띠고 나타날 것만 같은 박완서, 우리의 작가, 이야기 천사님. "다시 다시 고맙습니다"라는 인사를 건네고 싶다.

이해인(수녀, 시인)

책머리에

내 전집을 내준 '세계사'로부터 『꼴찌에게 보내는 갈채』를 다시 내고 싶다는 제안을 받고 문득 이 명이 긴 책이 처음 태어났을 때의 모습이 보고 싶어졌다. 책꽂이 맨 꼭대기 천장 밑에 책 제목이 안 보이게 뉘어서 쌓아 놓은 헌 책들 사이에서 찾아낸 초판본은 몹시 낡아 있었고 너덜너덜한 표지를 들치니 "원태 간직하거라. 엄마가"라고 쓴 나의 필적이 나왔다. 가슴이 철렁 무겁게 내려앉았다. 원태는 내 죽은 아들이다. 초판본이 나온 날짜가 1977년 4월로 돼 있다. 열다섯 홍안 소년 아들에게 자기가 쓴 책을 선물하면서 에미는 수줍어했을까, 자랑스러워했을까, 잘 생각나지 않는다. 25년이란 긴 세월이다. 그동안 출판사 사정에 의해 판권이 딴 데 넘어간 적도 있고, 시대에 맞게 새롭게 단장하느라 표지나 판형을 바꾸면서 책의 부피도 늘리려고 원고를 대폭 보탠 적도 있다. 그러나 초판본 때의 내용은 지금 읽어 보면 우리가 그렇게 살았던 적

6

도 있었던가 잘 믿어지지 않는 것들도 이 책의 중요한 골격이라고 생각해서 늘 그대로 유지해 왔다. 그 대신 글 말미에는 꼭 그 글을 쓴 연대를 표기하기로 했다. 소설도 아닌, 산문이 그것도 매우 시사성이 강한 토막글들이 25년 동안이나 한 번도 절판됨이 없이 꾸준히 젊은 독자들과 만나 왔다는 걸 과분한 복으로 알고 늘 고맙게 여기고 있지만 내가 증언한 세월들이 요새 젊은이들에게는 지나간 시대의 풍속사쯤으로 읽힐 생각을 하니 내 나이가 새삼 무안해진다.

이제 세월 속에 묻혀 버려도 여한이 없는 책을 다시 불러내 새롭게 단장하느라 수고해 주신 세계사 여러분 감사합니다.

2002년 3월
박완서

차례

1   눈에 안 보일 뿐 있기는 있는 것

2 꿀찌에게 보내는 갈채

3   사랑을 무게로 안 느끼게

"차오를 때까지 기다렸다는 게
지금까지 오래 글을 쓸 수 있게 하는 거 같아요.
경험이 누적돼서 그것이 속에서 웅성거려야 해요."

"기차 타고 서울에 오고 중일전쟁, 2차 대전,
가난, 쌀 배급, 해방, 6.25. 나를 스쳐 간
문화의 부피를 생각할 때 500년은 된 것 같아요.
우리 할머니에 비하면 엄청난 체험 부피가
자꾸 울궈먹고 싶게 하거든요."

눈에 안 보일 뿐

있기는 있는 것

님은 가시고 김치만 남았네

미출간 원고

나는 음식을 안 가리는 편이다. 소고기 닭고기 돼지고기 다 잘 먹지만 생선이나 고기 없이 김치하고 나물만 있어도 만족스러운 식사를 할 수가 있다. 한마디로 아무거나 잘 먹는 잡식동물이다. 외국여행을 할 때 며칠에 한 번이라도 꼭 한식당에 들러야지 그렇지 않으면 못 견디어 하는 사람을 더러 본 적이 있는데 얼마나 불편할까, 속으로 동정할 정도로 나는 그 나라 음식을 먹어 보는 것도 관광 못지않은 새로운 경험으로 즐겨 왔다.

십여 년 전 버스로 네팔의 오지를 돌아다닐 때였는데 재래시장 뒷골목에 있는 허름한 음식점에서 점심을 먹게 되었다. 안내하는 사람이 우리 일행의 비위에 맞을 거라면서 시킨 식사는 카레라이스 비슷한 거였다. 닭고기가 많이 들어 있는 카레와 밥이 나왔다. 아무거나 안 가리고 잘 먹는다고 했지만 역시 밥이 빵보다 반가웠다. 그러나 젓갈도 숟갈도 없이 카레라이스만 나와서 알아보니 손으

21

로 먹으라는 거였다. 다들 난감해했지만 나는 그들이 가르쳐 주는 대로 곧잘 따라 했다. 카레에다가 밥을 버무려 오른손의 엄지와 검지와 가운뎃손가락으로 먹기 좋게 꼭꼭 뭉쳐서 입에 넣었다.

유명한 여행가 한비야 씨가 지금보다 덜 바빴을 때, 같이 중국 운남성의 오지를 여행한 적이 있다. 리장(麗江)이란 데서 택시를 탔는데 운전기사 인상이 좋았다. 한비야 씨는 그때 중국어를 배우는 중이었는데도 기사하고 활발하게 대화를 주고받았다. 맛있는 음식점이 어디냐고 물어보다가 기사네서 가정 음식을 먹어 보고 싶다는 데까지 친밀감이 발전해서 드디어 운전기사네 집까지 가게 되었다. 가족이 총동원해서 닭까지 잡아 진수성찬을 차려 주었다. 내가 중국에서 먹어 본 음식 중 가장 맛있는 음식이었다. 식탁이 놓인 부엌 바닥은 울퉁불퉁한 흙바닥에 옛날 우리 시골집 수챗구멍같이 생긴 하수구가 그대로 노출돼 있어서 비위가 상할 법도 한데 모든 음식이 그저 맛있기만 했다.

좋게 말하면 소탈하고 솔직히 말하면 무국적에다 무신경한 나의 식성에 변화가 온 것을 느낀 것은 최근의 일이다. 지난달 유럽 쪽을 이 주일가량 여행하고 돌아왔는데 다들 잘사는 나라에서 중급 이상의 호텔에 묵고 이름

난 식당도 찾아가 보고 간간이 현지의 한식당도 들렀건만 배는 고픈데 도무지 식욕이 나지 않았다. 짠지라도 한쪽 먹으면 비위가 가라앉으려나 싶게 속이 느글느글했다. 집에서도 별로 집착해 본 적이 없는, 어려서 먹던 토속적인 음식이 그리웠다. 나는 드러내 놓고 말은 못 하면서도 속으로 아아, 이게 나잇값이구나 싶었다.

　서양 음식 때문에 상한 비위는 내 집의 평범한 집밥만 먹으면 금방 가라앉을 줄 알았는데 그렇지가 않았다. 여행에서 돌아오는 날 딸들이 내가 좋아하는 우거지된장국과 열무김치, 나물 몇 가지를 해 놓고 나를 기다려 주었건만 그것도 그렇게 반갑지가 않았다. 느글느글하게 들뜬 것 같은 비위가 좀처럼 가라앉지 않아 궁리 끝에 가까운 냉면집으로 비빔냉면을 먹으러 갔다. 시뻘겋고 맛이 진한 비빔냉면을 먹으면 비위가 가라앉을 것 같았다. 비빔냉면은 결코 내가 평소에 좋아하던 음식이 아니다. 그러나 왜 그렇게 맵고 진한 게 먹고 싶은지 다음 날은 집에서 나물에다가 고추장을 넣고 시뻘겋게 한 대접을 비볐다. 외식할 때 어쩌다 비빔밥을 시켜 먹는 경우가 있어도 고추장은 넣는 둥 마는 둥 싱겁게 비비는 내 평소의 식성에 반한 짓이었다. 그래도 한번 덧난 비위는 가라앉지 않았다.

　마침 그때 원주 토지 문화관에서 택배로 김장 김치를

부쳐 왔다. 박경리 선생님이 작년에 담아 산에 묻어 놓은 김장독을 헐었다고, 문화관 직원이 생전의 선생님이 하시던 대로 나에게도 나눠 준 것이었다. 나는 허둥거리며 그 김장 김치를 썰지도 않고 쭉 찢어서 밥에 얹어 아귀아귀 먹었다. 들뜬 비위가 다소 가라앉으면서 선생님 그리는 마음이 새삼스럽게 절절해졌다.

선생님은 평소 나들이를 좋아하지 않으셔서 원주 쪽에 칩거해 사시면서 고향인 통영에 가 보신 것도 최근 몇 년 사이의 일로 알고 있다. 이십 대에 떠난 통영을 몇십 년 만에 들르시게 되면서 통영 사람들의 선생님 공경도 극진해져서 젓갈이나 싱싱한 해산물 등 그쪽 특산물을 부쳐 오는 일도 자주 있는 것 같았다. 그런 것들을 나에게도 나누어 주시면서 그쪽 음식에 대한 자랑을 침이 마르게 하실 적이 있었다. 그럴 때의 선생님은 꼭 어린애 같으셨다. 옆에서 듣는 나는 저건 음식 자랑이 아니라 고향 자랑이로구나 느끼곤 했다. 한번은 이런 내 마음속을 들여다보신 것처럼 '음식은 개성 음식이 최고지' 하면서 우리 고향도 좀 치켜세우셨다.

내 들뜬 비위가 찾아 헤매는 것은 옛날 맛, 고향의 맛이었던 것이다.

나의 아름다운 이웃

내가 결혼해서 들어간 시댁은 스물다섯 평짜리 한옥이었다. 나는 주변머리 없게도 그 집에서 자그마치 27년 동안을 눌러살았다.

나도 그동안 쭉 시어머님을 모시고 살았지만 그 동네엔 유난히 노인들이 많이 사셨다. 집집마다 노인네가 안 계신 집이 없었다. 시할머니·시어머니·친정어머니까지 세 분의 노인을 모시고 사는 집도 있었다. 그분들이 다 우리 시어머님의 친구 되시는 분들이었다.

시어머님은 내가 새며느리 적부터 나를 '아가'라고 부르시던 걸 내 딸이 시집가서 첫애를 낳을 때까지도 여전히 '아가'였다. 동네 노인들은 나를 '새댁'이라고 불렀다. 27년 동안, 그 사이 외손자까지 생겨 할머니라고 부르건 말건 나는 '아가'요 '새댁'이었다.

내가 '만년 아가' '만년 새댁'인 게 얼마나 희귀한 축복이었던가를 안 건 지금 있는 아파트로 이사를 오고 나서였다.

실상 나는 벌써부터 아파트로 이사를 하고 싶었다. 구닥다리 한옥의 구식 부엌과 마당에 있는 수돗가, 빨래터는 넌더리가 났다. 나도 문화생활이라는 걸 하고 싶었다. 그러나 시어머님께 아파트라면 질색이셨다. 그분의 반대엔 이유가 없었다.

"나 죽거든 가렴."

이 한마디로 담벼락처럼 버티시는데 당해 낼 재간이 없었다. 27년 동안 나에게 고된 시집살이를 시킨 것은 시어머님뿐 아니라 그 한옥의 불편도 함께였다.

시어머님이 노환으로 별세하시고 탈상을 하자, 곧 나는 남편과 아이들을 설득해서 아파트로 이사할 준비를 했다. 한옥을 싼값으로 팔고 터무니없이 비싼 아파트를 사 놓고 도배도 하고 수리도 할 겸 드나들 때였다. 동경하던 아파트였지만 막상 이사를 하려고 살펴보니 쉬 정이 들까 싶지가 않았다. 이웃의 대부분이 이십 대나 삼십 대 초반의 젊은 주부들이었는데 모두 거만하고 쌀쌀해 보였다. 집 수리하러 드나드는 이웃을 보고도 아는 체도 안 하고 싹싹 지나다녔다.

전에 살던 동네에선 이사하는 일이 드물어서 그런지, 누구네 집이 팔렸다 하면 섭섭해서 한동안 이웃끼리의 화

26

제가 됐고, 새로 올 사람에 대해서도 억측이 구구했다. 새로 이사 온 지 사흘만 되면 그 집 주인의 직업은 물론, 부엌의 숟가락 수, 한 달에 연탄을 몇 개 때는 것까지가 신기한 소문이 되어 동네에 파다했다. 나는 한옥의 불편함과 함께 이웃 간의 그런 비밀 없음을 얼마나 싫어하고 경멸했던가. 그러나 낯선 동네의 낯선 사람들의 무관심에 담박 주눅이 든 나는 이사도 오기 전에 벌써 구식 동네의 그런 촌스러운 풍습과의 결별이 아쉽게 여겨졌다. 내가 이 새로운 아파트 동네에 정이 들 것 같지 않은 까닭은 이웃의 무관심 말고 또 있었다.

엘리베이터를 탔을 때였다. 젊은 엄마와 예쁜 아기가 같이 탔길래 나는 우선 아기에게 아부하기 위해 부드럽게 웃으며 말했다.

"아이고 예쁘기도 해라. 아가야 몇 살이지? 호호호……."

아이는 힐끔 쳐다만 보고 대답을 안 했다. 젊은 엄마가 슬그머니 아기를 나무랐다.

"세 살, 세 살이라고 말씀드려야지. 할머니가 물어보시는데."

새댁에서 별안간 '할머니'로 격상(格上)된 충격은 매우 고약했다. 가슴이 울렁이고 팔다리에 힘이 빠졌다. 그리고 젊은 여자들만 사는 동네에 담박 정이 떨어졌다. '새댁'에서 아직 '아주머니'도 안 거쳤는데 '할머니'라니 말도 안돼. 젊은 것들이란 뭘 제대로 볼 줄도 모르고 말버릇도 엉망이거든. 이렇게 속으로 분개했지만 할머니 신세를 면할 뾰족한 수는 없었다.

이사 오는 날이었다. 옆집에 산다는 여자가 인사를 왔다. 나는 반갑고 한편 놀라웠다. 아파트에도 이웃이란 관념이 남아 있다는 게 반가웠고 그 여자의 미모가 놀라웠다. 중학교 다니는 자녀가 있는 그 여자의 미모는 싱싱하달 순 없었지만 남유달리 착하고 밝은 표정 때문에 눈부시게 느껴졌다. 나는 그런 여자가 내 이웃이라는 게 예기치 않은 행운처럼 즐거웠다.

처음 해 보는 아파트 생활이라 공연히 불안하다가도 벽 하나 사이로 그 여자가 이웃해 있다고 생각하면 슬며시 마음이 놓였다. 가끔 그 여자의 어린 딸이 치는 서투른 피아노 소리가 들리는 것도 즐거웠고, 큰 아이들이 큰 목소리로 씩씩하게 싸우는 소리가 들리는 것도 싫지 않았다. 요컨대 절대적인 단절을 보장해 주리라고 알았던 두터운 콘크리트 벽이 인기척을 전해 주는 게 반가웠던 것이다. 나는 그 여자와 특별히 친하게 지내지는 않았지만 이웃을 잘 만났다고 생각했고, 그 집 아이들을 보면 남다른 정을 느꼈다.

　언젠가는 길에서 그 여자를 만났는데 몸이 안 좋아 병원에 갔다 오는 길이라고 했다. 그러고 보니 많이 수척해진 것 같았지만 얼굴엔 여전히 그 착하고 밝은 미소가 가득했다. 그 후 달포쯤 지나서 반상회 날이었다. 그 여자가 위암으로 수술을 받았다는 소식을 들었다. 그 몸과 마음씨가 함께 고와 보이는 이가 암이라니! 지금까지 살아오면서 무쇠처럼 튼튼한 이가 몹쓸 병마에 붙들리는 것도 적잖이 보아 왔고, 어제 헤어진 이의 부음을 오늘 아침에 듣는 일조차 겪어 봤지만 이렇게까지 마음 아파 보긴 흔한 일이 아니었다. 아무리 인정사정없는 게 병이라지만 그 착하고 밝은 미소를 앗아 가려는 건 참을 수가 없었다. 나는 그날 밤 잠을 잘 못 이루었다.

　제발 그 아름답고 착한 이가 오래 살게 해 주소서. 그날 밤도 그 후에도 나는 그 여자 일이 걱정될 때마다 이렇게 간절하게 빌었다. 그 여자가 퇴원했단 소식을 듣고도 바로 문병을 가지 못했다. 용기가 없었다. 아무리 심성이 밝고 고운 이지만 암과 싸우기 위해선 독하고 험한 얼굴을 하고 있을 것 같았고 그렇게 변한 그 여자를 보는 게 겁이 났다. 차라리 안 보고 아름다운 이로서 길이 기억하고 싶었다. 그러다가 같이 문병 가자는 딴 이웃들의 권고를 받고 비로소 그 여자를 보러 갔다. 그 여자의 병상은 내가 멋대로 상상하고 겁을 낸 것처럼 그렇게 참담한 게 아니었다. 건강할 때보다 많이 수척해 있었지만 건강할 때보다 한층 착하고 밝은 표정이었다. 건강할 때의 그 여자의 밝음이 눈부신 거였다면, 병상의 밝음은 고개가 숙여지는 거였다. 그렇다고 그 여자가 자신의 병명을 모르고 있는 게 아니었다. 그 여자는 화사하게 웃으면서 말했다.

"요샌 우리 큰애가 대학교 갈 때까지만 살게 해 주십사고 열심히 기도하는데 너무 과하게 욕심부리는 거나 아닌지 모르겠네요."

그 집 큰애는 고등학교 1학년이라고 했다. 그런데 과욕(過慾)이라니.

나는 적어도 내 첫손자가 장가드는 것까지는 보고 싶다는 평소의 내 과욕이 부끄러워서 얼굴을 붉혔다. 그리고 문득 암처럼 고약한 게 정말 두려워하는 건, 목숨에 대한 강렬한 집착이 아니라 저런 해맑은 무욕이 아닐까 하는 생각이 들었다. 그러자 희망이 생겼다. 그 여자가 암을 극복하고 살아날 수 있을 것 같은 내 예감이 들어맞으려나 보다. 그 여자는 요새 만날 때마다 좋아지고 있다.

어제는 커단 시장바구니에 과일을 가득 사 가지고 씩씩하게 걸어가는 그 여자와 만나기도 했다. 아직도 창백

했지만 백합처럼 고왔다.

　　그 여자는 알까? 내가 마음으로부터 그 여자의 건강을 빌면서 손자가 결혼하는 걸 볼 때까지 살고 싶은 내 과욕을 줄여서라도 그 여자의 목숨에 보태고 싶어 하는 마음을.

1983년

까만 손톱

변두리로 이사하고 나서 시내 나들이가 점점 더 어려워진다. 될 수 있는 대로 안 나가려 든다. 택시 미터로 왕복 거리를 계산하면 올림픽의 마라톤 코스가 훨씬 넘으니 끔찍한 생각이 든다. 자연히 꼭 나가 봐야 할 일들을 어느 하루로 모아 한꺼번에 치르게 된다.

일전에도 네 가지쯤의 스케줄을 가지고 시내 나들이를 했다. 이럴 때 우리 아이들은 엄마 새끼줄이 또 꼬이겠다고 놀리기도 하고 걱정도 해준다. 빠듯하게 시간 약속을 해 놓고 뛰다 보면 더러 차질도 생기고, 시내 교통편에 따라 아예 약속 하나는 빼먹어야 하는 일도 생기게 마련이다. 그날은 택시도 못 잡아 전철을 타고 시내로 나가다가 문득 손잡이에 매달린 내 손을 보니 손톱이 새까맸다. 다른 한 손을 보아도 마찬가지였다. 가을이 깊어갈 때, 여름에 들인 봉숭아 물이 손톱 끝에 그믐달처럼 애절하게 남아 있다면 또 모를까, 새까만 그믐달이라니.

나는 주먹을 쥐고 안절부절을 못했다. 그날 아침 뿌리가 새로 돋아난 바이올렛을 화분에 옮겨 심으면서 흙을 너무 주무른 게 탈이었다. 꽃삽이 있건만도 몇 개 되지 않는 화분을 손질할 때마다 나는 곧잘 손으로 흙을 주무르길 즐긴다. 어느 때는 밀가루 반죽하듯이 괜히 흙장난을 할 때도 있다. 땅 한 평 있을 리 없는 아파트 베란다의 타일 바닥에서 말이다. 화분이 많은 것도 아니고 특별히 까다롭거나 값비싼 희귀종을 기르는 것도 아니다. 물을 주는 것 외엔 따로 신경을 안 쓰다 보니 까다로운 종류는 대개 죽고, 아무 데서나 잘 자라는 종류들만 남아서 번성을 하고 있다. 번성하는 대로 화분 수를 늘리려 해도 흙이 없으니까 부엽토를 부대로 사다 놓고 길가나 어린이 놀이터에서 조금씩 파 온 모래흙과 적당히 섞어서 내 딴엔 비옥한 흙을 만든다. 그러니까 그날 내 손톱 밑에 낀 건, 결이 곱고 새까만 부엽토였다. 흙을 주무르고 나서 분명히 비누질해 손을 씻었건만도 손톱 밑에 그게 그냥 남아 있는 건 미처 몰랐었다.

어느 책에선가 요절한 전혜린이 손톱 밑이 늘 새까맸었다는 얘기를 읽고 참 멋있었을 거라고 부러워한 적도 있다.

그러나 나는 손톱 밑의 때까지 멋있게 다스릴 줄 아는

멋쟁이가 못 됐다. 그날은 온종일 손톱에만 신경이 쓰여서 뭔 일이 제대로 되질 않았다. 조막손이처럼 온종일 손을 오므리고 다니는 것도 여간 고역이 아니었다. 손 때문에 기가 죽어서 손뿐 아니라 온몸을 오그리고 다녔던 것 같다. 더군다나 오래간만에 만나는 사람이 격의 없이 악수를 청할 때는 오므린 손을 내밀었다가 얼른 빼냈으니 큰 실례가 안 됐을까 모르겠다. 이것저것 급한 일을 대강 치르고 친구들과 점심을 약속한 시간이 되었다. 친구들에게야 진상을 얘기하고 손톱을 좀 폈으면 좋았으련만 내 성품이 워낙 옹졸해서 그러지도 못하고 시간 여유가 생긴 김에 슬쩍 화장실로 갔다. 손을 씻으면서 옷핀으로 하나하나 손톱 밑을 후벼 파니까 조금 나아지긴 했지만 아주 깨끗해지진 않았다.

그 후 원예 책을 보고 안 건데 시중에서 파는 부엽토엔 많은 세균이 들끓으니 바이올렛처럼 저항력이 약한 화초에는 살균을 해서 써야 한다는 것이었다. 그러니 부엽토를 주무른다는 건 손톱의 미관상뿐 아니라 위생적 이유로도 삼가야 할 일이었다. 그러나 나는 여전히 흙 주무르는 일을 즐기고 있다. 글을 쓰다가도 막히면 뜰에 나가 서성이던 단독 주택 살 때의 버릇으로 베란다에 나가서 괜히 화분의 흙을 찔러도 보고, 곁포기를 따내서 새 화분에

심기도 하고, 영양 부족으로 보이는 화분의 흙을 반쯤 덜어내고 부엽토로 채워 주기도 한다.

그런 일들은 손으로 해야 기분이 좋고, 또 손으로 하는 게 화초에 대한 내 나름의 애정 표시라는 묘한 생각을 가지고 있다. 마치 콩나물은 손끝으로 조물락조물락 무쳐야 제맛이 나지 고무장갑 낀 손이나 젓가락 끝으로 무친다는 건 먹는 사람에 대한 애정 없음과 진배없어서 입맛 떨어진다는 편견과도 같다.

이런저런 까닭 없이도 흙을 만지고 싶은 건 거의 인간 본능이 아닐까. 시집간 딸이 아이를 데리고 오면 내가 귀여운 외손자를 위해 해줄 수 있는 가장 좋은 일도 그 녀석을 데리고 나가 마냥 흙장난을 시키는 일이다. 내가 아이를 데리고 나갔다 오면 흙투성이 아이를 목욕시키고 옷을 몽땅 갈아입혀야 하기 때문에 제 에미는 집 안에서 놀길 바라지만 아이와 나는 벌써 이심전심으로 통하는 게 있어 서로 눈을 맞추고는 아파트를 빠져나간다.

집 안에서 아이를 놀리려면 이것저것 만지면 안 된다고 치우고 주의 줘야 할 것도 많지만 단지(團地) 공터에 아이를 데려다 놓으면 전혀 그럴 필요가 없다. 장난감 없이 흙과 돌과 풀만 가지고도 아이는 지루한 줄 모르고 논다. 아이에게 집 안엔 없는 자유가 주어졌기 때문일 게다.

나는 집 밖에서까지 흙장난을 하는 주책을 부리진 않지만 흙장난에 몰두한 아이를 바라보는 게 그렇게 즐거울 수가 없었다. 흙과 자유는 아이를 싱싱하고 생기 있게 한다.

집 안에서 장난감이나 그림책 가지고 놀 때하곤 딴판의 빛나는 생기다. 아이는 곧 신발짝을 여기저기 벗어던지고 맨발로 놀지만 나는 구태여 신발을 신기려 들지 않는다. 아이의 흙 묻은 땅 위에 서 있는 토실토실한 두 다리가 마치 어린 나무처럼 보기 좋아서이다. 어린 나무가 열심히 땅의 정기를 빨아올리듯이 나의 손자도 땅의 굳셈과 정직함과 늠름함을 그 실한 다리로 빨아들이는 것 같아서이다.

흙장난을 아이는 얼마나 좋아하는지 장난감 없이도 심심한 줄을 모를뿐더러 배가 고픈 것도 모른다. 너무 오래 놀면 허기가 질 것 같아 억지로 달래 집으로 데리고 들어오면 아이의 꼴이 말이 아니다. 제 에미는 기겁을 해서 우선 옷을 벗기고 목욕탕으로 데리고 들어간다. 벗어 놓은 아이의 옷에선 흙이 우수수 한 바가지나 떨어진다. 씻고 나온 아이가 얼마나 생기 있어졌는지도, 그 생기가 흙에서 빨아들인 생기라는 것도 아마 저희 에미는 모르리라.

흙장난을 하고 난 아이는 먹기도 잘 먹는다. 왕성하게 먹고 나서 낮잠을 자는 아이를 보면 손톱 밑이 새까맣다.

저희 에미가 그렇게 극성맞게 씻겼건만도 거기까진 미처 눈이 안 미친 모양이다. 눈에 넣어도 아프지 않을 것처럼 귀여운 손자의 짓이라 까만 손톱도 예뻐만 보였지만 저희 에미 눈엔 우글대는 세균덩어리로 보일 것이 뻔해서 얼른 손톱깎이로 아이의 손톱을 깎아주었다. 아이의 손톱은 잘 때 깎아주는 게 가장 안전하다.

　　나와 내 손자가 그렇게 좋아하는 단지 앞 공터에 요새 건축 붐이 일고 있다. 앞으론 어디서 녀석의 발에 흙을 묻혀줄 것인가.

1983년

큰소리를 안 쳐도
억울하지 않을 만큼, 꼭 그만큼만
아이들을 위하고 사랑하리라는 게
내가 지키고자 하는 절도다.
부모의 보살핌이나 사랑이
결코 무게로 그들에게 느껴지지 않기를,
집이, 부모의 슬하가, 세상에서 가장 편하고
마음 놓이는 곳이기를 바랄 뿐이다.

「사랑을 무게로 안 느끼게」

눈에 안 보일 뿐
있기는 있는 것

내 손으로 줄줄이 대학생을 다섯이나 길러냈건만 등록금 때문에 허리가 휜 생각 외에 대학 문화가 어쩌구 논할 자격은 없다. 그 점은 작가 엄마라고 해서 보통 엄마와 별로 다를 게 없다. 대학 문화라고 따로 떼어 내어 그 특징을 왈가왈부할 만한 문화가 따로 있기나 있는 건지도 실은 잘 모르겠다.

70년대엔 등록금 말고도 데모 때문에도 대학생 자식을 둔 부모는 걱정이 그칠 날이 없었다. 거의 해마다 데모 열풍으로 대학이 문을 닫지 않으면 조기 방학을 하던 때였다. 부모도 데모가 날 시기를 짐작하고 있어서 아침마다 자식에게 신신당부를 해서 내보내던 생각이 난다. 데모하지 말라고, 정 안 할 수 없을 때라도 앞장서지 말고 중간쯤에 서라고, 사진 찍히지 말라고, 적당한 시기에 재빨리 도망치라고…… 이런 비열한 당부를 간절하게 하는 에미를 자식이 어떤 눈빛으로 쳐다보았던가도 기억하고 있다.

80년대로 접어들면서 대학생 자식에게 하는 에미의 당부도 무엇을 하지 말라에서 하라로 바뀌었다. 그렇다고 데모하라는 것이 아니고 그저 자나 깨나 공부해라 공부해, 소리가 입에 붙어 있게 되었다. 졸업 정원제 때문에 그 어렵게 들어간 대학에서 내 자식이 졸업장도 못 받고 탈락할지도 모른다는 공포감은 데모를 주동하거나 앞장설지도 모른다는 공포감 못지않게 끔찍한 것이었다.

이렇게 가위눌리듯이 각종 두려움에 짓눌리다 보니 그저 어서어서 내 자식이 대학을 무사히 졸업했으면 하는 것 외엔 딴 바람도 없었고 그런 상황에서 싹트고 꽃필 수 있는 낭만이나 문화가 있으리라고 생각해 본 적도 없었다.

그런데도 감히 '작가가 본 대학 문화'라는 거창한 제목의 원고 청탁을 받아 놓게 된 것은 순전히 노란 장미 때문이었다. 전화로 원고 청탁을 받았을 때만 해도 망설일 것도 없이 못 하겠다고 딱 잡아떼었다. 예·아니요를 분명하게 해야 하는 건 사회생활의 모든 분야에서 꼭 지켜야 할 도리지만 특히 원고 청탁을 받았을 때는 그 점이 분명해야 한다고 생각하기 때문에 그때도 조금도 뒤를 두지 않고 못 하겠다는 걸 분명히 했음에도 불구하고 두 명의 여대생 기자의 방문을 받았다. 노란 꽃을 한 다발 사 온

걸 딸애가 받아 놓는 걸 얼핏 보면서 나는 여기자와 마주 앉았다. 그들이 가져온 용무에 상관없이 여대생들과 이야기를 주고받는다는 건 즐거운 일이었다. 그들은 전화로 일단 분명하게 거절한 원고 청탁을 또 하기 시작했다. 나는 웃으면서 들었다. 물론 웃으면서 부드럽게 거절할 속셈이었다. 작가에게 쓸 수 없는 원고를 조르는 건 빈털터리에게 돈을 요구하는 것보다 더 어리석은 일이다. 돈은 꾸어서라도 줄 수 있지만 원고란 그런 융통성이 전혀 없기 때문이다. 그러나 달라는 돈을 못 줄 때는 모질고 독하게 굴어야 하지만, 원고는 못 써 줄 때일수록 부드러운 미소를 잃지 말아야 한다는 게 나의 작가적 관록(?)이다.

그때도 그런 부드럽고도 확실한 거절을 준비하고 있는데 딸애가 그 노란 꽃을 화병에 꽂아다가 바로 내 옆 탁자 위에 놓고 갔다. 얼핏 볼 때 국화려니 했었다. 마침 국화 철이었고 크기나 빛깔이 지천으로 흔한 노란 국화와 흡사했다. 그러나 가까이서 보니 장미였다. 국화에선 천하도록 흔해 빠진 노란색이 장미에선 왜 그리도 신기하던지, 나는 나도 모르게 탄성을 질렀다. 뭐라고 말할 수 없이 예쁜 노란색이었다. 빛깔뿐 아니라 꽃봉오리의 모양도 그렇게 섬세할 수가 없었다. 거의 절묘하다고밖에 표현할 길 없는 꽃봉오리가 반쯤 벌어진 듯도 반쯤 오므라진 듯도 싶게 필락 말락했다. 그때가 바로 그 장미의 미와 순수의 절정의 순간이었다. 가만히 다가가니 그 향기 또한 감미롭고도 그윽했다. 나는 순수하게 행복했다.

나는 선뜻 그 원고를 써 주마고 했다. 자신이 대학 문화에 무지하다는 생각보다는 그런 순수한 행복을 가져다 준 이를 차마 빈손으로 돌려보낼 수 없다는 생각이 앞섰다.

그 희귀하게 아름답던 노란 장미는 사흘도 못 가서 시들어 버렸다. 아아, 순수하고 아름다운 것의 박명(薄命)함이여!

그러나 그때 원고를 써 주겠다고 약속한 것을 후회해 봤자 이미 돌이킬 수 없는 일이었다. 나는 장미 몇 송이가 나에게 미친 뇌물 효과에 아연했고 킬킬킬 실소했다. 나 같은 여자가 작가가 됐기 망정이지 고관의 사모님이라도 됐다면 어쩔 뻔했나 실로 아찔한 일이 아닌가.

─미안, 미안, 나에게 그 순수한 기쁨을 준 노란 장미를 뇌물에 비유해서 미안, 미안……

위로 딸들이 대학에 다닐 때만 해도 대학 문화까지는 몰라도 대학가의 풍속에 대해선 뭣 좀 아는 척 못할 것도 없었다. 그들의 미팅 풍속으로부터 군것질 버릇, 지적(知的) 허영심에 이르기까지 손바닥 들여다보듯이 빤하게 알고 있다고 생각했었다. 딸들이란 그만큼 엄마에게 말이 많았고, 때로는 그들의 세계로 엄마를 초대하기도 했다. 딸들이 옷 사는 데 따라가 바가지를 쓰기도 하고, 회원권을 강매당해 난해하고 서투른 연극 구경도 하고, 미팅하고 집 앞까지 바래다주고 가는 바지씨의 뒤통수도 보고하는 사이에 대학가의 일이라면 흔한 말로 빤할 빤 자거니 했었다.

그러나 그 애들이 다 졸업하고 막내아들이 혼자 대학에 다니는 지금은 사정이 많이 달라졌다. "공부해라, 공부해"라는 나의 일방적인 말 외엔 거의 오고 가는 대화가 없다. 도서관에서 늦게 돌아와 쓰러져 자면서 그 애가 하는 소리는 아침에 일찍 깨워 달라는 한마디가 고작이다. 나는 그 애 때문에 아침잠을 설치고 그 애 방에 드나들면서 일어나라는 악을 쓰고 흔들기도 하지만, 그 애는 10분만 더, 5분만 더, 하면서 시간을 끈다. 나는 어떡하든 밥 한 숟갈이라도 먹여 보낼 수 있는 시간적 여유를 두고 아들을 깨우려 들고, 아들은 어떻게든 그 시간이나마 모자라는 잠에 보태려 든다. 겨우 머다먼 등굣길을 지각 안 하고 당도할 수 있는 시간에 맞춰 일어나서 눈부시게 등교 준비를 하고 현관을 나서는 아들의 책가방에 도시락을 쑤셔 넣는 한편 억지로 우유 한 컵이라도 먹여 보내는 게 나의 아침 일과다. 그래도 아침 그동안이 아들과 내가 가장 많이 말을 주고받는 시간이다.

위의 딸애들 때와 달리 자식의 생각이나 고민을 알 만한 대화의 시간을 좀처럼 가질 수 없음은 그 애가 딸보다 말수가 적은 아들인 때문임도 있으리라. 그러나 보다 많이는 그 애가 졸업 정원제가 처음으로 시작된 해에 입학한 대학 3학년생인 때문일 것 같다. 졸업 정원제에 묶인 세대들에게 공부 말고 딴생각이 있을 것 같지 않고 딴생각이나 취미에 빠져도 큰일이다. 가끔 전자오락실에 가서 스트레스를 푼다고 해도 그 역시 점수 따기인 것을. 그래서 졸업 정원제 실시 후의 대학가에서 문화라고 부를 수 있는 것을 찾는다는 건 콘크리트 바닥에서 식물이 자라는 걸 바라는 것처럼 가망 없는 일이라고 여겨 왔다.

지난여름 어느 날, 민방공 훈련이 밤에 실시된 적이 있었다. 밤의 민방공 훈련은 등화관제이기 때문에 낮보다 좀 더 고통스럽고 고통스러우니만치 누구나 참여 의식을 갖지 않으면 안 된다. 특히 고층 아파트에선 엘리베이터 문제가 있어 식구들이 그 시간 이전에 집에 다 들어와 있어야 안심이 된다. 아침부터 잔소리를 해서 아들도 일찌거니 들어와서 저녁을 먹고 대기하고 있었다. 드디어 공습 경보 사이렌이 울리자 집 안의 불을 일제히 _끄고 조그_

만 트랜지스터 라디오에 귀를 기울였다. 그러나 워낙 거대한 아파트군이라 등화관제는 완벽하다곤 볼 수 없었다. 여기저기 창에서 불빛이 새어 나오는지 민방위 대원들의 고함 소리가 들렸다. 창으로 내다보고 있는 우리 눈에도 신경질이 나게 불빛은 여기저기서 끊임없이 명멸했다. 별안간 일시에 명멸했던 불빛이 싹 없어져 버리고 거대한 아파트군이 칠흑의 어둠에 잠겼다. 등화관제가 완전치 못하자 숫제 전원을 끊어 버린 모양이다. 실지로 적기가 내습해도 전원을 끊어 버릴 수 있는 것을, 왜 사전에 훈련을 하는 걸까? 이런 의문조차 용납되지 않을 만큼 어둠은 짙고 완벽했다.

어둠은 탄(炭)가루처럼 호흡을 압박하고 스며들어 깊이 모를 절망을 만들었다.

그때였다. 아들이 노래를 부르기 시작했다. 창(唱)이었다. 창의 발성은 수련 과정에서 목이 쉬고 피를 토한 후에 다시 터져 나오는 탁한 듯하면서도 성량이 크고 변화무쌍한 거라고 하니 아들의 노래를 창이라고 말하는 것조차 웃기는 얘기가 될지도 모른다. 그러나 장단은 분명히 창의 장단이었고 어디서 둥둥둥 북소리 반주가 들리는 듯한 착각마저 일으킬 만큼 그럴듯했다.

실낱만 한 빛도 없는 완벽한 칠흑 속에서 듣는 아들의

창은 구슬프고도 흥겨웠다. 언제 어디서 저런 것을 배웠을까? 그때의 특이한 분위기 때문일까? 그것은 배운 솜씨라기보다는 저절로 우러난 솜씨처럼 진솔했고 감동스러웠다.

대학 문화란 것은 그런 게 아닐까. 앞에 안 보인다고 해서 없는 것은 아닐 것이다.

대학 시절이란 일생 중 가장 생명력이 아름답고 눈부시고 왕성한 시기임을 생각할 때 콘크리트에서 싹을 트게 하지 못할 것도 없으리라.

1983년

언덕방은 내 방

나는 음식을 가린다든가 잠자리가 바뀌면 잠을 못 잔
다든가 하는 까다로운 성질이 아니다. 여행을 다니는 데
는 적합한 체질이나 어디 가서 친구나 친척 집에 묵는 일
은 적극 피하고 있다. 심지어는 딸네 집에서도 여간해서
는 자는 일이 없어서 유난하다는 별명도 듣고 섭섭하다는
말을 듣기도 한다. 직업적으로 손님을 접대하는 여관이나
호텔은 좀 불친절해도 잘 참는 편인데도 친척이나 자식이
나를 위해 이것저것 신경을 써 준다고 생각하면 도무지
편안치가 못해서 될 수 있으면 안 하고 싶다. 자주 전화
연락을 하던 지방에 사는 친지한테도 막상 그 고장에 볼
일이 생겨 갔을 때는 연락을 안 하고 여관에 묵고 살짝 돌
아온다. 혹시나 재워 줄 의무를 느끼거나 식사라도 한 끼
대접하고 싶어 할까 봐 그렇게 하는데도 나중에 알면 섭
섭해하고 차가운 사람 취급을 당하기도 한다. 누구를 위
해서라기보다는 나 편하자고 그러는 것이니까 욕을 먹어

도 할 말은 없다. 천성적으로 누가 나한테 너무 잘해 주려고 하면 나는 그게 가시방석처럼 불편한 걸 어쩌랴.

자연히 내 집이 제일이다. 자주 여행을 다니는 것도 내 집에 돌아올 때의 감격을 위해서일지도 모르겠다. 집은 편안한 만큼 헌 옷처럼 시들하기가 십상인데 그 헌 옷을 새 옷으로 만드는 데는 여행이 그만이다. 그러나 때로는 집도 낯설고 불편할 때가 있다. 난방이 잘된 집에서 배불리 먹고 편안히 빈둥댔음에도 불구하고 괜히 춥고, 배고프고, 고단하고, 집에 붙어 있음으로 생기는 온갖 인간관계까지가 헛되고 헛되어 견딜 수가 없을 때 꿈꾸는 여행은 구태여 경치가 좋거나 처음 가 보는 고장일 필요는 없을 것이다. 그럴 때 표표히 돌아갈 수 있는 고향이 있는 사람은 복되다.

나에게 부산에 있는 베네딕도 수녀원은 고향과 같은 곳이다. 마음이 시리고 헛헛할 때, 남의 눈이 아니라 내 눈에 내가 불쌍해 보일 때, 수녀원의 언덕방이나 그 뒷산의 바다가 보이는 의자 생각만 해도 크나큰 위로가 된다. 이 일만 끝마치면 거기 가서 쉬리라 마음먹는 것만으로도 도무지 내키지 않던 일에 새로운 신명이 나기도 한다.

수녀원의 언덕방과 인연을 맺은 지도 어언 6년이 된다. 내 생애에서 가장 고통스러웠던 1988년 가을이었으니까. 나는 그때 나만 당하는 고통이 억울해서도 미칠 것 같았지만 남들이 나를 동정하고 잘해 주려고 애쓰는 것도 견딜 수가 없었다. 남들은 물론 자식들까지 나를 건드리지 않으려고 신경 쓰며 위해만 주는 게 내가 마치 고약한 부스럼딱지라도 된 것처럼 비참했다. 그렇다고 안위해 주고 평상시처럼 대해 주었더라도 야속했을 것이다. 요컨대 나는 무슨 벼슬이라도 한 것처럼 내 불행으로 횡포를 부리고 있었다. 마침 그때 이해인 수녀님으로부터 수녀원에 편히 쉴 만한 방이 있으니 언제라도 오라는 고마운 말씀을 들었다. 아마 수녀님으로서보다는 시인의 직관으로 나의 걷잡을 수 없이 황폐해져 가는 심성을 들여다보고 안됐단 생각이 들었던 것 같다. 그 소리를 듣자마자 그렇게 거기가 가고 싶을 수가 없었다. 몸이 극도로 쇠약해져 있을 때라 딸이 말리는 걸 무릅쓰고 나는 고집을 피워 드디어 언덕방의 손님이 되고 말았다.

나는 지금도 그때 거기가 그렇게 가고 싶었던 게 신의 부르심이었다고 생각한다. 언덕방에 들어가자 곧 살 것 같았던 것은 적당한 무관심 때문이었다. 나는 그때까지 24시간 딸의 정성스러운 보살핌을 받고 있었기 때문에 처음에는 다소 섭섭했지만 그 적당한 무관심이 숨구멍이 돼 주었다. 그렇다고 아주 무관심한 건 아니었다. 심심할 만

하면 다시 말동무를 해 주는 수녀님도 계셨고, 구메구메 간식거리를 챙겨 주시는 수녀님도 계셨고, 식사할 때마다 그렇게 적게 먹어서 어떡하냐고 근심을 해 주는 수녀님도 계셨다. 그러나 그 모든 게 적절할 뿐 지나치는 법이 없었다. 식사는 정결하고 맛있었지만 검소하고 평등했고, 아무도 나를 위해 전복죽이나 잣죽을 쑤어다가 먹으라고 강요하지 않았다. 모든 것이 조금도 과하지 않고 적절했고 오직 수녀님들의 화평한 미소만이 도처에 넉넉했다. 수녀님들의 미소는 내가 있는 걸 다들 좋아하고 있구나 하는 착각까지 들 지경이어서 신세를 지고 있다는 불편한 마음이 들 새가 없었다. 결국 나는 언덕방 손님 노릇을 통해 세 살짜리 같은 응석받이로부터 홀로서기에 성공을 할 수가 있었다.

그 후에도 거의 해마다 수녀원 언덕방의 손님 노릇을 다만 며칠이라도 하고 와야 마음이 개운해지는 버릇이 생겼다. 사람에 따라 다르겠지만 나는 손님을 가장 불편하게 하는 것은 지나친 공경과 관심이라고 생각한다. 너무 잘해 주는 친척 집보다 불친절한 여관방을 차라리 편하게 여기는 것도 그런 까닭이다. 필요한 것이 알맞게 갖춰져 있고 홀로의 시간이 넉넉히 허락된 편안한 내 방이 언제고 나를 기다리고 있다고 생각하는 것만으로도 나는 아릿한 향수와 깊은 평화를 느낀다. 수녀원 뒷산에 사계절은 또 얼마나 좋은지, 자연 그대로인 것 같으면서 세심한 손길이 느껴지고 잘 가꾼 것 같으면서 자연 그대로인 뒷산에 안겨 새소리를 듣고, 다람쥐와 숨바꼭질하고, 철 따라 피고 지는 꽃들을 보는 기쁨과 평화는 주님, 당신은 참 좋으십니다라고, 밖에 표현할 길이 없다. 그 복잡한 부산에 그런 좋은 동산이 있다는 걸 누가 믿을까. 거기 언제나 갈 수 있고 또 가기를 꿈꿀 수 있다는 것만으로도 나는 참 복도 많다 싶다.

1994년

내가 걸어온 길

　나는 지금은 휴전선 이북인 개풍군 청교면의 박적골이라는 시골에서 태어났다. 아래윗말 합쳐도 20호가 채 안 되는 작은 마을이었다. 개성을 중심으로 한 근교 지방의 주거 양식이 다들 그렇듯이 비록 초가이나 사랑채와 안채가 번듯하게 나누어져 있고 너른 뒤란과 앞뜰에선 이른 봄부터 늦가을까지 쉬지 않고 꽃들이 피었다 지곤 했다.

　세 살 때 돌아가신 아버지에 대한 기억은 조금도 없다. 조부모님을 비롯해서 여러 숙부, 숙모, 사촌들이 한솥밥을 먹는 대가족 사이에서 귀염도 넉넉하게 받았으므로 별로 아버지가 그리워 청승을 떨거나 하지도 않고 태평스럽고 구김살 없는 유년기를 보냈다. 이 나른하고 닫힌 세계로부터 스스로 돌파구를 꿈꾸기에는 아직 아직 먼 겨우 여덟 살 적에 나는 순전히 타의에 의해 그 고장을 상실하지 않으면 안 되었다.

　아버지의 사인은 맹장염이라고도 하고 탈장이라고도

했지만 그건 나중에 해 본 현대의학적인 추측이고, 급작스러운 심한 복통을 무당과 한약, 침 등으로 다스리려다 안 돼서 달구지에 싣고 이십 리 밖 개성까지 왔을 때는 이미 복막염이 손쓸 수 없는 지경에까지 이른 후였다고 한다. 이렇게 어처구니없이 과부가 된 어머니는 자식만은 몽매한 시골에서 빼내 대처에서 길러야겠다는 한 서린 결심을 한 모양이었다.

당시 대가족의 종부(宗婦)로서 감히 엄두도 낼 수 없는 일을 저지르셨다. 먼저 오빠를 데리고 무작정 상경한 어머니는 어느 날 나까지 데리러 와 집안 어른들을 놀라게 했다. 어머니는 할머니가 공들여 빗겨 준 내 종종머리를 싹둑 잘라내고 뒤통수를 허옇게 밀어붙이는 단발머리로 만들어 놓았다. 해괴한 머리 모양에 울상이 된 나를 어머니는 서울 아이들은 다 그런 머리를 하고 있다고 윽박질렀다. 그 머리로 사랑에 들어가 할아버지한테 하직 인사를 올리니 할아버지는 "허어, 해괴한지고. 뒤통수에도 또 얼굴이 달리다니" 큰소리로 일갈하시고 나서 50전짜리 은화를 한 닢 던져 주셨다. 은화가 데구르르 구르는 소리와 할아버지의 일갈은 최초로 모욕당한 기억으로 내 자존심에서 오래도록 지워지지 않았다.

상경하기 위해 거쳐야 하는 개성까지의 이십 리 길

은 어린 나에게는 힘겨웠다. 고개를 넷이나 넘어야 하는데 마지막 고개가 농바위고개였다. 허위허위 농바위고개 정상에 오르니 발아래 은빛으로 빛나는 정갈한 도시가 펼쳐졌다. 나는 숨도 크게 못 쉬고 그 정돈된 도시에 무작정 이끌렸다.

"저기가 바로 송도(松都)란다. 그렇지만 서울에다 대면 아무것도 아니지."

당신이 마치 서울의 주인인 양 어머니는 자랑스럽게 말했다. 그러나 생전 처음 보는 대처에 대한 나의 친화감은 오래가지 않았다. 어떤 네모난 건물이 사방으로 내쏘는 주황빛 빛살이 어찌나 무섭던지 나는 어머니 치마꼬리에 얼굴을 파묻으며 매달렸다. 어머니는 그건 유리창이 햇빛을 되쏜 거라면서 서울에서는 집집마다 봉창이 그런 유리로 되어 있다고 했다. 이렇게 내가 처음 만난 도시 문명은 고혹적이면서도 어딘지 날카롭고도 흉흉한 적의를 내포하고 있었다.

어머니는 당시의 서울에선 한참 변두리인 서대문 밖 현저동 꼭대기 빈촌의 사글셋방에서 바느질품을 팔고 있었다. 그런 극빈한 처지에 꿈도 크지, 어쩌자고 딸자식을 소학교부터 서울에서 시킬 엄두를 내셨는지. 어머니의 교육열은 이에 그치지 않고 당시로서는 희귀한 학군 위반까지 서슴지 않았다. 소학교도 시험 봐서 들어갈 때였지만 시험 칠 수 있는 학교는 거주지 근방으로 제한돼 있었다. 빈촌 학군에 속한 학교가 마음에 들지 않은 어머니는 나의 기류계를 사직동에 사는 친척 집으로 미리 옮겨 놓고 매동국민학교에 시험을 치르도록 했다.

시험 칠 때도 그랬지만 붙은 후에도 어머니는 시골뜨기인 내가 집을 잃어버렸을 때 기억해야 할 정말 주소와 학교에서 선생님이 물어보았을 때 대답해야 할 사직동의 가짜 주소를 행여나 헷갈릴까 봐 반복해서 연습을 시켰고, 느닷없이 물어보기도 해 더욱 나를 헷갈리게 만들었다. 선생님이 실제로 그런 걸 물어보는 일은 없었건만 마치 굉장한 범법처럼 그 일을 저지른 어머니는 거기 지나치게 신경을 썼고, 나 또한 그 일에 우울하게 짓눌려 지냈다. 두 개의 주소의 헷갈림보다도 그때까지 받아온 정직을 으뜸으로 삼던 가정교육과 내가 해야 할 거짓말과의 헷갈림이 여간 기분 나쁘지 않았다. 갑자기 눈뜬, 사람 사는 형편엔 수많은 층수가 있고 나는 그 최하층에 속한다는 자각도 기분 나쁘기는 마찬가지였다.

어떻든 어머니의 몇십 년을 앞지른 유별난 교육열 덕택에 나는 계속해서 좋은 학교에서 교육을 받을 수가 있었고, 나보다 나이 차가 많은 오빠는 어머니를 도와 일찍

이 자수성가를 이룩해 빈촌을 면하고 중산층의 반열에 끼게 되었을 뿐 아니라 결혼해서는 내리 아들 손자만 안겨드렸으니 어머니는 그럴 것이 없었다. 오빠가 세상을 변화시킬 꿈을 꾸고 있는 줄은 아무도 몰랐다. 내가 서울대국문과에 합격하고 나서 얼마 안 있다 6·25가 났고 오빠가 마치 바라던 세상을 맞은 양 활기에 넘친 것도 잠시, 곧 갈팡거리기 시작했고 먼저 정신적으로 허물어지고 나서 결국은 죽음으로 이념의 갈등을 마감했다. 나는 학업을 단념하고 생활전선에 나섰다가 좋은 사람 만나 결혼하고 아이도 오 남매나 낳고 내가 생각하기에나 남들 보기에나 팔자 좋다고 일컬어질 만큼 평탄하게 살았다. 그러나 내 속에선 항상 6·25의 상처가 욱신거리고 있었다.

40세란 좀 늦은 나이에 시작한 소설 쓰기도 6·25의 악몽을 배설해 내려는 몸부림과 무관하지 않다.《여성동아》를 통해 등단할 당시만 해도 1년에 한두 편쯤의 깔끔한 단편을 문예지에 발표할 수 있는 작가가 되었으면 하는 게 수줍은 소망이었다. 그러나 그 후 독자들의 과분한 사랑에 힘입어 나도 모르게 다작하는 작가가 되고 말았고, 6·25 얘기도 어지간히 울궈먹었다. 그래도 살아 있는 한 6·25세대임을 면할 수는 없다는 걸 이번 걸프전쟁을 통해서도 서글프게 실감했다.

같은 인간이 엄청나게 죽어가는 걸 흥미진진하게 또는 전후의 잇속에 침 흘리며 관전하는 세상인심을 보면서 우리 민족이 죽어가고 우리의 운명이 엉망진창이 될 때도 남들이 저렇게 재미나게 구경했으려니 하니 새삼스럽게 노엽고, 무더기로 살해당하는 게 전자오락 화면 속의 움직이는 영상이 아니라 제각기의 고유하고 소중한 세계를 가진 살아 있는 인간이고 핏줄로 사랑으로 얽히고설킨 가족의 일원이라는 생각이 줄창 눌어붙어 도저히 참을 수 없는 기분이었다.

그러나 6·25세대이기 때문에 오히려 6·25를 주제로 대작을 쓰긴 틀렸다고 여기고 있다. 너무 가까이 눌어붙어 있는 대상의 전모를 본다는 것은 불가능한 일이다. 하긴 6·25 얘기가 아니더라도 나는 대작을 쓸 위인이 못 된다. 요즈음 출간한 내 장편소설 광고에 대하소설이란 문구가 들어가 있는 걸 보고 그 과장됨이 못내 쑥스러웠다. 어디 길다고 대하소설인가. 나는 역사의 장강을 꿰뚫어 보거나 관조할 만한 역량이 모자라고, 다만 그 장강의 한 줄기가 내 개인사를 어떻게 할퀴고 지나갔나를 진술하는 데 급급했다. 앞으로도 그럴 테고, 그런 의미로 나는 철두철미한 소설가일 뿐 대설가가 아니다.

1988년엔 남편과 사별하고 난 지 얼마 안 있어 다시

오 남매 중 외아들을 잃는 참척을 겪었다. 그 애 없는 세상의 무의미함도 견디기 어렵거니와 도대체 내가 뭘 잘못했기에 이런 벌을 받나 하는 회답 없는 죄의식과 부끄러움은 더욱 참혹하다. 남들은 회개도 잘하고 양심선언도 잘하는데 나는 어떻게 생겨 먹은 인간인지 이런 모진 벌을 받으면서도 아직도 뭘 그다지 잘못했는지 알아내지 못하고 있다. 도무지 내 탓이오가 안 된다. 내가 남보다 도덕적으로 살았대서가 아니라 부모가 먼저 죽고 자식이 나중 죽는 것은 평범한 사람 누구나가 누릴 수 있는 순리라고 여겨서이다. 그래서 더욱 내가 당한 남다른 역리가 부끄럽고 사람을 피해 혼자 있어도 하늘 땅이 부끄럽다. 예전부터 나에게 중요한 의미를 지녔던 것들이 그 애를 잃고 나자 하나도 중요하지 않게 된 것도 깨달음이라기보다는 일종의 낯섦이어서 남들과 조화를 이루는 데 불편할 적이 많다.

다행히 남은 자식들이 창의 불빛을 서로 확인할 수 있는 지척에서, 수프가 식지 않을 만한 이웃에서, 이 나라 끝에서, 혹은 지구의 반대 방향에서 돌봐 주고 걱정해 주어 살아 나가는 데 힘이 돼 주고 있다. 나는 자식들과의 이런 멀고 가까운 거리를 좋아하고, 가장 멀리, 우주 밖으로 사라진 자식을 가장 가깝게 느낄 수도 있는 신비 또한 좋아

한다. 무엇보다도 나에게 남겨진 자유가 소중하여 그 안에는 자식들도 들이고 싶지 않다. 내가 한사코 혼자 살고 싶어 하는 걸 보고 외롭지 않느냐고 묻는 이가 있다. 나는 순순히 외롭다고 대답한다. 그게 묻는 이가 기대하는 대답 같아서이다. 그러나 속으로는 '너는 안 외롭냐? 안 외로우면 바보'라는 맹랑한 대답을 하고 있으니, 이 오기를 어찌할 거나.

1991년

나는 내 마지막 몇 달을
철없고 앳된 시절의 감동과 사랑으로
장식하고 싶다. 아름다운 것에
이해관계 없는 순수한 찬탄을 보내고 싶다.
내 둘레에서 소리 없이 일어나는
계절의 변화, 내 창이 허락해 주는
한 조각의 하늘, 한 폭의 저녁놀, 먼 산빛,
이런 것들을 순수한 기쁨으로 바라보며
영혼 깊숙이 새겨 두고 싶다.

「그때가 가을이었으면」

내가 잃은 동산

내가 잃은 고향은 개성에서 이십 리가량 남쪽의 박적골이란 시골이다. 개성에서 우리 마을까지 가려면 고개를 네 개나 넘어야 하는 산골이고 네 고개 중 제일 가파른 고개가 농바위고개고 제일 긴 고개는 긴등고개였다. 긴등고개는 고개라기보다는 산의 능선을 타고 한없이 가야 하는 완만하고 지루한 고개여서 시골 사람들도 밤에 그 고개를 넘는 걸 꺼렸다. 어머니가 대낮에 여우를 만난 것도 그 긴등고개라고 했다. 문득 나타난 누런 짐승을 처음엔 큰 개인 줄 알았다가 여우인 걸 알고 섬뜩했지만 동네 개 보듯이 전혀 동요하는 기색 없이 지나갔노라고 했다. 아무 일 없이 고개를 다 넘고 나서 마을이 보이자 비로소 식은땀으로 등이 축축하더라는 것이었다. 우리 어릴 때의 여우 이야기는 거의 사람 홀리는 이야기였기 때문에 소름이 끼쳤고 무사히 돌아온 엄마가 얼마나 자랑스러웠는지 모른다.

고향을 산골이라고 느낀 것은 도시에 와 보고 나서이
지 어려서는 사람 사는 데는 다 그런 줄 알았다. 우리 마
을뿐 아니라 고개 너머 이웃 마을도 다 산자락에 안겨 있
었다. 우리는 우리 마을을 삼태기처럼 얼싸안고 있는 산
을 그냥 뒷동산이라고 불렀다. 마을마다 뒷동산이 있었으
니까 그건 고유 명사가 아니었다. 고개는 아무리 낮은 고
개도 이름이 있었는데 동산엔 이름이 없었다. 산과 들의
경계는 분명하지 않았다. 호수가 20호가 될까 말까 한 작
은 마을이었는데 아랫말 윗말로 나누어져 있었다. 윗말은
산에 바싹 붙어서 울타리 밖이 바로 산이었다. 우리 집은
아랫말이었는데 산기슭을 따라 반달 모양으로 드문드문
인가가 산재한 윗말보다 지대가 낮고 인가의 배열도 드문
드문하고 불규칙했다. 윗말과 아랫말 사이엔 동산이 치마
폭을 펼치고 앉은 형상으로 경사가 완만한 밭들이 있고
아랫말은 집집마다 논이 바로 마당가까지 들어와 있었다.
그 논은 부채를 활짝 펴 놓은 것처럼 넓은 들이 되지만 부
채의 양쪽 살 노릇을 하는 것은 역시 동산이었다. 부챗살
이 한껏 퍼진 지점에 시냇물이 흐르고 있고 시냇물 건너
로는 더 넓은 들이지만 그 들의 끝은 지평선이 아니라 역
시 능선이 부드러운 동산이었다. 그 동산에 안긴 마을은
우리 마을에서 보이지 않았다. 아마 잘못 탄 가리마처럼

꼬불꼬불한 황토 고개 너머일 것이다. 그렇다고 이웃 마을이 그렇게 먼 것은 아니었다. 앞벌을 향해 점점 넓어지는 산자락도 직선은 아니어서 산모롱이가 있고 그 산모롱이를 돌면 우리 마을보다 더 작은 마을이 나타났다. 뒷동산 너머에도 마을이 있었으니까 고개가 마을과 마을을 잇는 통로라면 동산은 마을과 마을을 구별 짓는 울타리였다.

마을엔 핏줄처럼 도처에 개울이 흘렀다. 어린애도 깡충 뛰어넘을 수 있는 실개천이, 걸레도 빨고 닳아 빠진 놋숟갈로 감자도 한 양푼씩 깎던 개울물이 되기도 하고 장마철엔 폭포수 소리를 내는 여울물이 되기도 했다. 우리 집도 실개천을 끼고 있었다. 뒷간이 텃밭머리에 있었는데 실개천을 건너야 했다. 뛰어넘을 수 있는 넓이였는데도 아이들을 위해서 다리가 있었다. 흙다리였다. 우리 고장엔 흙다리가 많았다. 실개천보다 훨씬 넓은 시냇물에도 흙다리가 놓여 있는 데가 많았다. 기둥목을 두 개 걸쳐 놓고 그 사이를 새끼줄이나 칡뿌리 따위로 엮고 그 위를 진흙으로 싸 바르는 공법이었다고 기억하는데 확실하지는 않다. 흙다리는 황톳길과 다름없어서 외나무다리나 징검다리보다도 안정감이 있었다.

이렇게 풍부한 물이 앞벌에 논물을 넉넉히 대주면서

더 큰 시냇물로 흘러 들어갔지만 논에는 또 군우물이라는 걸 두고 있었다. 군우물은 논 한쪽 귀퉁이에 파 놓은 우물보다는 크고 연못보다는 작은 웅덩이였는데 어린이에게는 깊이를 알 수 없는 충충한 것이었다. 딴 고장에선 본 적이 없으니 우리 고장에만 있는 게 아닌가 싶은데 그 안에 샘이 솟는 건지 흐르는 물을 가둔 건지도 확실하지 않지만 작은 저수지의 구실을 하지 않았나 싶다. 논마다 있는 건 아니어서 겨울이면 허허벌판 여기저기에서 하얗게 얼어붙은 군우물이 동그란 거울처럼 빛나곤 했다. 어른들은 논에서 썰매 타는 아이들한테 군우물엔 숨구멍이 있어서 겨울에도 거기는 단단히 얼지 못하고 살얼음으로 남아 있으니까 위험하다고 논에서 썰매 타는 아이들한테 늘 주의를 주곤 했다. 그러나 겉으로 보기엔 단단히 얼어붙은 것처럼 보여서 거기 살던 수많은 물벌레들은 어떻게 되었을까, 어린 마음에 그게 궁금해지곤 했었다. 윗말 아랫말에 하나씩 있는 우물과는 달리 군우물물은 지저분하고 온갖 물풀들과 물벌레가 살았다. 올챙이가 알에서 깨어 나오는 것도 군우물에서였고 여름의 모기가 들끓는 것도 군우물 때문이었을 것이다. 그 밖에도 물방개, 소금쟁이, 물장군, 장구애비, 물땅땅이 등이 푸르고 느글느글한 물풀 사이를 떠다녔다. 아이들은 곧잘 해진 체나 삼태기를 가지고 개울로 고기를 잡으러 다녔지만 군우물에서는 그런 짓을 안 했다. 군우물에 사는 물고기는 버들치밖에 없었는데 버들치는 크기가 금붕어만 하고 꼬리가 무지갯빛이어서 군우물에 사는 유일한 미인이었지만 못 먹는 물고기였다. 먹을 수 있는 물고기는 주로 흐르는 물에 살았다. 그러나 넓은 벌 한가운데를 흐르는 시냇물이나 더 멀리 저수지로 천렵을 나가는 건 부녀자들이 물 맞으러 가는 것처럼 남자들이 날 정해서 하는 일이고, 아이들이 물장난 겸해서 삼태기나 체로 고기를 잡는 건 개울물에서였다. 가장 흔하게 잡히는 게 보리새우였다. 체로 하나 가득 보리새우를 건져 가도 어른들은 반기지도 야단도 안 치고 저녁에 아욱국 끓이는 데다 들어트리곤 했다. 된장국 속의 보리새우는 새빨간 빛깔로 변신해 국 맛을 구수하고도 달착지근하게 해 주었다. 요새도 입맛 없을 때는 그때의 국 맛을 생각하곤 한다.

그런 고마운 물들이 다 우리 마을을 삼태기 형상으로 둘러싼 산에서 발원하고 있었다. 그러나 내 기억이 잘못됐는지는 몰라도 산에서 계곡물을 본 것 같지는 않다. 그냥 밋밋한 동산이었고 깊은 골짜기도 없었고 암벽도 없었다. 여름에 물을 맞으러 가는 산은 따로 있었는데 그건 우리 마을에서 십 리는 가야 하는 곳으로 정자도 있고 나중에 서울 와서 본 정릉 골짜기처럼 암벽 사이를 흐르는 계곡물도 있었다. 물이 풍부한 마을이었음에도 불구하고 유두날이나 복날 중 하루를 받아 마을 부녀자들이 그 골짜기로 물 맞으러 가는 건 대단한 행락이었다. 치마를 허리띠로 가뜬하게 졸라맨 부녀자들이 머리에다 하나씩 짐을 이고 신나게 수다를 떨면서 허옇게 줄을 서고 아이들이 춤을 추며 그 뒤를 따랐다. 쌀자루나 푸성귀 광주리 말고도 온갖 부엌세간이 다 동원이 되었다. 그중에 무쇠솥도 빼놓을 수 없었다. 양은 냄비 같은 건 모르고 살 때라 밥도 솥에다 지어야 하지만 특히 솥뚜껑은 유용했다. 뚜껑도 됐다가 요샛말로 프라이팬 구실도 할 수 있었기 때문이다. 어른들이 쌀을 씻고 화덕을 만드는 동안 아이들은 산속으로 흩어져 삭정이 나무를 해 왔다. 삭정이에다 청솔가지를 조금 섞는 건 괜찮았지만 나무를 함부로 꺾는 건 금지돼 있었다. 자연 보호니 그런 말은 알지도 못했고 단지 불이 안 붙는다는 이유 때문이었다. 밥도 꿀맛이었지만 밥 먹고 나서 아이들이 발가벗고 물로 뛰어들고 나면 어른들은 남은 불 위에다 솥뚜껑을 젖혀 놓고 부침질을 했다. 물장구치다 나와서 밀가루에다 호박이나 푸추 따위를 썰어 넣고 부친 부침개를 먹는 맛이야말로 물놀이의 절정이었다. 아이들 입치다꺼리하느라 어른들은 번갈아 가며 물을 맞았다. 엄마들은 윗도리만 벗고 베속곳은 입은 채 골짜기에 가서 바위에서 떨어지는 물줄기를 등에 맞았고, 아이들은 아래쪽 낮은 물에서 놀았다. 떨어지는 물이 더 찬지 입술이 새파래져서 나와 불을 쬐기도 했다. 저녁때는 다시 한번 불을 지펴 남은 밀가루로 뜨덕제비를 해 먹고 왔다. 우리 고장에선 수제비를 뜨덕제비라고 한다.

물을 맞을 계곡물이 없는 것만 빼고는 우리 마을 동산엔 없는 게 없었다. 그가 두 팔 벌려 얼싸안은 벌판을 넉넉한 물로 축여 주었을 뿐 아니라 무진장한 땔감과 먹거리와 신선한 바람과 철 따라 아름다운 경치를 보여 주었다. 바위나 돌이 귀한 동산이어서 그러했는지 나무가 울창한데도 바닥도 맨흙을 드러낸 데가 없이 잡초가 무성했고 잡초 사이엔 온갖 풀꽃과 산나물과 버섯이 자랐다. 그래서 산속을 걸으면 겨울에도 쿠션을 밟는 것처럼 탄력이 있었고 봄에는 산이 아기처럼 새근새근 숨 쉬는 것을 닳아빠진 고무신 바닥을 통해 분명히 느낄 수가 있었다. 우리 뒷동산에선 삽주나물이 많이 났다. 삽주는 우리 집안 사람들한테 가장 환영받는 산나물이어서 종댕이가 넘치게 삽주나물을 한 날은 얼마나 자랑스러웠는지 모른다. 여름에 도라지나 무릇을 캐내는 것도 신나는 일이었다. 도라지는 텃밭머리에도 자생했지만 산에서 캐 온 산도라지를 어른들은 귀히 여겼고 도라지나 무릇이 다 소박하고 고운 꽃으로 자신의 존재를 알렸다. 잎이 마늘잎처럼 생겼고 기다란 꽃줄기가 나와 연보라색 자다란 꽃이 밑에서부터 차례로 피는 무릇은 달래보다 큰 그 뿌리를 고아서 먹으면 부드럽고 달콤해서 노인과 아이들이 간식으로 즐겼다. 습하고 그늘진 골짜기에는 잎이 넓고 밥풀 같은 흰 꽃이 조롱조롱 달리는 둥글레가 쫙 깔렸었는데 꽃이 피기 전엔 그 잎도 나물을 해 먹었다. 꽃이 피면 그 감미로운 향기가 눈감고도 그 골짜기를 찾아갈 수 있을 만큼 강렬했다. 나중에 서울에 와서야 그 꽃이 소녀들한테 사랑받는 은방울꽃이라는 걸 알게 되었다.

나무는 소나무, 잣나무, 밤나무, 떡갈나무, 상수리나무, 참나무 등이 주종을 이루었고 돌배나무나 동백나무도 있다는 것은 봄에 꽃 필 때나 드러나곤 했다. 우리 고장에선 이른 봄 진달래꽃 필 무렵과 거의 같은 때 가장귀 끝마다 노란 조밥 같은 꽃이 피는 나무를 동백나무라고 불렀다. 붉디붉은 화려한 꽃이 피는 진짜 동백나무를 본 것은 어른 된 후였다. 우리 마을은 땔감을 산에 의지하고 있었지만 나무를 베서 장작을 만드는 일은 거의 없었다. 밤, 상수리, 도토리 등 우리에게 풍부한 먹거리를 대 주는 나무들은 가을이면 다 잎이 말라 낙엽이 졌다. 가을에 남자들이 산의 낙엽을 긁어다가 갈잎 낟가리를 만드는 일은 여자들의 솜옷 바느질과 함께 빼놓을 수 없는 월동 준비였다. 집집마다 앞마당에 집채만 한 갈잎 낟가리를 서너 동씩 쌓아 놓고 겨울을 났다. 낟가리 속엔 청솔가지도 알맞게 섞여 있어서 불을 땔 때 화력을 돋울 뿐 아니라 좋은 냄새를 냈다. 청솔가지가 탁탁 기분 좋은 소리를 내며 탈 때의 활기찬 불꽃과 향긋한 송진 냄새는 내 향수의 가장 강력한 구심점이다. 낙엽과 청솔가지는 구들을 뜨끈뜨끈하게 데워 줬을 뿐 아니라 좋은 화롯불이 되었다. 밥을 뜸 들이고 나서 붉은빛이 도는 재를 질화로에 퍼 담고 꼭꼭 누르고, 가운데는 둥근 불돌로 재차 눌러놓으면 그 불이 온종일 갔다. 겉으로 보기엔 보얀 재만 있는 것 같은데도 화로 언저리는 언 손을 녹이기에 충분할 만큼 따뜻했고 재 속에 밤이나 새끼 고구마를 파묻고 기다리노라면 이윽고 피식 하는 싱거운 소리를 내며 말랑말랑해졌다는 걸 알려 왔다. 화로 언저리가 썰렁해졌을 무렵에도 할머니가 불돌 밑으로 담뱃대를 들이밀고 깊이 빨아들이면 곧 장수연에 빨갛게 불이 붙었다. 재는 화롯불이 되었을 뿐 아니라 비료도 되었다. 갈잎을 때니까 자연히 많이 때야 하고 재도 많이 생겼기 때문에 아궁이의 재를 자주 쳤다. 그러나 재 한 움큼도 함부로 버리는 게 아니라 뒷간으로 쳐내어 오물을 가리게 했다가 오물과 적당히 섞인 재는 다시 들로 쳐내어 거름으로 삼았다. 구들장 밑에서 오래된 구재는 특히 좋은 거름으로 쳐서 삼포(蔘圃)의 지력을 돋울 때 유용하게 썼다.

그 모든 게 산에서 나는 거였다. 그렇다고 겨울의 땔감을 순전히 산에만 의지했다면 산은 피폐해지고 말았을지도 모른다. 들에서 나는 것도 잘 말려서 땔감을 만들었다. 지붕을 이거나 새끼 꼬고 가마니 치고 남은 짚도 땔감이 되었고, 콩깍지 같은 잡곡을 추수하고 남은 줄기나 껍질도 땔감에 큰 보탬이 되었다. 우리 시골 여자들의 부지런함은 타지방에도 소문이 난 것이어서 그냥 놀리는 땅이 없었다. 특히 논두렁은 콩 농사의 좋은 터전이었다. 여름날 논두렁길을 걸을 때면 껄끄러운 콩잎이 상쾌하게 종아리를 부벼 댔었다. 이렇게 한 치의 땅도 놀리지 않고 지은 콩 농사는 메주를 넉넉하게 쑤어 장맛을 달게 했을 뿐 아니라 겨울의 두부, 여름의 콩국 등 중요한 단백질 공급원이 됐다. 나른하고 긴 봄날은 아이들이 들과 산에서 주전부리거리를 얻기가 가장 마땅하지 않을 때여서 곧잘 콩을 볶아 먹곤 했다.

그렇다고 산의 나무를 전혀 베지 않는 건 아니었다. 큰 나무를 밑동서부터 벌목을 했는지 가장귀만 쳤는지 알 수 없지만 추석이나 설 무렵에는 도회지에 사는 사람들이 좋아하는 참나무 장작을 달구지에 하나 가득 싣고 돈을 만들러 개성으로 가는 남자들을 볼 수 있었다. 그건 돈이 필요할 때 쌀을 내는 것과 마찬가지로 중요한 돈줄이었다. 갈잎을 긁거나 나물을 캐거나 밤을 따고 도토리를 줍는 데 있어서는 네 산 내 산이 없었다. 누구네 산에서나 그 짓을 할 수 있었고 다만 절도를 지켜 너무 산을 들볶지 않는 건 몸에 배어 있었다. 그러나 돈이 되는 장작을 만드는 일은 자기 산이 아니면 안 되었다. 우리 집은 논밭은 1년 계량할 만큼 됐지만 우리 소유의 산은 없었다. 나는 어른한테 야단을 맞고 나면 뒷동산 무덤가에서 청승을 떨다 내려오길 잘했는데 다 우리 조상의 산소는 아니었다. 산 주인의 조상 무덤도 봉분에 떼를 입혔을 뿐 비석이나 상석을 설치하지 않은 소박한 것이었다. 우리 산소는 멀었고 종중 산인데 무덤이 너무 많아 산이라기보다는 공동묘지 같은 느낌이 들었다. 산이 없다고 해도 남들이 장작 만들어서 돈사러 가는 걸 부러워하는 것 말고는 산에서 누릴 수 있는 혜택에서 따돌림을 받은 일은 없었다. 산에서 발원한 물이 온 동네를 고루 축여 주는 것처럼 산의 혜택도 고루 누렸다. 지형적으로뿐 아니라 정신적으로도 우리 마을 사람들은 동산에 아늑하게 안겨서 살았다.

나무를 베는 것 외에는 산에서 나는 것은 수고한 사람의 몫이었다. 그런데도 산이 피폐하지 않은 것은 산과 들과 인구와의 적절한 조화 때문이 아니었을까. 우리 마을은 지주가 따로 없는 자작농들이었고 넓고 기름진 들은 마을 인구를 먹여 살리기에 충분해서 인심이 순후했다. 순하고 넉넉한 인심 때문에 산이 청청했고 청청한 산 때문에 농사가 잘됐고 농사가 잘되니까 인심이 좋을 수밖에 없는 상관관계 중 어떤 게 먼저일까 따진다는 것은 닭이 먼저냐 달걀이 먼저냐를 따지는 것만큼이나 부질없는 짓일 것이다. 그러나 동산이 아무리 기름져 봤댔자 보듬어 안고 영향을 끼치고 먹여 살릴 수 있는 식구가 한정돼 있다는 것을 깨달은 건 개성이라는 도시를 처음 보고 나서였다. 우리 마을 사람들이 송도 또는 대처(大處)라고 부르는 개성을 처음 본 게 여덟 살 때였으니 물론 그때 그런 사고를 할 수 있었던 건 아니다. 그러나 밋밋한 뒷동산이 아닌 수려한 산에 둘러싸인 아름다운 도시를 처음 보고 느낀 충격과 경탄이 결국은 그런 거 아니었을까.

우리 시골에서 개성까지 가려면 네 개의 고개를 넘어야 한다는 건 처음에도 밝힌 바가 있다. 마지막 고개 말고는 다 우리 마을 동산과 다름없는 산을 넘는 거였다. 그러나 마지막 고개인 농바위고개는 경사가 급한 높은 고개

였다. 앞에 딱 버티고 선 산세가 우선 굽이굽이 길을 돌게
하고, 마을과 마을을 경계 짓고, 치마폭을 펼친 것만큼의
들을 만들던 동산하곤 천양지판이었다. 그 산은 뒷동산이
라는 보통 명사로 부르던 산이 아니라 용수산이라는 이름
붙은 산이었고 그 고개는 농바위고개였다. 농바위고개를
오르며 계곡을 흐르는 상쾌한 물소리를 들었고, 정상에
오르자 발아래 은빛 나는 아름다운 도시가 펼쳐졌다. 아
아, 사람이 이렇게도 살 수 있는 거로구나! 이십 리 길을
걸어오면서 여러 마을을 지났지만 나 살던 곳과 대동소이
한 마을만 봐 온 눈에 발아래 펼쳐진 대처는 확실히 별천
지였다. 내리막길엔 이름난 약수터가 있어서 거기서 목을
축이고 지친 다리도 쉬었다. 육면체의 장롱만 한 바위들
이 샘터 근처에 흩어져 있어 농바위고개라는 말도 거기서
연유됐다고 했다. 그 샘터에선 봉우리가 더 우람하고 잘
생긴 산을 마주 바라볼 수가 있었는데 그게 바로 그 유명
한 송악산이었다. 송악산과 용수산이 두 팔을 벌린 듯한
연봉에 둘러싸인 곳이 송도라는 정갈하고도 풍요한 도시
였다. 두 산은 울창하고도 골짜기마다 맑은 물이 넘쳐나
개성 시내엔 도처에 그물처럼 시냇물이 흐르고 개성말로
그런 시냇물을 '나깟줄'이라고 했다. 유난히 정결을 존중
하는 개성 여자들의 살림 솜씨와 나깟줄과는 불가분의 관

계에 있다.

　기차 타고 서울 와서 정착한 동네가 인왕산 기슭에 있는 현저동이란 동네였다. 30년대 당시로는 서울의 유일한 산동네였다. 사대문 안만 서울이었을 적엔 아마 인왕산의 일부였을 것이다. 당시에도 인왕산을 마구 훼손하며 들어선 동네라는 걸 한눈에 알 수 있는 깎아지른 듯한 산동네였고 우리 집은 그 동네에서도 고지대여서 우리 골목 끝이 바로 우리 동네의 끝이었다. 금방 오를 수 있는 뒷동산이었지만 내가 놀던 뒷동산하곤 전혀 달랐다. 거의 암벽으로 돼 있었고 흰 바위로 된 깊은 계곡이 있었으나 장마철이나 비가 온 직후를 빼고는 물이 흐르지 않았다. 메마른 계곡을 연해 국사당을 비롯한 굿당, 무당집들이 들어서 있었고, 떡이나 북어 따위가 늘 그 앞에 널려 있는 신령한 바위도 있었다. 그런 것들이 나무 그늘 하나 없이 발랑 드러나 있는 게 나에겐 도무지 산이라는 느낌이 들지 않았다. 화강암으로 된 주봉이 동쪽으로 슬그머니 낮아지면서 잡목이 듬성듬성한 동산을 이룬 곳이 있긴 있었지만 그곳 또한 원래는 화강암이었던 곳이 물러져 흙이 된 듯 메마른 바닥에 아무것도 자라는 게 없었다. 나는 나무 그늘이 풀도 잘 안 나는 운동장처럼 딱딱한 땅인 게 그렇게 이상할 수가 없었다. 나무도 어쩌면 다 그렇게 쓸모없는 나무들뿐인지. 따먹을 만한 열매를 맺지 않는 나무가 나에겐 그렇게 보였다. 그래도 여름엔 답답한 셋방 구석을 벗어나 자주 산에 오르곤 했다. 비록 볼만한 꽃도, 먹을 만한 열매도 없는 잡목이라 해도 한데 어우러지면 싱그러운 산 내음을 풍기는 게 마음에 위안이 되었다. 그러나 복중엔 그 잘난 숲이 개를 몰래 잡는 장소로 이용돼 어린 마음에 공포감을 불러일으켰을 뿐 아니라 개를 불에 그스른 자리엔 누린내가 오래 남아 있어 숲의 냄새를 고약하게 만들었다. 몰래 나무를 해 가다가 산림 감독한테 붙들려 가는 여자들과 만날 적도 있었다. 가뜩이나 헐벗은 산이 그 아래 빈촌을 거느리고 있음으로써 시달릴 대로 시달리고 있었다.

그 동네에 살면서 국민학교는 사직동에 있는 매동국민학교를 다녔기 때문에 인왕산의 동쪽 자락을 허구한 날 6년 동안을 넘어 다녀야 했다. 나중에는 서대문구와 종로구의 경계가 됐지만 그때만 해도 문안과 문밖의 경계가 되던 그 산자락은 인왕산 줄기 중에서는 그래도 나무가 가장 많은 데였다. 그러나 아카시아나무가 주종이었던 숲은 역시 바닥이 메마른 푸석바위여서 나물이나 버섯은커녕 풀 한 포기 자라지 않았다. 나는 그게 싫었고, 도시에 정을 붙일 수 없는 거부감의 단서가 되었다. 나는 6년 동

안이나 그 산을 넘어 다녔지만 그 산이 나에게 길 이상이
돼 본 적이 없었다. 가고 오는 길에 한눈을 팔면 안 된다
는 어머니의 엄한 명령도 있었지만 스스로도 길을 벗어나
숲으로 들어가 보고 싶은 호기심이 동하지를 않았다. 우
리 시골 뒷동산에 비해 엄청나게 큰 산이었음에도 불구하
고 전혀 신비감이 없는 산이었다. 아카시아나무나마 지키
기 위해 산림 감독이 있었으나 그 산자락 역시 빈촌 사람
들에 의해 주야로 시달리고 있었다. 가시 돋친 나무를 인
채 감독한테 끌려가는 동무의 엄마를 만난다는 것은 유년
기의 가장 쓰라린 기억 중의 하나이다. 그 산이 사직공원
쪽, 즉 문안의 부촌과 가까워질수록 숲의 보존 상태가 좋
아지는 것도 산과 인간과의 관계의 좋은 표본이었다.

　그 산이 가장 볼 만할 때는 아카시아꽃 필 무렵이었는
데 온 산이 젖빛 안개를 두른 듯했고 냄새도 비릿하고도
감미로운 게 젖 냄새 비슷해서 묘한 그리움을 불러일으켰
다. 빈촌의 아이들은 활짝 핀 꽃을 가장귀째 꺾어서 포도
송이를 먹어 치우듯이 먹음직스럽게 먹어 치웠다. 큰 가
장귀를 꺾었다가는 역시 산림 감독한테 붙들려 야단을 맞
거나 손목을 비틀렸기 때문에 사내애들은 스릴까지 느끼
는 듯 극성맞게 꽃서리를 했다. 우리 시골에는 없는 나무
여서 모처럼 꽃이 피는 나무를 본 것도 신기했지만 도시

의 숲에도 먹거리가 있다는 게 반가워서 따라 해 보았더니 비위에 안 맞아 구역질이 났고, 고향 그리움이 왈칵 치밀어 눈물까지 핑 돌았었다.

근래에 나온 내 자전적인 소설 『그 많던 싱아는 누가 다 먹었을까』는 그때 아카시아꽃을 처음 먹어 보고 비위가 상하고 나서 상큼한 싱아 맛을 그리워하는 대목에서 제목을 따온 것이다. 책 중에 싱아란 소리는 네 번밖에 안 나오는데 왜 그런 이름을 붙였느냐는 질문을 받은 적이 있다. 또 싱아가 어떻게 생긴 먹거리냐는 질문은 수도 없이 받았다. 싱아가 중요한 건 아니다. 싱아는 내가 시골의 산야에서 스스로 얻을 수 있었던 풍부한 먹거리 중의 하나였을 뿐 산딸기나 칡뿌리, 새금풀로 바꿔 놓아도 무방하다. 내가 말하고 싶은 건 내 어린 날의 가장 큰 사건이었던 자연에 순응하는 삶에서 거스르고 투쟁하는 삶으로 넘어가는 과정에서 받은 문화적인 충격이랄까 이질감에 대해서이다. 나는 아직도 그런 이질감으로부터 자유롭지 못하다. 어린 날 뒷동산에 안겨서 맛보던 완전한 평화와 조화는 지금도 귀향의 꿈이 되어 나를 끌어당기고 있다.

1993년

2박 3일의 남도 기행

작년 가을이었다. 시골 바람을 쐬러 가자는 친구가 있었다. 시골 바람이란 소리가 어찌나 듣기 좋던지 선뜻 그러자고 했다. 어디를 언제 어떻게 갈 것인가는 묻지 않았다. 그 친구가 다 알아서 해 주려니 믿는 마음에서였다. 그전에도 가끔 그 친구로부터 그가 가 본 고장 얘기를 들은 적이 있는데 정말 그렇게 좋은 고장이 이 땅에 있는 것일까 싶게 비현실적으로 들렸던 것도 한번 따라가 보고 싶은 유혹이 되었다.

나에게 시골이란 말은 고향과 거의 같은 뜻을 지니고 있었다. 동산이 있고 개울과 시내와 논밭과 작은 마을과 두엄 냄새와 그리고 무엇보다도 땅 파는 사람들이 있는 곳이면 되었다. 그중 어느 하나도 유난스러울 필요는 없었다. 고향이 북쪽이라 못 가게 되고 나서도 관광이나 휴가라는 이름으로 여행을 한 적은 많지만 시골 맛을 본 것하곤 달랐다. 나에게 시골 맛이란 완전한 평화와 안식을 의미했다. 좋은 계절 골라잡아 이름난 휴양지나 명승고적을 찾아가서 사람에 부대끼고 나서 현지 사정이나 주머니 형편에 따라 민박이나 여관에 묵은 걸 시골 맛이라고 볼 수는 없었다. 더군다나 근래에는 세상도 좋아지고 내 경제 사정도 넉넉해져 호텔 아니면 콘도에 묵는다. 그렇다고 만약 나에게 시골에 사는 가까운 친척이 있어 거기서 묵을 수 있다면 귀향과 닮은 맛을 볼 수 있었을까. 아마 그래도 아닐 것이다. 관광지 주변과 고속도로나 국도 주변의 인심과 마을 풍경은 해마다 달라졌다. 그것이 근대화라는 것이었다. 도시 사람이 눈에 불을 켜고 돈과 편리를 추구하는데 농촌이라고 그러지 말란 법이 없었다. 다 같이 고루 잘살자는데 불만을 품는다면 그야말로 도둑놈의 배짱이 아니고 무엇이랴. 그렇게 농촌의 발전을 긍정하면서도 도시의 간교함과 농촌의 촌스러움을 조잡하게 뒤섞어 놓은 것처럼 어중간한 시골 인심에 접하는 것은 민망하고도 피곤한 일이었다. 국토는 좁고 인구는 많고 어느 한군데 도시인이 휘젓고 다니지 않은 데가 없는데 오염 안 된 시골이란 환상에 지나지 않았다. 소위 경제 발전이란 명목으로 기를 쓰고 잘살기만을 추구하다가 문득 무슨 속죄의 의식처럼 전혀 발전이 안 된 시골을 꿈꾼다는 것 자체가 얼마나 사치롭고도 아니꼬운 도시 중심적인 사고인가. 농촌을 대상화하지도 말아야겠지만 속죄양을 만들어도 안 된다는 생각으로 어디에도 이제 고향은 없다는 상실감을 달랠 수밖에 없었다.

친구와 약속한 날은 하필 토요일이었다. 토요일 오후의 서울역 혼잡을 무엇에 비길까. 기차도 타기 전에 어질어질 멀미가 났다. 멀미 중 사람 멀미가 제일 고약한 것은 평소 자신에게 있다고 믿었던 인류애니 인도주의니 하는 것이 실은 얼마나 믿을 게 못 된다는 자기혐오 때문일 것이다. 그래도 친구가 예매해 놓은 기차표는 새마을호였다. 친구 말에 의하면 철저하게 서민적인 여행을 하려고 했는데 마침 목포행 새마을호 표를 예매해 놓고 못 갈 사정이 생긴 부부로부터 표를 넘겨받을 수가 있어서 뜻하지 않게 호화 여행을 하게 되었노라고 했다. 호남선은 새마을호가 생긴 지도 얼마 안 되고 또 하루에 한 차례밖에 운행을 안 하기 때문에 표 구하기가 하늘의 별 따기라고도 했다. 새마을호가 호화스러워서가 아니라 표 구하기 어려움 때문에 우리 나들이가 호화 여행이 된 모양이었다.

그러나 송정까지만 호화 여행을 하고 나서 광주로 가 1박하고 다음 날 해남 대흥사 일지암에서 1박하고 다시 광주를 거쳐 서울로 돌아오기까지는 순전히 시외버스와 시내버스를 이용했다. 친구의 잘못이었는지 고의였는지 광주에서 해남까지의 장거리 직행버스도 못 타고 수도 없이 정거하는 시외버스를 타게 됐다. 그러나 그동안이 그렇게 좋을 수가 없었다. 조금도 예기치 못한 일이었다. 내가 지금까지 해 온 여행은 과정을 무시한 목적지 위주의 여행이었다. 그게 얼마나 바보 여행이었던가를 알 것 같았다. 어디를 가기로 정하면 먼저 될 수 있는 대로 빨리 갈 수 있는 교통편을 강구하고 가면서 통과하게 되는 고속도로나 국도변의 풍경은 가능한 한 빨리 스치는 게 수였다. 공업화·산업화·관광지화를 꿈꾸거나 이미 이룩한 지방들은 자연도 인심도 도시의 변두리일 뿐 순전한 시골은 어디에도 남아 있지 않았다.

휴가라는 명목으로 여행을 갔다 오면 더욱 피곤하고 짜증스러워지는 것은 관광 인파와의 부대낌 때문만은 아니다. 가도 가도, 심지어 산간벽지까지도 골고루 걸레처럼 널려 있는 문명의 쓰레기와 상업주의 때문에 이 땅에서 도시적인 걸 벗어나는 건 불가능하다는 걸 인식한 어쩔 수 없는 결과였을 것이다.

마침 좋은 때였다. 설악산엔 단풍이 절정기라 했지만 이곳은 어쩌다 먼저 든 단풍이 드문드문 꽃보다 요염하게 타오르고 있을 뿐 전체적으로는 아직 푸르렀다. 그냥 지나치면서 보았을 뿐인데도 어딘지 범상하지 않게 보였던 것은 월출산뿐, 수없이 거친 산들이 그저 그만그만한 동산들이었다. 그러나 산마다 넓게 또는 수줍게 치맛자락을 펴서 평야를 거느리고 있지 않은 산이 없었다. 아무리 작은 동산도 품 안의 들판을 보듬어 안고 물과 정기를 대주고 외풍을 막아 주고 있는 것처럼 보였다. 산이 많고 사이 사이에 평야가 옹색하게 끼여 있는 것은 조금도 새로울 게 없는 우리나라의 대체적인 지형이다. 곡창이라 일컫는 평야 지대라 해도 좀처럼 지평선을 볼 수가 없지만 아무리 산간 지방에서도 일굴 수 있는 밭 몇 뙈기는 있게 마련이다.

지역적인 차이가 있긴 하지만 이 나라 도처에 널린 산과 들과 물의 적절한 조화가 그날따라 마음에 스미듯 아름답게 느껴졌다. 감동이라고 해도 좋았고 개안이라 해도 좋았다. 어찌 이다지도 보기 좋을까. 평범한 시골이 마치 신이 정성을 다해 꾸민 정원처럼 보였으니 말이다. 나의 이런 감동에 친구가 찬물을 끼얹었다. 그 고장이 도시인의 마음을 사로잡을 수 있는 것은 그 고장이 개발에서 소외됐기 때문이라는 거였다. 그 말에도 일리는 있었다. 아파트도 공장의 굴뚝도 안 보이고, 문명의 쓰레기도 널려 있지 않은 순전한 시골이 거기 있었으니까.

그뿐일까. 분주하게 일하는 농사꾼들이 있었다. 가을

걷이가 한창이었다. 시외버스는 포장도로의 길섶을 벼를 널어 말릴 수 있는 멍석으로 내주느라 가운데로 조심조심 달렸기 때문에 나는 마치 문명의 이기가 아닌 달구지를 타고 가는 듯한 기분까지 맛보고 있었다. 벼를 길에 넓게 펴 말리는 이나, 논에서 기계로 벼를 베는 이나, 탈곡기로 벼를 터는 이나, 일손들은 거의 중년의 아낙이나 할아버지 할머니들이어서 마음이 찐했지만 간혹 청년이 눈에 띄면 그렇게 반가울 수가 없었다. 우리는 하루가 멀다 하고 터지는 대형 부정과 온갖 비리, 그리고 흥청망청 먹고 마시고 쓰고 버리는 낭비와 사치, 그리고 속속들이 썩어 문드러져 가는 부도덕에 거의 불감증이 돼 버렸지만, 문득 이러고도 이 세상이 안 망하고 지탱해 가는 걸 신기하게 여길 적이 있다. 그건 바로 저들 숨은 의인들 덕이 아니었을까? 나는 염치 없게도 우리가 안 망하기 위해서는 의인들이 의인으로 길이 남아 있길 바랐다. 그러나 의인하고 속죄양하곤 다르다. 누가 시켜서 되는 것도 더군다나 경제 발전에서 소외된 열등감으로 될 수 있는 건 아닐 것이다. 자유의사와 자존심 없는 의인을 생각할 수 없는 거라면 우리 모두가 의인을 알아보고 공경하고 의인의 땀의 결실을 무릎 꿇어 귀히 여기는 마음 없이는 의인의 소멸 또한 막을 수 없을 것이다. 후졌기 때문에 아름다운 이곳 농촌이 실은 뒤진 게 아니라, 먼저 발전했기 때문에 땅과 인심이 돈맛밖에 모르게끔 천박하고 황폐해진 타고장들이 장차 지향해야 할 미래의 농촌상이길 꿈꾸었다면 내가 너무 철없는 몽상가일까?

해남에서 다시 버스를 갈아타고 대흥사까지 갔지만 경내에 들어가진 않고 일지암으로 올라갔다. 발이 넓은 친구가 그 암자를 지키는 여연 스님과 연줄 연줄로 아는 사이여서 그날 밤 숙소는 그 암자로 우리 마음대로 정해 놓고 있었다. 그 전날 밤 광주에서는 사제관에 묵은 생각을 하면 괜히 웃음이 났다. 사제관이라곤 하지만 서울의 큰 성당 사제관처럼 부잣집을 닮은 집이 아니라 방 두 칸짜리 작은 아파트였다. 신부님이 마침 시골 공소로 미사를 봉헌하러 출타 중이시라 하룻밤 비어 있는 동안을 역시 친구의 친구의 주선으로 하룻밤 묵게 된 것이었다. 잠만 잔 게 아니라 아침엔 쌀독과 냉장고를 뒤져 밥까지 해먹고 떠났으니 무전취식에 이골이 난 무전여행이었다. 물론 일지암에서도 거저 얻어먹고 거저 잘 작정이었다. 낮에 음식점에서 돈 내고 사 먹은 점심도 공짜로 나오는 게 훨씬 푸짐하고 맛있었다. 값싼 비빔밥을 시켰는데 웬 진한 갈비탕이 한 대접 나왔다. 잘못 나온 줄 알았더니 먼저 속을 풀라고 그냥 주는 거라고 했다. 한참 시장할 때였고 맛도 좋은 데다가 공짜라는 바람에 어찌나 허겁지겁 먹어 치웠던지 주인이 큰 양푼에다 국을 가득 더 푸고 국자를 꽂아다가 상 한가운데 놓아 주고 갔다. 구이나 찜을 할 만하진 않았지만 힘줄과 살이 넉넉히 붙어 있는 갈비 건더기도 듬뿍 들어 있었다. 그 별나게 후한 음식 인심 때문에 유일하게 돈 내고 먹은 끼니조차 꼭 마음씨 좋은 친척 집에서 받은 대접처럼 흐뭇한 기억으로 남아 있었다.

대흥사에서 일지암까지 거리상으로는 얼마 안 됐지만 오르막길이라 근래에 등산을 해 보지 않은 내 걸음 실력으로는 상당히 힘이 들었다. 가끔 나오는 800미터니, 500미터니 하는 이정표가 꼭 나를 속여먹는 것 같았다. 구두를 신고 온 것도 나의 등산을 힘겹고 꼴불견으로 만들었다. 그러나 허위단심 도달한 일지암의 단순 소박한 꾸밈새와 주인이 있으면서도 없는 듯한 적요는 우리를 말없이 감싸 안는 듯했다. 조선 후기의 고승이자 다도의 정립자이기도 한 초의(草衣) 선사의 당호인 일지암은 그러나 복원한 것이지 초의 선사 때 것은 아니라고 했다. 여연 스님의 자상한 설명에 따르면 고건축에 애정을 가진 건축가가 초의 선사가 남긴 문집을 통해 당시의 일지암을 세심하게 고증해서 복원했을 뿐 아니라, 나무 한 그루의 위치까지도 일상의 상념과 정경을 남긴 문집에서 미루어 짐작

해낼 수 있는 한도 내에서 최선을 다해 있던 자리에 있도록 했다는 것이었다. 스님의 말씀을 그대로 믿어도 될 것 같았다. 일지암은 복원한 건축물에서 흔하게 볼 수 있는 천격스러운 현대적 가미가 거의 눈에 띄지 않았다. 건축이라기보다는 거기 돋아날 수밖에 없어서 돋아난 버섯처럼 천연덕스럽고도 아무렇지도 않게 자연의 일부가 돼 있었다.

초의 선사는 그의 저서 『동다송(東茶頌)』에서 좋은 물을 얻어야 좋은 차를 달일 수 있음을 체(體)와 신(神)의 조화에 비유했다고 한다. 체란 물을 말하고 신이란 차를 가리킴으로 차는 물의 정신이 된다는 뜻이 된단다. 그러니 일지암에 어찌 좋은 차나무와 맑은 샘물이 없겠는가. 우리는 초의 선사 때의 샘물에 목을 축이고 세수까지 했다. 달고 청량한 샘물이 몸과 정신을 상쾌하게 했다. 뜰의 차나무에는 차꽃이 드문드문 피어 있었다. 곡우 입하 무렵에 차를 딴다는 소리는 들었어도, 차꽃이 가을에 핀다는 건 처음 알았다. 그러나 지금이 개화기라는 느낌보다는 몇 송이씩 오랫동안 연달아 피고 지는 게 아닌가 싶게 수적으로 많지 않았고, 오히려 열매를 맺은 가지가 더 많았다. 검푸른 잎 사이에 숨어 있어서 그런지 희다 못해 푸르름이 도는 고상하고 그윽한 꽃이 향기는 현란한가. 벌이 떼로 모여들어 잉잉대는데 하나같이 풍뎅이만큼 큰 벌이었다. 그 큰 벌들이 꽃에 앉기 전에 마치 아양을 떨듯이 꽃 위를 맹렬하게 선회하는 날갯짓을 가만히 들여다보고 있으려니 집에서 오디오에 은빛 콤팩트디스크를 얹고 뚜껑에 달린 조그만 유리 구멍으로 들여다보는 것 같은 느낌이 들었다.

스님이 마루 위에서 차를 권했다. 초의 선사 시절부터 내려오는 물과 차라고 생각하니 황공하고 그 격식 또한 얼마나 엄엄할까 싶어 나는 지레 몸이 굳었다. 스님은 그러지 말고, 편안히 자기 식대로 마시라고 시범을 보여 주었다. 스님의 무엇에도 구애됨이 없는 활달한 모습이 우리를 마음 놓게 했다.

공양주를 두지 않고 스님 혼자 거처하시는 암자라 친구가 부엌에 들어가 스님과 함께 저녁을 지었다. 나는 텃밭으로 내려가 고추를 땄다. 어려서부터 빨간 고추만 보면 참을 수 없이 따고 싶은 버릇이 있다. 미처 종댕이를 차고 나가지 않았을 때는 거침없이 치마폭에다 하나 가득 따 담아와 엄마한테 야단을 맞곤 했었다. 바지를 입고 가 그럴 수는 없었지만 수확의 기쁨은 여전했다. 아쉽게 엷어지는 햇살을 등에 지고 고추를 따면서 아릿하고도 감미로운 향수에 젖었다. 넓지 않은 텃밭에 여러 가지 푸성

귀를 심어 놓아 고추는 한 고랑밖에 안 됐지만 새빨간 고추를 조그만 소쿠리로 하나 가득 따 담을 수가 있었다. 그러나 지금 아무리 빨간 고추는 하나도 안 남기고 다 딴 것 같아도 내일 이맘때면 고추밭은 또 오늘만큼 빨긋빨긋해지리라. 먼저 거둔 고추가 가득 널린 툇마루에 내가 딴 소쿠리의 고추를 보태면서 옛날 우리 할머니 말씀이 생각났다. 할머니는 기도 같은 건 하실 줄 몰랐지만 "그저 땅이 화수분이란다"라는 소리를 잘하셨고, 그럴 때마다 경건한 얼굴이 되곤 하셨다. 저녁 반찬에 보태려고 고춧잎도 연한 걸로 골라서 좀 땄다. 반찬은 소박했지만 저녁밥은 꿀맛이었다.

손님을 위한 별채에는 벌써 불을 때 놓아 구들이 뜨끈뜨끈했다. 장작을 지핀 구들장에 허리를 지져 보기는 실로 몇 해 만인지. 오늘의 피로뿐 아니라 온갖 신산한 인생고까지 감미롭게 녹아내리는 것 같았다. 다만 근심이 있다면 밤에 측간에 가고 싶으면 어쩌나 하는 것이었다. 손님방에서 측간까지는 작은 연못과 일지암을 거쳐 텃밭머리를 지나야 하는 험난한 길이었다. 그러나 다행히도 구들장이 식어 가고 있다는 아쉬운 느낌 때문에 잠에서 깨어났을 때는 아침이었다. 꿈 없는 숙면이었다. 심신이 날아갈 듯 홀가분했다. 친구와 함께 찬물에 세수하는 동안 일지암 쪽에선 인기척이 없길래 친구하고 둘이서만 산책을 나갔다. 길이 난 데로 걸어가다 보니 우리가 묵었던 손님방과 비슷한 규모의 정자가 또 하나 나타났다. 정자에 오르니 두륜산의 늠름한 연봉과 깊은 계곡이 한눈에 들어왔다.

어느 틈에 스님이 옆에 와 계셨다. 우리가 먼저 일어났다고 생각했는데 아니었나 보다. 스님이 북쪽에 솟은 험준한 봉우리를 가리키며 저 산 너머 또 몇 겹의 산 너머가 다산 정약용이 오랜 유배 생활을 하던 강진이라고 했다. 다산과 초의의 신분을 초월한 우정은 갖가지 아름다운 일화를 남기고 있었다. 그러나 스님의 설명으로 다산이 초의가 달인 차 맛이 생각날 때마다 밤이건 낮이건 가리지 않고 넘어왔다는 험준한 산을 눈앞에 바라보는 감회는 각별했다. 어떻게 단지 차를 마시기 위해 저 높은 산을 넘을 수가 있었을까. 믿을 수 없는 일이었다. 그러나 다산을 산 넘어 또 산, 고개 넘어 또 고개를 넘게 한 게 어찌 차 맛뿐이었겠는가. 청아한 인품과 고담준론에 대한 갈증이 태산도 높은 줄 모르게 했으리라. 다산이 넘었다는 산빛이 별안간 달라 보인 건 밝아진 햇빛 때문만이 아니었다. 뛰어난 영혼, 빛나는 영혼이 교감하고 머물다 간 자취 때문이었으리라. 자연은 위대한 영혼을 낳기도 하지만 위대한 영혼 또한 자연의 정기가 되어 자연을 빛나게 한다. 정기가 없는 자연은 그냥 경치일 뿐이었다. 경치는 아무리 좋은 경치라 해도 눈으로 보는 것으로 족하지 마음속으로 스며 오진 않는다.

나는 다산이 넘었다는 크고 험한 산을 눈앞에 보는 것만으로 전율에 가까운 행복감을 느꼈다. 그리고 어제 거친 산천이 그리도 유정했던 까닭을 알 것 같았다. 어찌 위대한 영혼뿐이랴. 이름 없이 살다 간 백성들의 한 많은 사연들이 서리서리 머무는 곳이 우리의 강산이다. 바로 그런 자연의 정기가 지나가는 나그네의 심금을 흔들고, 고향 떠난 이를 죽어서도 뼈골이라도 묻히고 싶도록 끌어당기는 힘이 되는 것이 아닐까.

그날 하산해서 다시 광주에 들렀다. 전날 사제관을 숙소로 내준 신부님을 처음으로 만나 뵙고 어려운 부탁을 드렸다. 망월동 묘지에 한 번도 못 가 본 게 나에게는 숙제처럼 부끄러움처럼 남아 있었다. 누가 시켜서도 불러서도 아니었다. 그냥 그랬다. 신부님이 손수 운전하는 차로 처음으로 그곳에 몇 송이의 꽃을 바칠 수가 있었다. 가장 어린 죽음 앞에는 따로 준비해 간 붉은 장미 몇 송이를 바쳤다.

광주로 돌아 나오면서 송강 정철의 시비가 있는 공원도 들르고 느닷없이 내리는 소나기를 맞으며 광주 호반에서 무등산을 바라보기도 했다. 무등산을 처음 보는 건 아니었다. 몇 해 전에도 광주 시내에서 무등산을 바라본 적이 있었다. 그저 그런가 보다 덤덤히 바라보았었다. 그러나 인적 없는 광주 호반에서 무등산을 바라보니까 전혀 달라 보였다. 그 또한 그 산이 굽어본 숱한 사연 때문일 것이다. 나는 그때 그 좋은 경치를 몰라보고 일본 비와호(湖) 유람선상에서 후지산을 바라보면서 천하의 절경처럼 탄성을 지른 나의 천박한 관광 여행을 돌이켜 보면서 심한 부끄러움을 느꼈다.

어찌 일본 여행뿐일까. 80년대 초에 처음으로 유럽 구경을 해 보고 나서 나는 그쪽 문화뿐 아니라 그쪽 농촌의 풍요한 아름다움에 거의 경도돼 있었다. 그 후엔 순전히 나 개인적인 마음 고통의 돌파구로서 자주 그쪽을 여행할 기회를 만들었지만 여직껏 어떤 지면에도 기행문 비슷한 것도 쓴 적이 없다. 그쪽 것에 경도된 마음은 우리의 초라한 문화와 엉망으로 훼손되고 오염된 자연에 대한 혐오감과 표리를 이루고 있었기 때문에 섣불리 남 앞에 드러내기가 싫었던 것이다. 그러나 우리 것에 대한 이 정도의 개안이라도 할 수 있었던 것도 생각해 보면 여행 덕이었다.

미국은 뭐 볼 게 있을까 싶어 별로 가 보고 싶어 하지 않았는데도 거기 사는 딸 때문에 두 번씩이나 가 보게 되었다. 처음에 가 보고 놀란 건 과연 잘사는 나라구나 하는 거였다. 딸네가 잘사는 것도 아니고 물론 부자 동네도 아니었는데 잘산다는 걸 실감한 건 그 풍부한 종이와 일회용품의 씀씀이 때문이었다. 공공장소에서나 집에서나 새하얗고 부드러운 휴지가 지천이어서 아이들이 콧물만 좀 흘려도 서리서리 아낌없이 풀어내는 것이며, 기저귀 하나도 안 빨고 아이들을 기르는 것이며, 소풍 갈 때뿐 아니라 설거지하기 귀찮을 때마다 아낌없이 내 쓰는 일회용 식기하며, 어느 하나 그 편리함과 풍족함이 놀랍지 않은 게 없었다. 천 달러 미만의 장학금으로 사는 유학 살림이 이러니 부자는 도대체 얼마나 잘살까 상상이 안 됐고, 그 넓은 땅의 일부를 며칠 여행해 보고 더 질리게 됐다. 면화밭이면 면화밭이, 오렌지밭이면 오렌지밭이 온종일 달려도 끝이 안 보이게 계속되면서 사람의 그림자는 하나도 안 보인다. 땅에 떨어진 오렌지나 레몬이 누렇게 땅을 덮어도 줍는 사람 하나 없다. 정원수로도 오렌지나무는 흔해 빠졌다. 채소밭이나 펀펀히 노는 땅의 광활함도 재 너머 사래 긴 밭을 언제 갈려 하느냐는 우리의 상상력을 초월한다. 넓이가 그쯤 되면 그건 인력의 몫이 아니라 기계의 몫이라는 게 쉽게 수긍이 간다. 과연 모든 사람이 그 정도 낭비해선 끄떡도 없는 나라구나 싶었다.

그게 불과 몇 년 전인데 최근에 다시 한번 미국에 갈 기회가 있었다. 가서 또 한 번 놀란 것은 그들이 그동안에 더 잘살게 돼서가 아니었다. 그들의 종이와 일회용품의 낭비가 이젠 조금도 놀랍지 않은 나 자신에게 놀라고 만 것이다. 그들은 그대로인데 우리의 소비 수준이 그동안에 그들과 거의 맞먹어 그들 사는 게 조금도 신기하지 않았다. 나는 자주자주 거기가 미국이라는 걸 잊어버렸다. 그동안 수입이 배가 된 딸네가 되레 더 쩨쩨하게 굴 때마다 아아, 여기가 참 미국이지 하고 겨우 깨달을 정도였으니까 우리가 그동안 얼마나 통 큰 부자가 됐나 알 만했다. 우리는 정말 그렇게 부자인가. 기죽게 그 흔한 국민소득 비교할 거 없이 그동안 수단 방법 가리지 않고 열심히 벌었으니 한번 본때 있게 써 보는데 누가 뭐랄 거냐는 배짱도 좋다. 하긴 그런 배짱이 오늘의 경제 발전을 이룩했다고도 볼 수 있다. 개같이 벌어서 정승같이 쓰란 말도 있다. 그러나 누울 자리 보고 다리 뻗으란 말도 있다. 아무의 눈치도 볼 거 없다 해도 자연의 눈치만은 봐야 하는 것은 인간의 최소한의 법도다. 흐르는 큰 강물에는 양심의 가책 없이 오줌을 갈길 순 있지만, 하루 한 통이나 고일까 말까 한 웅달샘물에 오줌을 누는 것은 짐승만도 못한 것이다.

나라 마다의 문화와 생활 양식은 그 나라의 자연환경

의 산물임은 말할 것도 없다. 지구가 한 가족처럼 좁아지고 코즈모폴리턴을 자처하는 사람도 늘어난다. 나쁘지 않은 일이다. 이 나라가 답답하면 넓게 살 수 있는 방법도 다방면으로 열려 있다. 그러나 이 나라에서 몸담아 사는 한은 이 나라의 자연과 더불어 살지 않으면 안 된다. 이 나라의 자연처럼 아기자기하게 아름다운 자연은 지구상에 어디에도 없다. 신이 온갖 좋은 것을 다 모아다가 공들여 꾸민 정원 같다. 하나도 넘치게 준 게 없이 다만 조화롭게 주었을 뿐이다. 거기 몸담고 사는 사이에 인성 또한 근면 절약하지 않고는 먹고 살기 힘들게, 협동하고 배움에 힘쓰지 않으면 나라를 보전할 수 없도록 형성됐다. 이런 고상한 인품이야말로 어떤 풍요보다 은혜로운 자연의 혜택이다. 가장 후졌다는 시골이 보석처럼 빛나 보였던 것도 인간과 자연의 그러한 그지없이 아름다운 조화 때문이 아니었을까.

이번 미국 여행 중 요상한 악몽처럼 남아 있는 라스베이거스 얘기로 이 두서없는 중언부언을 마무리해야겠다. 라스베이거스는 누구나 알다시피 도박과 환락의 도시다. 그러나 미국은 워낙 땅덩이가 크니까 이런 환락가도 저 멀리 네바다 사막 한가운데다 격리를 시켜 놓았다. 도무지 인가가 나타날 것 같지 않게 끝도 없이 계속되는 사막을 달려 라스베이거스에 당도했을 때는 밤이 이슥할 무렵이었다. 멀리서도 하늘이 온통 오렌지빛으로 물들어 보일 정도로 그 도시의 전기 불빛은 현란했다. 도시가 온통 깜박이고 돌고 춤추는 요상하고 휘황한 불빛으로 돼 있어서 정신이 돌 것 같았다. 얼이 빠진 김에 슬롯머신에다가 25센트를 있는 대로 쳐넣는 짓거리까지 해 보았다. 다음 날 아침 맨정신으로 네온의 불빛 대신 햇빛에 드러난 이 도시를 바라보는 느낌은 참혹했다. 도깨비에 홀렸다 깨어나도 이보다 더 황당하진 않으리라. 아무리 호화 호텔도 외부에 얽히고설킨 불 꺼진 네온의 잔해 때문에 폐허처럼 보였다. 도시 둘레는 풀 한 포기 안 나는 사막이고 라스베이거스는 그 한가운데 서 있는 추악한 폐허에 불과했다. 어리둥절한 황당감이 가시자 공포감이 엄습했다. 우리가 조금 잘살게 됐다고 자본주의의 악의 꽃만 들입다 수입해다 정신없이 즐기다가 어느 날 문득 불빛이 사위어 주위를 돌아보았을 때 사막화된 황무지 한가운데 서 있을지도 모른다는 불길한 예감 때문이었다.

1993년

부드러운
여행

올해는 나에게 역마살이 낀 해인 듯싶다. 5월부터 7월 사이에 연달아 세 차례의 해외 나들이를 할 기회가 있었다. 세 번째가 중국이었는데 동독을 다녀온 지 불과 서른 여섯 시간 만에 또다시 비행기를 타야 했다. 내 나이로는 강행군이었다. 그럴 만한 절박한 목적이 있어서도, 새로운 고장에 대한 호기심이 새록새록 용솟음쳐서도 아니었다.

동행은 역사 문제 연구소장 이이화 씨와 소설가이자 독립운동사에 전문가 이상으로 해박하고 열정적인 송우혜 씨였다. 그들은 금년 초부터 그들의 집필에 필요한 취재와 답사를 위해 그쪽으로 떠날 준비를 하면서 나한테 같이 가지 않겠느냐고 물었다. 그때 나는 두 사람이 다 여행을 같이 하기에 편한 상대다 싶었고, 식민지 시절 만주라 불리던 중국의 동북 지방의 지리와 역사에 대한 그들의 박식을 믿는지라 따라다니면 배울 것도 많겠지 싶어 그러자고 쉽게 동의를 했다. 그러나 너무 쉬운 대답은 믿을 게 못된다. 꼭 가야 한다는 생각보다는 가도 그만 안 가도 그만이겠지, 속으로는 경우에 따라 발을 뺄 궁리도 하고 있었다. 그러나 그때까지는 예정에 없던 소련 여행을 하는 사이에, 막연한 약속은 여행사한테 제반 수속을 맡기는 데까지 구체화돼 있었고, 다시 동독을 가게 되자 그들은 예정한 날짜를 연기해 가며 기다리고 있으니 나도 의리가 있지, 발을 뺄 엄두가 나지 않았다. 그렇게 되어 미처 짐을 풀 새도 없이 도로 가지고 홍콩 가는 비행기를 타고 나니, 처음 가 보는 외국 풍물에 대한 기대나 설렘보다는 다리 뻗고 자고 싶은 생각만 간절했다. 이 나이에 할 짓이 아니다 싶었다. 자신의 딱 부러지지 못하는 성질에 짜증도 났고, 동행한 두 사람의 기대와 활기에 넘친 모습에 비추어 나의 목적 없음이 한심스럽기도 했다.

순전히 얹혀 가는 꼴이었다. 그래, 이왕 얹혀 가는 거 동행에게 부담이나 안 되게 먼지처럼 얹혀 가자. 먼지처럼 가볍고 부드럽게, 먼지처럼 자유롭게. 그렇게 생각하니 전혀 새로운 여행이 될지도 모른다는 생각이 들었다.

외국에 나가면 다들 애국자가 된다고 한다. 나 역시 예외는 아니었다. 한시도 한국인임을 잊을 수 없었음은 일종의 강박 관념이었다. 경제·문화적인 선진국을 처음 보았을 때의 열등감이나, 하나라도 더 보고 배워야지 싶

은 사명감, 흉잡힐까 봐 전전긍긍하는 자존심 등이 다 애
국심에서 우러나온 콤플렉스였다. 여행이 자유로워지고
가까운 동남아로 여행을 많이 하게 되면서 일부 관광객이
돈 씀씀이나 행동을 헤프게 구는 것도 실은 우리보다 못
사는 나라에서 안심하고 우리의 경제발전을 뽐내고 싶은
천진한 자부심의 발로가 아니었을까. 최근까지도 금기의
땅이었던 사회주의 국가가 개방되자 앞을 다투어 구경을
간 우리는 또 보고 듣는 것마다 사사건건 사회주의의 실
패와, 역시 자본주의가 우위였다는 걸 확인하기 위한 증
거로 삼으려고 잔뜩 신경을 곤두세워야 했다. 그건 국내
에 있을 때 자본주의에 회의를 가졌건 말건 상관도 없는
문제였다.

　내가 지금 유난히 피곤하고 도무지 신명이 안 나는 까
닭도 여행을 연달아 하고 있기 때문이라기보다는 앞서 가
본 두 나라가 다 최근에 개방된 사회주의 국가이기 때문
인지도 몰랐다. 체제에 대한 호기심도 어느 만큼 채워졌
겠다 비슷한 긴장을 하기가 싫은 거였다. 남의 정치체제
나 문화, 국민소득 등을 우리와 비교하지 않고 나름대로
사는 양상으로 그냥 바라볼 수는 없는 것일까. 될 수 있으
면 자신이 한국인이라는 것까지도 잊어버리고 다만 여행
자가 될 수 있다면, 그리하여 외국이나 외국인 앞에서 마

음을 도사려 먹지 않고 그저 부드러운 시선으로 남의 좋은 것이나 나쁜 것을 있는 그대로 바라보고 즐길 수 있다면 그거야말로 새로운 경험이 될 터였다.

새벽부터 서둘러 아침 9시 비행기를 탔는데 북경에 도착한 것은 저녁 6시 무렵이었다. 갈아타는 데 지체한 시간과 북경에서 실시하고 있는 서머 타임 때문에 그렇게 된 거였다. 그러나 서울과의 한 시간의 시차나마 서머 타임으로 상쇄가 돼, 시계를 맞출 필요조차 없다는 게 묘한 안도감을 주었다. 이이화 씨와 친분이 있는 북경의 민족출판사 부주임 댁에서 맛있는 저녁을 얻어먹고 여장은 국제반점에서 풀었다. 아침에 일어나 보니 북경역이 바라보였고, 대로를 가득 메운 자전거의 흐름이 말할 수 없이 유연했다. 고요하고 느긋하면서도 생기가 넘쳐 보였다. 끝없이 흐르는 반짝이는 은빛 바퀴와 아침 바람에 나부끼는 머릿결과 색색 가지 고운 치맛자락을 바라보면서 만약 저 많은 사람들이 자전거 대신 자동차를 한 대씩 몰고 출근을 하게 된다면, 상상만 해도 끔찍한 일이었다.

구경을 나선 북경 거리는 호텔 창으로 내다본 것처럼 상쾌하지 않았다. 헉헉 숨이 막히게 더웠다. 우리의 복중 더위하고도 느낌이 달랐다. 아아, 이거야말로 진짜 대륙성 기후라는 거로구나. 나는 마치 우리의 대륙성 기후는 가짜였다는 걸 발견한 것처럼 더위를 참을 수 없을 때마다 고개를 주억거리곤 했다. 북경에서 3박 하는 동안 자금성, 천안문 광장, 이화원, 십삼능, 만리장성 등 관광객들이 주로 찾는 데를 두루 돌아다녔다. 나의 상상력의 옹졸함 때문일까, 궁이나 능의 크기가 너무도 비인간적이라는 게 가장 강한 인상이었다.

못다 본 것은 돌아오는 길에 다시 찬찬히 보기로 하고 사흘 만에 연변으로 떠났다. 심양에서 갈아탄 연길 가는 비행기는 정원이 30명에도 못 미치는 프로펠러 비행기인데 다 이륙하기 전에 소나기를 만나 약간은 불안했다. 무사히 내린 비행장은 시골의 버스 정류장 주변과 흡사했다. 촌에서 길을 잃은 것처럼 처량한 기분으로 길가로 나와 우두커니 서 있으니까 한참 있다가 작은 트럭이 우리가 부친 짐을 싣고 나와서 나누어 주었다. 비행장이라는 것에 대해 품고 있던 고정관념에 비추어 파격적이고도 정다운 방법이었다. 연길시 또한 연변 조선인 자치주의 주도라는 선입관을 가지고 상상한 것에 비해 아주 작고 한적한 곳이었다. 천만이 북적거리는 거대 도시에서 닳고 닳은 우리의 눈엔 읍 정도의 규모로밖에 안 보여 조금은 실망스럽기도 했다. 저녁은 이이화 소장의 폭넓은 친분 덕으로 연변대학 도서관장 댁에서 융숭한 대접을 받았다.

여행을 와서 호텔이나 식당 밥만 먹지 않고 그 고장 사람의 가정에 초대받아 가정 음식을 먹어 볼 수 있다는 것은 큰 복이었다. 도서관장 댁은 연변대학에서 걸어갈 수 있는 거리에 있는 아파트였는데 동네는 우중충하고 가꾸지 않아 좀 구질구질하다는 인상을 받았지만 내부는 딴 세상처럼 깔끔하게 정돈이 돼 있었다. 곱고 품위 있게 늙은 부인과 서로 동무라고 부르는 것도 우리를 의식하고 일부러 그러는지도 몰랐지만 듣기가 좋았다. 잘 먹고 연변대학 초대소에서 하루 자고 나서 백산호텔로 옮겼다. 좁은 고장에 여름이면 관광객이 많이 몰려 묵을 만한 숙박 시설에 방 구하기가 힘들었다.

『몽당치마』라는 소설로 중국의 유수한 문학상을 받은 바 있는 연변의 일급 작가 임원춘 씨, 송우혜하고 서신으로 친해진, 연변 쪽 지리와 독립운동사에 해박한 김택 씨, 나하고 친분이 있는 연변 텔레비전 방송국 PD이자 소설도 쓰는 이화숙 씨 등과도 신속하게 연락이 닿았다. 나의 동행과 그들이 서로 이마를 맞대고 앞으로 둘러볼 곳을 의논하는 것을 보면서 나는 소외감을 느꼈다. 그들이 마치 살던 동네 말하듯이 정답게 말하는 청산리, 봉오동, 용정, 어랑촌, 훈춘, 도문 등에 대해 나는 아는 바가 별로 없었기 때문이다. 서로 일정을 의논해서 계획을 세우는 일을 연변식으로는 "회의하여 조직한다"라고 말했다. 북한식의 어법이라고 여겼지만 우리는 곧 따라 했다. 우리 자신에 대해서도 한국 사람이라고 하다가 어느 틈에 남조선 사람이라고 했다. 연변에 사는 매우 긍지 높은 조선족과의 동질감과 친화감을 위해서도, 조선족이 중국인을 가리킬 때 한족이라고 부르는 것과 명확하게 구별 짓기 위해서도 그게 편했다. 그러나 무엇보다도 그쪽 조선족들의 꾸미지 않고도 저절로 큰 마음씨와, 남북 두 개로 갈라진 조국을 편견 없이 직시하고, 그른 건 그르다, 옳은 건 옳다, 거침없이 말하면서 양쪽을 함께 얼싸안으려는 열린 태도는 흉내 내봄 직한 것이었다.

우리의 친애하는 연변 동포들은 각자의 형편에 따라 우리를 안내해줄 수 있는 날을 정했다. 그쪽에서도 역시 작가가 가장 자유로운지 임원춘 씨는 줄곧 우리와 동행해주기로 했다. 첫날은 이화숙과 그의 친구들이 주선해 준 차로 훈춘, 도문 쪽으로 떠났다. 차가 오른쪽으로 두만강을 끼고 달리게 되면서부터 이이화, 송우혜 두 사람은 번갈아 가며 자주 차를 세우고 내려서 열심히 뭔가를 확인도 하고 사진도 찍고 했다. 워낙 독립운동사에 연구와 애정이 깊을 뿐 아니라, 아직 덜 밝혀진 진실 또한 적지 않다고 믿는 그들인지라 옛 간도 땅을 지나면서 도처에서 우리의 지사·열사의 발자취가 훤히 보이는가 보다. 뭐든지 외곬으로 파면 저런 경지에 이를 수 있는 것일까. 나보기엔 아무것도 아닌 동네 이름이나 골짜기에서도 뭔가를 찾아내고 살려 내려고 눈을 빛내는 그들을 보면서 나는 속으로 그렇게 감탄을 했다.

두만강은 생각했던 것보다 강폭이 좁고 강물의 오염이 심해 보였다. 옛 북간도인 연변 지방의 지세도 우리나라의 보통 농촌처럼 산이 많고 농지는 협소했다. 그 고장에 대한 나의 사전 지식은 안수길의 『북간도』와 김동인의 「붉은 산」을 내 멋대로 합성한 것이었으므로 조금은 실망스러웠다. 우리 선조들이 월강죄를 무릅쓰고 두만강을 건넌 건, 기름지고 광활한 땅덩이 때문이라는 생각은 수정돼야 할 것 같았다. 내 고장과 다름없이 정답게 생긴 산천에 이끌려 동구 밖 시냇물을 건너듯이 무심한 마음으로 월강을 했으리라는, 무식한 생각을 했다. 그러나 지금 강건너 땅은 우리의 의식 속에서 너무도 먼 함경도 땅이었다. 군사 분계선 너머로 북쪽 땅을 바라본 적은 몇 번 있었다. 쌍방의 완벽한 방위 태세 때문인지, 바로 그 너머가 고향이건만 향수 같은 걸 느낄 겨를이 없었다. 과연 서로 철통같이 지키고 있다는 안도감은, 내 생전에 서로 왕래하는 걸 볼 수는 없으리라는 절망감으로 이어지곤 했었다. 그러나 여기서 바라본 함경도 땅은 전혀 무방비 상태로 보였고, 이쪽 또한 마찬가지였다. 아무리 서로 친한 사회주의 국가끼리라지만 아무도 지키는 사람이 안 보이는 좁다란 강 하나가 국경선이라는 게 삼엄한 군사 분계선만 봐 온 우리 눈엔 여간 이상하지 않았다. 피보다 이념이 더 진하단 말인가? 이렇게 무겁고 착잡해지려는 마음을, 피곤하게 굴 거 없이 부드럽게, 먼지처럼 부드럽게라고 스스로 다독거렸다.

고향이 함경도고 할아버지가 홍범도 휘하의 독립군이었다는 송우혜의 감격은 남다른 바가 있었다. 자주 차에서 내려 강 건너 땅을 바라보면서 탄성을 지르기도 하고, 사진을 찍기도 했다.

훈춘에서는 그곳에 사는 아주 호탕한 젊은 여성의 안내로 훌륭한 식당에서 호사스러운 점심을 먹었다. 상 위에 빈틈없이 진열한 음식을 미처 다 맛도 보기 전에 다음 접시가 들어와 접시 사이에다 겹쳐 놓는 이곳의 손님 환대법에, 처음엔 다소 질리는 기분이었지만, 정이 넘치는 태도 때문에 곧 마음이 누그러지고 흔쾌해졌다. 그러나 음주법은 감당하기가 벅찼다. 초대를 해준 주인이 손님들을 향해 '건배'라고 외치면서 일일이 잔을 부딪치고 나면 손님은 그 잔을 상 위에 내려놓지 못하고 곧장 들이마셔야 한다. 주인도 잔을 든 채 혹시 누가 반칙을 하나 지켜보고 나서 손님들이 다 잔을 비운 걸 확인하고서야 자기 잔을 비운다. 이렇게 짠, 하고 나서 단숨에 들이마셔야 하는 게 맥주 정도라면 별문제가 없겠지만 65도짜리 북방의 독주라면 당해 낼 도리가 없다. 잔은 받되 짠, 하고 부딪치지만 않으면 그 벌을 면할 수가 있다. 그러나 그곳 동포들이 자아내는 활기의 정이 철철 넘치는 분위기에서는 저절로 짠, 하는 데 휩쓸리고 만다. 소주 몇 잔은 사양하지 않고 받아마실 수 있는 정도의 실력만 믿고 홀짝 들이마신 술은, 그러나 목구멍으로 잘 넘어가지 않고 입안을 뜨겁고 맵게 태웠다. 입안에 분포된 무수한 신경들이 일제히 불붙는 것 같았다. 처음 느껴 보는 느낌이었다. 이런 것이 취기라는 걸까, 쾌감이라는 걸까, 정상적인 일상의 궤도에서 일탈하고 싶은 은밀한 욕망이 몸속에서 아우성치는 것 같았다. 그러나 어줍잖은 체면 때문에 그 이상은 나가지 못했다. 정상에서 일탈하기보다는 짠에서 일탈하기를 택하고 말았다.

훈춘을 떠나 도문으로 돌아올 때였다. 인가도 인적도 드문 쓸쓸한 두만강 가에서 함경도 땅과 중국 땅을 잇는 튼튼한 다리가 바라보였다. 저 다리만 건너면 함경도에 다다른다. 물론 믿기지가 않았다. 양쪽에 다 감시하는 사

람도 보이지 않았다. 우리는 그 다리를 환성을 지르며 건
넜다. 그 다리는 도중에서 끊겨 있었다. 6·25전쟁 때 폭격
으로 끊긴 걸 그대로 놔두고 있다고 했다. 우리의 의식 속
에서 너무도 먼 땅이기에 단절된 부분이 그렇게 좁아 보
이는 건지, 넓이뛰기 선수라면 훌쩍 뛰어넘을 수 있을 것
같았다.

　다리가 끊긴 끄트머리에서 떠날 줄 모르던 송우혜의
눈에 이슬이 맺혔다. 함경도가 고향이라니 감회가 남다르
리라는 건 이해가 되었으나 울음은 점점 고조되어 통곡으
로 변했다. 다부지고 정열적인 그답게 통곡 또한 태산 같
았다. 울 만큼 울면 그치겠거니 기다렸으나 그의 통곡은
크고도 줄기찼다. 이 사람, 저 사람이 말리고 위로하였으
나 전신으로 우는 그의 울음은 이미 그 자신의 의지력의
한계 밖에 있는 것처럼 보였다. 나는 차츰 견딜 수가 없어
졌다. 그래서 나이 많은 자격으로 뚝 그치라고 호통을 치
기도 하고, 혹시 술주정을 그렇게 고약하게 하는 게 아니
냐고 모욕적인 소리도 했다. 그래도 그의 처절한 통곡은
그치지 않았다. 나중엔 짜증이 났다. 함경도가 고향이라
고는 하나 부모의 고향일 뿐 나서 자란 곳도 아닌데 저렇
게 울음이 복받칠 수 있는 것일까. 나는 내가 자라 뛰놀던
개풍군 땅을 휴전선 너머로 빤히 바라보기를 여러 번 해

봤지만 때에 따라 코끝이 찡하거나, 뭐 이런 세상이 다 있나 울화가 치미는 게 고작이었고, 그보다는 목석같을 적이 더 많았다.

우리는 마치 격렬한 싸움을 뜯어말리듯이 어렵고 힘겹게 그를 진정시켜 차에 태웠다. 호텔로 돌아가 쉬게 하고 싶었지만 그는 봉오동에 들렀다 가야 한다고 우겼다. 봉오동은 홍범도 장군이 지휘한 독립군이 일본의 정규군과 격렬한 전투를 벌여 대승을 거둔 전적지라고 했다. 그 전투에 참전한 독립군이었던 할아버지를 기리고 자랑스러워하는 마음이 돈독하고, 그 시대의 역사 중 왜곡된 걸 참지 못하여 정확한 고증으로 몇 번 기존의 학설을 뒤엎은 일이 있을 뿐 아니라, 현재도 홍범도 장군의 일대기를 연재 중인 송우혜니만치 거기를 가 보고 싶어 하는 건 당연했다. 그가 국내에서보다 조상이 피 흘린 땅에서 훨씬 더 빛나 보이는 것도 우리처럼 평범한 조상을 둔 후손이 감히 넘볼 수 없는 조상의 후광이었다. 봉오동 골짜기는 지금 저수지로 변해 있었다. 예전에는 마을이 있었다고 하나 지금은 수몰되어 보이지 않고, 충충한 물을 험한 산이 두 팔을 벌려 얼싸안듯이 가두고 있었다.

우리는 봉오동에서 송우혜가 한껏 우쭐대며 기분을 회복할 수 있길 바랐다. 그러나 그는 털썩 주저앉더니 이번에는 땅을 치며 통곡하기 시작했다. 신발이 벗겨져 나가고 옷은 흙투성이가 됐다. 자신을 완전히 방기한 그는 넋두리까지 했다. 아이고 우리 할아버지가 이 골짜기를 헤매셨구나. 우리는 아무도 그의 울음을 말릴 엄두를 못 냈다. 충충한 저수지에 투영된 어두운 산 그림자가 우울하게 일렁였다. 이게 무슨 팔자람. 나는 밑도 끝도 없이 팔자 한탄을 하면서 끊어진 다리 끝에서보다 더 참을 수 없는 기분이 되고 말았다. 나는 막다른 골목에 몰린 것처럼 정말이지 달리 아무것도 할 수가 없어서 결국은 따라 울고 말았다. 그렇다고 그가 왜 그렇게 몹시 줄기차게 우는지 이해한 건 아니었다. 울음처럼 각자의 독특한 정서에 뿌리내린 건 없다는 최소한의 아량이 있었을 뿐.

그다음 날 나는 호텔에 혼자 남았다. 65도짜리 독주의 후유증인지 꼼짝도 하기 싫은 무력감에 빠졌다. 그날 일정은 윤동주 묘, 청산리 등 송우혜가 또 울 만한 곳인 것도 나를 지레 겁먹게 했다. 다음 다음날의 백두산 등정을 앞두고 체력을 아껴야 될 필요성도 있고 해서 오전 내내 침대에 누워 있다가 오후엔 시내 구경을 나갔다. 북조선 물건을 주로 파는 시장도 구경하고, 남한의 옷만 파는 데는 그 입구까지만 가 보고 들어가진 않았다. 남한 옷은 부르는 게 값이라고 했다. 그 안에서 옷걸이까지 남한제가 돼서 걸어 다닐 용기가 나지 않았다. 우리 여행객이 알게 모르게 그들의 소비생활에 미치는 영향을 생각하면 떼로 몰려와 다니기가 여간 눈치 보이지 않았다. 먹는 것을 파는 시장은 따로 있는데, 고기, 채소, 과일 등이 지천이었고 활기에 넘쳐 있었다. 나는 떡집에서 증편을 두 개 사서 먹으면서 다니다가 공원 잔디밭에 누워서 나무 그늘에서 연인들이 쌍쌍이 정답게 속삭이는 것도 보고, 노인들이 한가롭게 작대기 같은 걸로 공 굴리기를 즐기는 것도 구경했다. 새벽이면 강변에서 운동을 즐기는 노인을 비롯해서 이곳 노인들은 노후 걱정이 없어서 그런지 대체적으로 무욕하고 품위 있어 보였다.

백두산을 오르기로 한 날은 아침부터 날씨가 좋았다. 일정을 올라가는 데 하루, 내려오는 데 하루, 이틀을 잡았기 때문에 천천히 백두산을 즐기면서 오를 수가 있었다. 야생 꽃이 만발한 숲에서는 차에서 내려서 꽃을 꺾기도 하고, 깊이 들어가 취를 뜯기도 했다. 맑은 시냇물도 그냥 지나치지 못하고 사 가지고 간 수박을 담가 놓고 다리 뻗고 앉아 뜬구름을 바라보는 맛도 한유롭기가 일품이었다. 소문으로만 듣던 영산답지 않게 그의 치마폭 아랫자락을 누비는 동안은 오밀조밀하고도 다정해서 우리는 어린애처럼 마음놓고 희희낙락했다. 이도백화 역을 지나자 마침

장날이어서 그 고장 온갖 산물과 타지방에서 온 일용 잡화를 구경할 수가 있었다. 무용복에나 다는 반짝이는 스팽글이 점점이 박힌 한복을 입은 아가씨들이 심심찮게 눈에 띄었다. 조선족이라는 걸 그만큼 자랑스러워하는 것 같아 말을 걸어 보면, 우리말 또한 유창하니 이 아니 금상첨화인가. 안아주고 싶게 예쁜 아가씨들이었다.

망망한 원시림대를 지나고 나니 비로소 그 진면목을 드러내기 시작했다. 침엽수와 활엽수의 혼성림은, 침엽림으로 바뀌고, 다시 사스래나무 숲으로, 그리고 이끼처럼 땅에 붙은 자다란 풀꽃과 진짜 이끼순으로 바뀌는 게 마치 인공적인 조림처럼 그 경계가 분명했다. 온대로부터 한대를 한몸에 거느린 백두가 마침내 머리에 인 마지막 비경을 드러냈다. 우리는 천지에 가까이 가기 전에 우선 머리를 땅에 조아려 경배부터 했다. 천지는 듣던 것보다 더 장엄하고 신령스러웠다. 우리는 마침내 거기에 이르렀다는 데 복받치는 기쁨을 느꼈다. 우리 땅을 통해 오르지 못한 게 속상하지도 않았고, 아득한 태고적 화산 폭발에 의해 생긴 호수 위에도 인간이 그어 놓은 국경선이 있다는 게 그닥 대수롭게 생각되지도 않았다. 인간사가 다만 미소하게 여겨지는 게 우리를 자유스럽게 했다. 열정적인 송우혜는 여기서 죽어도 여한이 없을 것 같다고 말했다.

우리는 소리 높여 희희덕댔지만 강한 바람이 소리를 날렸다.

연길에 머무는 동안 발이 넓은 동행들 때문에 동포들 가정집에 초대받아 식사를 할 기회가 많았던 것은 정말이지 큰 복이었다. 다들 꾸밈이 없이 소박하고 너그러웠고, 손님 대접에 극진했지만 우리처럼 사교적인 계산이 들어 있지 않아 편안했다. 어떻게 그들에겐, 우리가 예전에 상실한 인간성의 원형이랄까, 마음의 고향의 맛 같은 게 하나도 닳지 않고 그냥 남아 있는 걸까. 악착같이 경쟁하지 않아도 먹고 사는 데 지장이 없고, 여퉈 놓지 않아도 노후 걱정이 없는 체제 때문인지도 모르겠다는 생각이 들었다. 차려입은 겉모양은 그들보다 좀 나을지 몰라도 마음은 그들보다 훨씬 초라하고 밉다는 게 나의 솔직한 심정이었고 비밀스러운 열등감이었다. 우리의 빈번한 왕래가 그 땅에 앞으로 유발시킬 소비의 욕구를 생각하면 우리가 바로 인간 공해란 미안감도 들었다.

연길을 떠나는 날은 오전 중에 김학철 선생님 댁을 방문했다. 원로 작가다운 좋은 대우를 받고 계신 듯했다. 그동안에 가 본 어떤 집보다도 넓고 쾌적한 주택에서 아직도 정정한 건강과 정신력으로 작품 활동을 하고 계신 게 빕기에 든든했다. 해방 후 《문학》이란 잡지가 나온 적이 있다. 문학가동맹이라는 좌익 문학 단체의 기관지 비슷한 성격의 문예지였다고 기억하는데, 당시 문학소녀였던 나는 그 잡지를 구독했었다. 그때 읽은 단편 중 유일하게 줄거리가 생생하게 기억나는 「담배국」이라는 작품이 있는데 작자는 누군지 모르고 있었다. 선생님과 이런 얘기, 저런 얘기하다가 퍼뜩 그 작품 생각이 나면서 혹시 선생님 작품이 아닐까 하는 생각이 들었다. 여쭤보았더니 그렇다고 하셨다. 독립군의 소년병이 실수를 연발하다가 취사당번으로 돌려졌는데, 이번엔 한번 잘해 보려고 벼른다. 변변한 반찬거리가 없어서 고민하다가 밭에서 이파리가 청청한 푸성귀를 보고 옳다구나 뜯어다가 국을 끓인다. 그러나 그 푸성귀는 담배 이파리여서 한 숟가락 떠먹어 본 병사들은 저마다 오만상을 찡그리고 뱉어 낸다는 게 내가 기억하고 있는 「담배국」의 대강의 줄거리이다. 나는 왜 그 작품의 줄거리와 분위기를 아직도 기억하고 있고, 40여 년 후에 만난 그 작가와 연결시킬 수가 있었을까. 작가가 책임져야 할 두 얼굴이 신기하기도 하고 한편 두렵기도 했다. 무엇보다도 그 연세에 현역이라는 게 존경스럽고 돋보였다.

떠나는 날의 점심 식사는 작가 임원춘 씨 댁에서 대접

을 받았다. 임원춘 씨는 가이드도 없이 온 우리를 위해 우리가 여행을 끝마칠 때까지 동행을 해 주기로 한 고마운 분이었다. 그는 반들반들하고 오밀조밀하게 꾸민 댁에서 상냥하고 친절한 부인과 장성한 자녀들과 살고 있었다. 부인의 음식 솜씨는 뛰어났다. 특히 된장 맛이 일품이었다. 부인은 기찻간에서 먹으라고 밥과 된장과 상추와 풋고추와, 오이를 비닐봉지에다 잔뜩 싸 가지고 역까지 배웅을 나와 주었다. 임원춘 씨 부인뿐 아니라 역에는 우리를 그동안 극진히 대해 준 모든 분들이 부부 동반으로 나와 있었다. 차 속에서 먹으라고 과일을 사 가지고 온 분이 있는가 하면 산나물 말린 거나 녹차를 선물로 주는 분도 있었다. 그들은 다들 입장권을 사 가지고 우리의 무거운 짐을 기차 속까지 날라다 주었고, 차창 밖에서 기차가 떠날 때까지 손을 흔들고 서 있었다. 저런 배웅, 저런 인심은 실로 얼마 만인가? 어릴 적 방학 때 고향 집에 내려갔다가 올라올 적의 개성역 생각이 났다. 그때도 다들 그렇게 전송을 했다. 개성서 서울은 지금의 거리감으로는 엎어지면 코 닿을 데련만, 만 리 밖을 떠나보내는 양 차창 밖에 붙어 서서 작별을 아쉬워하는 사람들이 차창 안의 떠나는 사람보다 훨씬 많았다. 나는 그들 중에서 우리 할머니를 찾아내면 차창에 코가 납작해지도록 얼굴을 붙이고는 울먹해지곤 했었다. 어쩌자고 그때 생각이 나면서 걷잡을 수 없이 눈물이 복받쳤다. 두만강 가에서 송우혜가 울 때 하도 인정머리 없이 야단만 쳐서 이이화 소장한테 돌같이 차다는 별명을 들은 나의 눈물을 다들 이상한 눈으로 바라보았다. 실은 나도 뜻밖이었다. 눈물처럼 각자의 고유한 정서에 닿아 있는 것도 없지만 불가해한 것도 없다 싶었다.

우리의 다음 목적지는 심양이었고 심양까지는 급행으로는 열다섯 시간가량 걸린다고 했다. 침대차는 한 방에 네 사람이 들게 돼 있는데 일행이 마침 네 사람이어서 여간 오붓하고 편하지가 않았다. 어둑어둑해지자 우리는 임원춘 씨 부인이 싸 준 걸 풀어 놓고 저녁을 먹기 시작했다. 순전히 된장에 상추쌈만 해 가지고 그렇게 많은 밥을 그렇게 맛있게 먹어 보긴 중국에서뿐 아니라 내 일생에도 처음인가 싶은 식사였다. 그야말로 걸신들린 것처럼 아귀아귀 먹었다. 그리고 푹 깊은 잠에 빠졌다.

심양에는 임원춘 씨 제자가 많아 융숭한 대접을 받았고, 구경할 데도 많았지만 일정이 빠듯했다. 아무리 바빠도 백탑은 꼭 봐야 한다는 이이화 소장의 뜻을 좇아 다음 날은 버스를 타고 요양으로 갔다. 이 소장이 백탑에 이끌린 것은 연암 박지원의 『열하일기』에 나오는 호곡장(好哭

場)에 연유한 듯했다. 『열하일기』에서 연암은 멀리 백탑을 바라보면서 "내 오늘에 이르러 처음으로 인생이란 본시 아무런 의탁함이 없이 다만 하늘을 이고 땅을 밞은 채 떠돌아다니는 존재임을 알았다. 말을 세우고 사방을 돌아보다가 스스로 깨닫지 못하는 사이에 손을 들어 이마에 얹고, 아 참 좋은 울음터로다. 가히 한번 울 만하구나"라고 적고 있다. 내가 인용한 것은 고전국역총서의 번역이지만 그중 호곡장에 대해선 딴 의견도 많은 듯했다. 울고 싶어라, 울 만하다 등등. 어떤 번역이 맞나 보다는 왜 울고 싶어했는지 정확한 호곡장의 의미와 만나고 싶은 거였다. 벽돌에 감격하는 대목이 여러 번 나오는 걸로 봐서 벽돌로 지은 웅장하고도 조화로운 백탑에 감동을 했을 수도, 광활하고 기름진 대지가 눈물이 나도록 부러웠을 수도 있으리라고 짐작할 수 있을 뿐, 정작 백탑을 본 느낌은 그저 그랬다. 마침 환경을 정비 중이어서 건축미를 감상하기엔 너무 주위가 산만했고, 거대한 건축물을 하도 많이 봐 온 눈엔 웅장하다는 느낌도 들지 않았다. 유감스럽게도 우리의 호곡장과 연암의 호곡장은 일치하지 않았다.

이이화 소장이 그 자신의 호곡장과 만난 것은 그로부터 며칠 후 단동에서였다. 단동은 나이 든 사람들은 안동으로 더 많이 기억하고 있는 신의주와 압록강을 사이에 두고 마주 보고 있는 국경 도시이다. 국경 도시답게 깨끗하고 약간은 서구적인 분위기도 가미된 도시였다. 압록강은 두만강보다 훨씬 강폭이 넓은 도도한 강이었고, 철교 위로는 한반도와 대륙을 잇는 기차가 달리고 있었다. 철교 위로 기차가 달리는 게 놀랍고 신기해서 연방 카메라 셔터를 누르고 또 누르는 게, 세상에 우리 민족 말고 어디 또 있을까. 실컷 사진을 찍고 나서 유람선을 탔다. 압록강 유람선은 신의주 쪽 강변 유원지에 놀러 나온 빨간 스카프를 목에 두른 어린이들의 얼굴을 식별할 수 있을 만큼 가까이 접근해서 강변을 따라 천천히 운항하면서 완만하게 선회를 했다.

그때 선창에 붙어 서서 열심히 손을 흔들고 있던 이이화 소장이 갑자기 고개를 꺾더니 흐느끼기 시작했다. 그냥 눈물짓는 정도가 아니라 가냘픈 어깨를 흔들면서 소리 내어 울기 시작했다. 혹시 여성적인 이름 때문에 그를 여자로 아는 독자가 있을지도 몰라 밝혀 두겠는데 그는 50대 중반의 대머리가 진, 체구는 작지만 근엄한 남자다. 곤색 티셔츠 속의 흐느끼는 어깨는 유난히 왜소해 보였고, 나는 아아, 리리화가 운다라고 생각하자 또 덩달아서 눈물이 나왔다. 리리화는 연변에서 그를 그쪽 발음으로 그렇게 부르면 더욱 여성적이고도 리드미컬하게 들려 주로 농담을 할 때 그렇게 불렀었다. 남자의 울음은 거의가 중국 사람인 선객들에게도 충격을 준 것 같았다. 저희들끼리 수군대며 일제히 우리에게 창가 자리를 내주었고, 눈빛에 깊은 연민이 어렸다. 분단된 민족에 대한 그들의 적나라한 연민의 시선을 받으면서 나는 처음으로 우리가 중국 땅에서 숱하게 뿌리고 다닌 연민을 같잖고도 창피하게 여겼다. 그들이 우리보다 조금 못 입었다고, 조금 덜 정결하다고, 조금 작은 집에 산다고 여길 때마다 아끼지 않은 연민은 지금 그들로부터 받고 있는 연민에 비하면 얼마나 소소하고도 천박스러운 것이었던가.

지금 돌이켜 보니 우리 세 사람의 호곡장은 다 달랐지만 결국은 한 뿌리에 닿아 있었다.

1992년

나는 자식들과의 이런
멀고 가까운 거리를 좋아하고,
가장 멀리, 우주 밖으로 사라진 자식을
가장 가깝게 느낄 수도 있는
신비 또한 좋아한다. 무엇보다도
나에게 남겨진 자유가 소중하여
그 안에는 자식들도 들이고 싶지 않다.

「내가 걸어온 길」

앓아누운 산

여행을 좋아하는 편이지만 몇 년째 여름 여행은 안 하기로 작정하고 지내 왔다. 아이들만 바캉스를 떠나보내고 집을 지키는 호젓하고 한가한 재미에 맛을 들이고 나니 그게 그렇게 좋을 수가 없었다.

우선 서늘하고 쾌적한 밤잠과 낮잠을 위해 삼베 홑청을 빳빳하게 풀을 먹여 다려 놓고 나서 나는 아이들에게 어서 바캉스를 떠나라고 성화를 한다. 이럴 때 나는 마치 아이들을 내쫓고 혼자만 맛있는 걸 먹으려는 못된 엄마처럼 음흉스러워진다.

그런데 올해는 이렇게 어렵게 얻은 집 보기도 서늘하지 않았고 아이들이 바캉스를 다녀온 후에도 더위는 가실 줄을 몰랐다. 게다가 아이들의 밤낮을 가리지 않는 올림픽 열기를 따라가기도 힘겨웠다. 나 역시 선전(善戰)하는 우리 선수에게 격려의 박수도 보내고 싶고 금메달도 좋아하지만 오랜 버릇인 초저녁부터의 숙면과 새벽의 각성과 그때부터 날 밝기까지의 완벽한 고독 또한 사랑하는 걸 어쩌랴. 이런 나의 건강의 리듬을 깨면서까지 열중하기엔 나는 너무 나이를 많이 먹었나 보다.

이래저래 집을 떠나고 싶어도 엄두를 못 내고 있던 차에 어느 날 시내로 들어오는 택시 속에서였다. 택시가 남산 터널을 지나는데 차가 밀려서 좀처럼 빠져나가질 못했다. 잘 빠질 때도 나는 남산 터널이 싫다. 가슴이 답답해지고 사람의 피가 배추벌레의 피로 변한 것처럼 피부가 연두색으로 바래 보일 뿐 아니라 아무리 고운 옷 빛깔도 수의(壽衣)처럼 죽은 색으로 변색한다. 그날의 그 속 더위는 유별났다. 아아 올여름 나의 더위 중 피크였을 것이다. 눈에 보이게 탁하고 무거운 공기가 땀과 범벅이 되어 찐득찐득 눌어붙으면서 정신이 몽롱해졌다. 몽롱한 정신 때문인지 서울이란 도시가 온통 엄청난 인구와 차량이 내뿜는 뜨겁고 탁한 숨결이 모여서 된 두꺼운 지붕을 쓰고 있는 거대한 터널이 아닐까 하는 생각이 들었다. 서둘러 빠져나가 맑은 공기를 쐬지 않으면 미칠 것 같았다. 맑은 공기에 대한 갈증으로 더위 먹은 짐승처럼 헐떡였다.

다음 날 덮어놓고 고속버스표를 샀다. 별다른 여행 계획 없이 될 수 있는 대로 서울에서 멀리 떠날 생각만 했다. 그러나 사전 지식 없이 떠났기 때문에 당도한 곳은 교통이 편한 국립공원일 수밖에 없었다. 첩첩한 산과 짙은 숲이 반가웠다. 물소리가 상쾌한 골짜기에 들어서자 싱그러운 수풀 냄새 대신 불고기 냄새가 진동을 했다. 불고기 굽는 연기가 골짜기에 푸르게 서려 저녁나절의 시골 마을을 연상시켰다.

다행히 숙소는 번거로운 초입에서 한참 올라간 전망 좋고 한적한 곳에 잡을 수가 있었다. 마당엔 분나무가 아이들이 몇이서 숨바꼭질을 해도 머리카락 하나 안 보일 만큼 크게 잘 펴져서 수백 송이나 되는 노랑 꽃·분홍 꽃에서 뿜어내는 약간의 촌스러운 향기가 유년기에의 향수를 불러일으켰다. 어렸을 적 우리 시골에선 분꽃이 시계였다. 분꽃이 벌어질 무렵 겉보리 절구질을 시작하면 저녁 짓기에 꼭 알맞다고 했다.

마을엔 통틀어 괘종 시계가 딱 하나 있었는데 그나마 늙어서 오락가락했다. 사람들은 시계 없이도 자연이나 자신의 감각을 통해 시간을 잘 맞췄다. 그래도 귀한 손자를 본 노인은 밤중에도 시계 있는 집 문을 두드려 정확한 생시(生時)를 알려고 했기 때문에 마을 사람들 누구나 그 늙은 시계를 귀물처럼 아꼈었다.

밤엔 밖이 소란스러웠다. 밤이 깊을수록 소란이 더해서 도무지 잠을 이룰 수가 없었다. 전전반측 뒤치다 못해 잠 좀 자게 해 달라고 부탁을 할까 하고 나가 보았더니 거기서도 올림픽 열기였다. 마루에 컬러 텔레비전을 놓고 마당에 대나무 평상을 잇대어 놓고 숙소에 든 손님들과 종업원들이 함께 어울려 열띤 응원을 하고 있었다. 그건 단순한 열광이 아니라 열렬한 애국이었다. 그들의 애국에 비하면 나의 설친 잠은 너무도 하찮은 것이었으므로 조용히 내 방으로 물러났다.

다음 날 산을 오르면서 보니 겹겹이 사람이요 첩첩이 쓰레기였다. 산은 사람과 도시의 쓰레기에 시달리다 못해 앓고 있는 것처럼 보였다. 도시의 쓰레기로 들이 피폐하고 산이 의연한 기상(氣象)과 정기(精氣)를 잃으면 장차 어떻게 일용할 양식을 얻을 수 있으며 어떻게 늠름한 건아(健兒)인들 키울 수 있겠는가. 들을 기름지게, 산을 청청하게, 나무들을 정정하게, 시냇물에선 물고기가 놀게, 숲에선 새들과 풀벌레가 노래 부르게 우리 국토의 건강을 지켜 주는 일이야말로 화끈할 것 없지만 정말 해야 할 나라 사랑이란 생각이 절절해지는 여행이었다.

1980년

화창한 세상

어떤 거대하고 으리으리한 빌딩 로비에서였다. 한 중
년의 신사가 여러 명의 초로(初老)의 신사를 뒤에 거느리
고 엘리베이터 앞으로 가는 게 보였다. 그들은 엘리베이
터를 타고 사라졌지만 그 잠깐 동안에 본 그들은 매우 인
상적이었다.

중년의 신사는 머리끝에서부터 발끝까지 일관하고
있는 위엄과 아무나 닥치는 대로 깔아뭉갤 듯한 안하무인
의 시선으로 미루어 사장님보다 한 단계 높은 회장님쯤으
로 보였고 쩔쩔매며 뒤따르고 있는 신사들은 진득한 연륜
으로 보거나 훌륭한 복장으로 보거나 중역진으로 봐서 틀
림이 없을 것 같았다. 중역이 사장이나 회장한테 저렇게
까지 굴어야 하는가 싶을 만큼 뒤따르는 신사들은 하나같
이 아부와 비굴이 몸에 배 있어 차마 바로 보기가 민망할
지경이었고 한편 우리네 가장(家長)이 밖에서 겪는 사회생
활의 굴욕적인 일면을 훔쳐본 듯 속이 찡하기도 했다.

마치 고층 빌딩이 층수만큼이나 위로도 한이 없고 밑으로도 한이 없는 우리 사회의 상하 관계가 꼭 그런 방법으로밖에 유지될 수 없는 것일까. 하긴 밥줄이 달린 일인데 어쩌겠는가라고 간단히 체념할 수도 있다. 우린 자고로 "목구멍이 포도청"이란 말로 밥줄을 위해선 철조망 밑을 기는 것 같은 절대적인 비굴까지도 합리화해 왔다. 자신과 가족의 목숨이 달린 밥줄은 과연 중요하다. 신성하기까지 하다. 그러나 중역은 사장이, 과장은 부장이, 계장은 과장이, 청소부는 청소 감독이 먹여 살리는 건 아니지 않은가. 청소부는 그가 맡은 바 청소하는 일이 그를 먹여 살린다고 생각하면 각자 좀 더 떳떳할 수도 있지 않을까. 청소부가 청소를 특별히 게을리하고 있지 않는 한 감독한테 비굴하게 아부할 필요도 없을 테고 더군다나 회장님이 지나간다고 해서 혼비백산, 벌벌 떨 필요도 없겠다. 비록 각자 맡은 바 일의 중요성의 경중(輕重)에 따라 직급의 높고 낮음은 있을망정 일을 한 대가로 먹고사는 입장은 서로 동등하다.

직급의 높고 낮음이 있는 한 그 위계질서를 위해선, 의연한 윗사람 노릇과 아랫사람의 윗사람에 대한 존경심은 마땅히 있어야 하는 것이겠지만 내가 빌딩 로비에서 목격한 상하 관계는 그런 것하고도 거리가 먼 것이었다. 마치 코미디의 한 장면처럼 아부와 비굴의 극치를 보여 주던 그 초로의 중역이 잠깐 윗사람의 권위가 미치지 않는 곳, 이를테면 화장실 같은 곳에서 홀로 기를 펴게 되었을 때, 그가 할 수 있는 것은 무엇일까. 아마 "내 더러워서⋯⋯" 하는 욕지거리가 고작일 것이다. 만약 그곳을 나오다 아랫사람을 만난다면 무슨 트집이든지 잡아 쩔쩔매는 꼴을 보고 싶어 할 테고 저녁에 집에 돌아와선 아내와 아이들에게 터무니없는 허세를 부리고 싶어 할 것이다.

이렇게 표리(表裏)가 부동한 건 결코 존경이 아니다. 또 남을 존경함으로써 자신의 자존심이 상하는 것도 진정한 존경은 아니다. "내 더러워서⋯⋯"라는 욕지거리가 목구멍에서 가래처럼 끓는 걸 참고 떠는 아양과 존경을 구별 못하는 윗사람은 참으로 어리석다. 또 세상이 온통 그런 코미디 같은 상하 관계로 이루어졌다고 생각하는 건 매우 우울한 노릇이다. 우리를 먹여 살리고 우리의 안전을 지켜주는 능력이, 자기 밖의 어떤 가공의 힘이 있다고 믿고 거기 무조건 빌붙고 아부하는 기술이 근래에 더욱 발달하고 세련되어 "목구멍이 포도청" 정도를 지나 가히 우상 숭배의 경지까지 이르지 않았나 싶다. 그러면서도, 아니 그럴수록 우리는 보다 나은 세상에 대한 절절한 갈망을 버릴 수가 없다.

우리가 모두 굶주리고 헐벗었을 때 꿈꾼 보다 나은 세상은 일만 하면 배부르고 등 뜨스울 수 있는 세상이었다. 이제 우린 열심히 일만 하면 배부르고 등 뜨스울 수 있는 정도는 보장된 세상이 됐다고 믿으면서도 보다 나은 세상에 대한 갈망은 오히려 헐벗고 굶주렸을 때보다 더하면 더하다.

우상을 섬기지 말아야 하는 건 기독교 정신일 뿐 아니라 민주주의의 정신이고 보다 나은 세상에 대한 갈망이란 바로, 참으로 그리고 골고루 민주적인 사고와 생활 방법에 대한 갈망이 아닐까. 이제 겉모양이 드높고 내부 장치가 으리으리한 고층 건물만 가지고 근대화를 뽐낼 게 아니라 그 속에 근대적인 정신을 담을 때도 되지 않았나 싶다.

1979년

특혜보다는 당연한 권리를

어떤 모임에서였다. 동성동본끼리 결혼할 수 없다는 법은 조만간 개정되어야 한다는 말이 나왔었다. 그 모임이 그런 문제를 이러쿵저러쿵 문제 삼자는 모임은 아니었고, 모임이 끝나 갈 무렵 여담(餘談)처럼 그런 얘기가 나왔었다고 기억된다. 우리들의 이야기가 자연스럽게, 서로 사랑하고 실질적인 부부 생활까지 하면서 그 금혼법에 묶여 결혼 신고도 못 하고 따라서 자식을 입적시킬 방도까지 막힌 동성동본 부부들에 대한 깊은 동정으로 기울어져 갈 무렵이었다. 잠자코 듣고만 있던 한 분이 별안간 큰소리로 좌중을 나무라기 시작했다.

첫마디가 법은 사람을 위해 있는 것이지 금수(禽獸)를 위해 있는 것은 아니라는 것과 동성동본끼리 붙어살면서 자식을 낳는 것들은 금수만도 못하다는 식의 지극히 감정적이고 독선적인 욕설에 가까운 것이어서 우리들은 다 놀랐다.

내가 특히 놀란 건 그의 너무 큰 목소리였다. 아마 참고 참은 분노를 나타내려고 그런 것이었겠지만 거기 귀가 어두운 사람이 있는 것도 아닌데 그렇게까지 목청을 돋울 건 뭐였을까.

그는 계속해서 목청 높은 소리로, 이 동방예의지국에서 동성동본끼리 결혼할 수 없는 법을 감히 개정하자는 패씸한 움직임이 보이는 것은 서양의 못된 풍습을 무분별하게 받아들인 결과라고 개탄했다. 지나친 흥분 때문이겠지만 그의 논리는 어느 틈에 서양 것은 곧 금수의 것이라는 식으로 치닫고 있었다.

그러나 불행히도 그는 서양 옷(양복)을 입고 서양 댕기(넥타이)를 매고 있었고 방금 전에는 세 자식 중 두 명이 서양 유학 중이라며 자식 자랑을 하기도 했던 사람이었다. 그 밖에도 동성동본끼리 결혼하는 것이 우리의 미풍양속에 크게 어긋나는 금수만도 못한 짓이란 그의 논조는 반박할 여지가 많은 허점투성이였음에도 불구하고 그 자리에 있던 어느 누구도 그의 말에 비판적인 반론을 펴지 못했다.

우선 목소리가 너무 커서 감히 맞설 엄두가 나지 않았던 것이다.

어떤 자리에서나 극단적인 편견에 치우친 말일수록 목청이 높다. 극단적인 편견이란 남의 말을 받아들일 생각이 전혀 없는 생각이기 때문에 그걸 나타내는 목소리까지도 우선 배타적이다. 남의 목소리를 철저하게 배제하려면 제 목청을 높일 수밖에 없다. 남의 생각을 조금이라도 받아들일 태세가 돼 있으면 그건 이미 극단적인 편견이 아니다. 극단적인 편견이 때로는 옳은 생각일 수도 있지만, 그게 혐오감을 주는 이유는 바로 그 폐쇄성 때문에 그 이상의 발전을 기대할 수 없기 때문이다.

앞서 어떤 모임이라고 말한 건 그 한 예일 뿐 어떤 자리에서고 결국은 높은 목청이 주도권을 잡고 결론을 이끄는 걸 우린 흔히 보게 된다. 자기 생각만이 절대로 옳다는 극단적인 편견이란, 목청이 실제로 높지 않더라도, 온당한 양식(良識)을 일방적으로 밀어붙이고 피곤하게 만들어 결국 두 손을 들고 말게 만드는 폭력 같은 속성을 지니고 있게 마련이다.

폭력이 용기와 다르듯이 편견은 신념과 다르다. 신념은 마음을 열고 얼마든지 남의 옳은 생각을 받아들임으로써 자신을 살찌우려 들지만 편견은 남의 옳은 생각을 두려워하는 닫힌 마음이다. 결국 폭력이나 편견이나 똑같이 허세일 뿐 진정한 힘은 아니다. 그러니까 정말 두려운 건 목청 높은 편견이 아니라, 그 목청에 대세를 맡겨 버리는 양식 있는 사람들의 소극적인 태도인지도 모르겠다.

우린 예로부터 말 같지 않은 말이나 사람답지 않은 사람과는 대항해서 시비를 가리느니보다는 슬쩍 피하는 걸 점잖은 사람이 지킬 미덕으로 여겨 왔다. 여북해야 "똥이 무서워서 피하나 더러워서 피하지" 하는 속담까지 있겠는가.

그러나 나는 우리 조상들의 생활의 지혜가 담겨 있는 속담 중에서 이 속담만은 쓸 만한 것이 못 된다고 생각하고 있다. 똥을 피하는 건 더러워서일 뿐 무서워서가 아니라는 말은 자신에 대한 변명은 될지 몰라도 여럿이 더불어 사는 이 세상에 대해선 매우 무책임한 발언이다. 너도 나도 똥을 피하기만 하면 이 세상은 똥통이 되어 버릴 것이 아닌가. 똥은 피할 게 아니라 먼저 본 사람이 치우는 게 수다.

인간답게 사는 길도 나만 인간답게 살면 그만이라고 생각하면 쉬울 수도 있지만, 그런 생각 자체가 이미 인간답지 못하다. 이웃이 까닭 없이 인간다움을 침해받는 사회에서 나만은 오래오래 인간다움을 지키고 살 수 있다고 생각한다면 그야말로 인간 이하의 어리석음이다.

그때 그 일이 있고 나서 나도 동성동본 금혼법에 대해 뭘 좀 알아야겠다는 생각으로 관계법을 읽어보기도 했고, 그 법을 개정해야 한다는 소리와 그 반대의 소리가 논쟁하는 걸 텔레비전이나 지상을 통해 열심히 보기도 했다.

어떤 텔레비전의 공개 토론 때였다. 그때도 역시 그런 법의 개정을 주장하는 소리는 차근차근 이론적인데 반해, 개정을 반대하는 보수적인 목소리는 강경 일변도로 목소리가 매우 컸다.

개정론자들은 수백 년 전의 부계(父系)의 혈통이 같다는 이유 하나로 촌수를 헤아릴 수도 없는 젊은 남녀가 결혼할 수 없도록 하는 제도는 불합리하다고 주장하였다. 그리고 더욱이 이 제도가 우리 고유의 전통 윤리가 아니라 조선 시대에 중국 명나라의 기본적인 형법이었던 대명률(大明律)에서 그대로 수입한 것이고 그 본고장인 중국에서는 폐지된 지 이미 오래되었다고 따져 들어갔다.

그러나 반대파들은 그런 일리 있는 주장들을 정확하게 파악하고 나서 개정론자들을 성토하는 게 아니라 동성동본 결혼과 근친혼을 같은 것으로 보고 맞섰기 때문에 쟁점이 어긋나 결국 헛된 싸움이 되고 말았다.

내가 알기론 동성동본 결혼과 근친혼은 엄연히 다른 것이다. 지금 실질적으로 결혼했으나 동성동본이라서 법의 보호를 못 받아 고통받는 인구는 10만 명이 넘는 것으로 추정되고 있고, 가정 법률 상담소에만도 하루 평균 네댓 명이 찾아와 이 문제를 호소하고 있다고 한다.

그러나 그들이 근친은커녕 촌수를 따질 수 있는 먼 친척끼리 결혼한 경우도 거의 없고, 오로지 동성동본일 뿐이라는 것은 아무리 이 법의 개정을 반대하는 사람들이라도 인정할 줄 안다.

촌수를 따질 수 있는 친척 간임을 알고 결혼하는 일은 그야말로 금수만도 못하다는 걸 스스로 알 만큼 우린 전통적으로 가까운 피끼리 섞이는 걸 몹시 수치스러워하고 또 두려워하기까지 해 왔다. 법적으로 전혀 제한을 받지 않는 모계(母系)의 친족끼리도 결혼하는 일이 거의 없는 것만 봐도, 그 금혼법만 풀어 놓으면 단박 근친혼이 성행할 것처럼 생각하는 게 한낱 기우임을 잘 알 수가 있다.

남산에서 돌을 던지면 십중팔구는 김씨 아니면 이씨 머리에 맞게 된다는 우스갯소리가 있다. 성씨는 많지만 전화번호부에도 못 오르는 희성이 있는가 하면 1천만 명에 육박하는 대성도 있다. 같은 핏줄이라고 말하자면, 우리 시조 단군님의 피를 물려받은 단일 민족이라니 6천만이 같은 피라고 해도 틀린 말은 아니다. 그래서 어느 나라 어느 민족이고 고대엔 근친혼이 성행을 했다. 근친혼이

점차 사라져 간 것은 과학의 발달로 그 해로움이 입증됐기 때문만이 아니라 인구의 팽창으로 근친 아니라도 얼마든지 배우자를 골라잡을 수 있을 만큼 선택의 범위가 자연스럽게 넓어진 때문도 있을 것이다.

이제 어떤 대성은 삼국시대의 신라나 고구려, 백제 등 한 국가의 인구보다 많아졌다. 대성이 아니라도 예전 부족 국가의 인구보다 많은 성씨도 수두룩하다. 이렇게 단군의 자손은 번창에 번창을 거듭해 왔다. 크게는 6천만이 한 핏줄이지만, 친족의 개념이 되는 같은 피는 대가 바뀌면서 자꾸만 희석이 될 수밖에 없다.

지금 가장 인구가 많은 것으로 알려진 김해 김씨는 아무리 동성동본이라도 삼국시대의 한 나라 안에서 가장 먼 남남끼리보다 더 피의 동질성이 희박하다고 볼 수도 있다. 그런 실질적인 남남끼리의 결혼을 합법화시켜 주자는 것이지 근친혼을 부추기자는 얘기가 절대 아니다.

동성동본을 뭉뚱그려 근친으로 보는 게 비과학적인 태도인 것처럼 근친의 개념에서 모계를 도외시한 것 역시 비과학적이라 하겠다. 우생학적인 견지에서 근친혼을 피해야 함은 부계 근친이나 모계 근친이나 동등해야지 차등을 두면은 아무 의미가 없게 된다. 부모가 후세에게 미치는 생물학적인 영향은 서로 동등하고, 우리의 사회 제도처럼 남녀의 차등이 있는 게 아니기 때문이다.

이건 과학이라기보다는 상식이련만 동성동본 금혼제
를 반대하는 자리에선 어찌 된 일인지 그런 상식조차 통
하지 않는 것 같았다. 심지어는 이런 말까지 나왔다. "여
자는 밭(田)과 같고 남자는 씨(種子)와 같은 거니까, 모계의
혈통은 아무리 가까워도 후세에 끼칠 영향을 두려워할 게
못 된다"는 요지의 발언을 사석도 아닌 공적인 자리에서
하는 걸 들으면서 아연해질 수밖에 없었다.

새로운 생명을 창조하는 데 있어서의 남자와 여자의
역할을 밭과 씨에 비유하는 건 예전부터 있어 온 얘기다.
또 어머니의 배를 빌려 태어난다는 말도 흔히 하는 얘기
다. 그러나 자신의 주장을 적어도 과학적인 근거로 옹호
할 필요성이 있는 자리에서 써먹기에는 상식 이하의 비
과학적인 얘기다. 굳이 남녀의 생리를 식물에 비유하려고
했다면, 밭과 씨앗보다는, 암꽃·수꽃 또는 암술·수술에
비유함이 옳았을 것이다. 식물이 열매를 맺어 자신의 종
(種)을 번식시키는 데 있어서 암수의 역할은 서로 동등한
절대적인 반쪽이고 인간에게 있어서도 그 점은 조금도 다
르지 않다.

그렇다고 이 점을 근거로 이 자리에서 여권 운동을 하
려는 건 아니다. 다만 남녀의 역할에 대한 이런 비과학적

이고도 널리 퍼진 오해가 여성을 비하시키고, 자식에 대한 친권 문제 등이 야기됐을 때 어머니 쪽의 권리가 당연히 무시될 수 있는 근거가 되고 있을지도 모른다는 의구심은 가져 봐야 하지 않을까?

그러나 내가 그 토론을 다 보고 듣고 나서 크게 놀란 건 동성동본끼리 결혼한 부부들에 대한 구제 방안이었다. 동성동본끼리 결혼하고서도 결혼 신고를 할 수 있었던 몇 쌍이 예로 들어졌다. 그중엔 구청 접수창구에서 직원의 실수로 접수된 예까지 나왔다. 동성동본이지만 파가 다르다는 증명을 해서 구제되는 방법, 여자나 남자 중 하나가 따로 성이나 본을 창설해 시조(始祖)가 되는, 원칙을 벗어난 변칙이 소개됐다.

내가 알기로도 돈이 있거나 지식이 있는 층에선 동성동본끼리 결혼하고도 이런 변칙을 통해 얼마든지 결혼 신고를 하고 잘 살고들 있다. 그러니까 곧이곧대로 법에 묶여 고통받는 층은 못 배우고 가난한 사람들이란 얘기가 된다. 죄지어 걸리는 법망도 돈과 세도 없는 사람만 걸리는 게 억울한데, 죄를 지었다고 할 수도 없는 그들만 법망에 걸려서야 되겠는가.

또 가끔 구제 기간을 두어서 그들을 구제하자는 방안도 도무지 마음에 들지 않았다. 구제라니, 마치 요새 한창 흔한 특사 비슷하단 생각이 들었다. 구제나 특사라는 생색 내며 내리는 혜택보다는 당연한 권리를 찾게 해야 한다.

　법 대신 편법을, 원칙 대신 변칙으로 사는 걸 은연중 권장하는 사회는 뭔가 잘못된 사회다. 마찬가지로 특혜나 특사가 자주 있어야 하는 사회도 인간다움이 그만큼 자주 짓밟힌 사회라는 혐의를 면키 어려울 것이다. 다른 건 몰라도 인권만은 특혜로 줄 수 없는 것이기 때문에 함부로 빼앗을 수도 없는 것이 아닐까.

1982년

파인 플레이가 귀해지는 건
비단 운동 경기 분야뿐일까.
사람이 살면서 부딪치는
타인과의 각종 경쟁,
심지어는 의견의 차이에서 오는
사소한 언쟁에서까지 그 다툼의
당당함, 깨끗함, 아름다움이
점점 사라져가는 느낌이다.

「꼴찌에게 보내는 갈채」

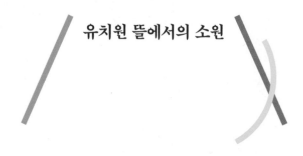

유치원 뜰에서의 소원

외손자가 올해 처음으로 유치원생이 된다. 유치원은
학교보다 입학식이 좀 늦어 이 달 중순이나 돼야 다니기
시작할 모양인데도 벌써 유치원생 티를 내려 든다.

어린것도 수속을 끝마치자 곧 소속감을 느끼는 것 같
다. "어디 다니지" 하고 물으면 웃음이 비적비적 비어져
나오는 입으로 목청껏 유치원 이름과 반 이름을 댄다. 녀
석의 반은 민들레반이라나. 나도 녀석한테 민들레반 소리
를 처음 들었을 때는 비적비적 비어져 나오는 웃음을 참
을 수가 없었다.

내가 아직 젊은 엄마였을 적, 처음 중학생이 된 아들
의 모습이 떠올랐다. 그때만 해도 중학생이 되자마자 머
리를 박박 깎았고, 모양보다는 오래 입힐 요량부터 하고
산 새까만 교복은 온몸에서 헐렁하게 겉돌아서 도무지 볼
품이라곤 없었다. 그래도 나는 교복에서 반짝이는 금빛
단추가 꼭 민들레꽃 같다고 생각하면서 소녀처럼 가슴을

울렁거렸었다. 지금까지도 그때 생각만 하면 쉽사리 명랑해지는 버릇이 남아 있을 만큼 그때 내 마음속에 피어난 민들레꽃은 곧 기쁨이요 희망이었다.

어제는 시장 갔다 오는 길을 좀 돌아서 손자가 장차 다닐 유치원 마당을 괜히 한번 서성이다가 왔다. 아직 입학식이 있기 전이라 유치원 안에선 아무런 인기척도 들리지 않았다. 혹시 누가 있대도 할 말이 있는 것도 아니었다. 나는 마당에 있는 빙빙 돌아가는 놀이틀을 손으로 돌려보았다. 겨우내 쉬느라 녹이 슬었는지 삐그덕 소리를 내면서 힘겹게 돌아갔다.

유치원에선 무엇을 가르칠까. 막연히 불안했다. 나는 아이를 여럿 길렀지만 유치원 경험은 하나도 없다. 유치원 못 보낸 걸 유감스러워하기보다는 가끔 주책없게도 자식 자랑이 하고 싶을 때는 유치원 안 보내도 공부만 잘하더라고 으스댈 정도로 그걸 자랑스러워하기까지 했었다. 그러나 손자를 유치원 보내는 걸 말리진 않았다. 예전 아이들처럼 형제가 많지 않으니 또래끼리 사랑의 방법을 익힐 만한 데를 가정 밖에서 구하는 건 어차피 불가피한 일로 여겨졌기 때문이다. 나는 내가 유치원에서 바라는 게 또래끼리의 어울리는 법과 공중도덕·어린이다운 예절 등 극히 소박한 사람 노릇의 초보일 뿐이라는 게 되레 불안했다.

더 많은 걸, 더 지나친 걸 가르칠까 봐서였다. 사랑을 가르치기 전에 적의(敵意)를, 화해를 가르치기 전에 경쟁을, 공중도덕을 가르치기 전에 이기는 편법을, 신발을 바로 신는 법을 가르치기 전에 알파벳을 먼저 가르칠까 봐서였다.

유치원 뜰은 동네 아이들에게 개방된 듯 두 어린이가 손을 잡고 들어왔다. 아직은 겨울 날씨여서인지 아이들은 둘 다 두꺼운 털 코트를 입고 얼굴엔 마스크를 하고 있었다. 어린이의 순결한 눈동자를 무엇에 비길까. 마스크 때문에 얼굴이 거의 다 가려지고 눈빛만 강조된 그 아이들의 표정은 흡사 등불 같았다. 나는 아이들에게 말을 시키고 싶었지만 적당한 말이 떠오르지 않았다.

"너 여자니 남자니."

이렇게 물으려다 말고 그 질문의 어리석음에 스스로 질려서 입을 다물었다. 아이들이 그네를 탔다. 그네도 겨우내 쉬었는지 삐그덕 소리가 났다. 그러나 곧 그 삐그덕 소리조차 새소리처럼 즐겁고 경쾌해졌다. 아이들도 몸에서 열이 나는지 코트를 벗고 마스크도 벗었다. 마스크를 벗은 아이들의 볼은 너무도 예뻤다. 그때까지도 나는 그 아이들이 그렇게까지 예쁘게 생긴 아이들인 줄은 몰랐었다. 흡사 과수에 매달린 채 구질구질한 봉지를 뒤집어쓰고 있던 농익은 과실에서 봉지를 벗겨냈을 때처럼 그 아이들의 아름다움은 놀랍도록 싱싱했고 새삼스러웠다.

나는 그 예쁜 아이들에게 그곳의 놀이틀이 너무 초라한 것 같아 괜히 미안해졌다. 놀이틀은 겨울 동안 녹슬고 먼지 앉아 아이들의 몸과 옷을 더럽혀 줄 뿐 아니라 안전까지 위협할지도 모른다는 방정맞은 생각도 들었다. 놀이틀뿐 아니라 유치원 안의 시설도, 그 옆의 국민학교의 시설도, 눈에 보이는 시설뿐 아니라 눈에 보이지 않는 이 땅의 제도나 풍습도 그 아이들에 비해선 어딘가 미덥지 못하고 부실해 보였다. 아이들의 아름다움이 곧 최상의 것을 가질 자격처럼 보이니까 모든 게 다 부족해 보일 수밖에 없었다.

아이들을 보고 있을 때처럼 우리나라가 참으로 잘 돼야 할 텐데 하는 나라 근심이 기도처럼 순수해질 적도 없다. 우리의 발전이 놀랍고 앞으로 잘 되리란 칭송은 나라 안팎에서 자자하지만 그런 소리 중엔 얼마든지 아첨꾼이나 이해에 얽힌 장사꾼의 소리도 섞여 있을 수 있다. 하지만 아이들은 예나 지금이나 임금님은 벌거숭이라고 외칠 수 있는 겁 없는 정직성을 지녔다고 생각할 때 한결 더 아이들 눈치가 보인다.

1985년

늙은 곡예사

    내가 사는 아파트 단지에서 한길을 건너면 넓은 공터가 있다. 우리가 이사 올 때만 해도 그 공터에선 농사 비슷한 걸 짓고 있었다. 콩밭도 있고, 옥수수밭도, 오이·호박·들깨밭도 있었다. 사방이 다 버스 한 정거장 거리가 넘는 공터니까, 아마 1만여 평이 되지 않나 싶다.

    밭농사 1만여 평이라면 시골에서도 큰 농가 축에 들 텐데 굳이 농사 흉내라고 헐뜯은 것은, 해마다 몇십만 원씩 치솟아 이젠 평당 몇백만 원을 호가한다는 금싸라기 땅에 금괴(金塊)나 열린다면 또 모를까, 지천으로 흔한 오이·호박 따위를 심는 게 농사라기엔 암만해도 가짜스러워 보였기 때문이다.

    그래도 내 집 창으로 바라볼 수 있는 곳에 넓으나 넓은 밭이 있다는 건 좋은 일이었다. 또 그 공터의 한쪽 귀퉁이엔 아주 오래된 아름드리 버드나무와 미루나무가 10여 그루나 모여서 시원한 그늘을 드리우고 있었다. 여름엔 그 그늘에 참외·수박·복숭아 장수가 모여 앉아 있는 게 참으로 보기 좋았다. 도심의 상점이나 슈퍼마켓의 과일들이 도자기류처럼 빤질빤질한 데 비해 그곳의 과일은 갓 딴 것처럼 까슬까슬하고 촌스러웠다.

오고 가며, 또는 아파트의 창을 통해 그 공터의 나이든 나무들을 볼 때마다 나는 생각했었다. 그 근처가 마을 어귀였을까, 마을 사람들에게 정자나무 노릇을 한 마을 한가운데였을까 하고.

그 나무들은 수종(樹種)도 그렇고, 생김새도 그렇고, 모여 있는 모습도 그렇고, 내 고향 마을 어귀나 털털거리는 시외버스를 타고 스친 수많은 크고 작은 마을의 밭둔덕이나 시냇가에서 얼마든지 보아 온 그저 그런 나무들이었기 때문에, 오히려 더 예사롭게 보아 넘길 수가 없었다. 나는 그 근처에 오순도순 평화로운 마을이 있었다는 걸 의심치 않았다. 그 나무들은 이 도시의 비대증에 의해 희생되기 전에 한 작고도 목가적인 마을은 물론, 이 도시가 지금처럼 천박한 유두분면(油頭粉面)을 하기 전의 소박한 삶의 모습의 한 가닥일 수도 있었다. 그러나 그 정겨운 나무들이 올봄엔 새순이 돋아나지 않았다. 새순이 돋기 전에 모두 베어져서 무참히 나동그라졌다. 다시는 그 공터에 한가로운 마을의 모습을 펼쳐볼 수는 없으리라.

그 나무들이 베어지자, 그 공터에서 농사 흉내도 내지 않게 되었다. 그 대신 여기저기 말뚝을 박고 ○○은행 신축 부지니 ○○회관 신축 부지니 하는 큰 글씨가 든 울타리가 쳐졌다. 나는 갑자기 출세한 공터를 바라볼 때마다 까닭이 분명치 않은 상심을 달랠 길이 없었다. 날씨가 더워지고부터는 그 풀 한 포기 없는 광활한 공터에서 이는 메마른 먼지와 열기는 나에게 공포감마저 불러일으켰다.

의젓하게 나이 먹은 정자나무를 중심으로 실개천과 밭둑 머리 둔덕과 작은 마을을 그릴 수 있는 자유마저 빼앗긴 나는 도대체 무엇을 할 수 있단 말인가? 이런 공포감에 사로잡힐 때마다 나는 아이들에게 큰소리로 외쳐댔다.

"내년엔 아파트 팔고 시골로 갈 테야. 정말이야. 두고 보렴, 정말이다. 농사는 욕심부리지 않고 자급자족할 만큼만 지을 테고. 정말이다, 두고 보렴."

아이들은 웃기만 했다.

어느 날 아침, 자고 깨 보니 밤새 그 공터에 하얀 차일을 한 가게가 버섯처럼 옹기종기 돋아나 장터를 이루고 있었다. 장터 옆엔 뻘겋고 퍼런 줄무늬 텐트를 친 곡마단까지 들어와서 신나게 풍악을 울려대는 게 아닌가.

어떤 자선 단체에서 기금을 마련하기 위해 연 야시장이라고 했다. 야시장이라면 밤에만 열어야 하련만, 그 야시장은 밤낮이 없었다. 곡마단도 아침 10시부터 밤 10시까지 계속해서 재주를 부린다고 했다. 풍악 소리도 해 뜨자마자 울려 퍼지기 시작하면 밤 10시가 넘어서야 그쳤다.

"느희들 엄마하고 곡마단 구경 안 갈래? 느희들 어렸을 적부터 꼭 한번 시켜 주고 싶었는데, 이제야 그 기회가 왔구나. 얼마나 재미있다구 너."

나는 일찍 들어오는 아이마다 붙들고 이렇게 꼬드겼지만, 아이들은 웃기만 했다. 나중엔 애걸하다시피 사정까지 하니까, 아이들은 제각기 그럴듯한 변명을 늘어놓았다.

"어머니, 전 내일부터 시험이란 말예요."

"어머니, 전 오늘 너무 피곤해요."

"어머니, 전 오늘 텔레비전으로 야구를 봐야 해요. 친구들하고 내기를 걸었거든요."

나는 그 머리 큰 아이들을 꾀기를 단념하고 또마 녀석을 데리고 갈 생각을 했다. 또마는 내 외손자였다. 자고로 서커스란 젊은이보다는 늙은이가 어린 손자와 함께 보아서 신명 나는 구경거리였다. 나한테 처음 곡마단 구경을 시켜 준 것도 우리 할머니였고, 천상의 구경처럼 눈과 귀가 다만 황홀했던 것도 지금의 또마만 한 나이 때 일이 아니었던가.

그러나 또마를 곡마단 구경에 데리고 가겠다는 내 제

안을 또마 에미는 별로 달가워하지 않았다.

"괜히 고생만 하실 거예요. 이 더운 날씨에 그 비닐 천막 속이 오죽 찌겠어요? 예전에 구경거리가 귀할 때 말이지 요새 애들이 그까짓 서커스가 뭐 그리 신기하겠어요?"

나는 가슴에선 불이 번쩍번쩍하고 제풀에 손발을 들었다 놨다 하는 로봇 장난감에 정신이 팔린 또마를 물끄러미 바라보면서, 에미 말이 옳다고 생각했다. 별수 없이 혼자서 곡마단 천막 앞을 기웃대 보았다. 입구의 유리 상자 속에 들어앉아 슬픈 몸짓으로 손님을 부르는 늙고 마른 원숭이를 보자, 혼자서 구경을 하려던 마음마저 가시고 말았다.

1주일쯤 지나자 하룻밤 새 야시장도 곡마단도 감쪽같이 없어지고 그 불모의 공터가 다시 뙤약볕에 드러났다. 그날 나는 공터 옆을 지나다가 어떤 노인이 곡마단 천막을 펴 놓고 수리하는 걸 보았다. 다행히 공터 옆엔 전철이 지나가는 굴다리가 있어서 그 밑이 그늘져 비교적 서늘했다. 그 도시적인 그늘에 노인은 천막을 길에 펴 놓고 군데군데 구멍 난 걸 접착제로 때우고 있었다.

노인은 전문적인 수리공이 아니라 곡마단의 일원인 모양이었다. 솜씨는 매우 서툴렀지만 태도가 진지했다. 나는 노인의 옹기 빛 살갗과, 골 깊은 주름과, 비틀린 것처럼 처참한 목고개를 지켜보면서, 저 노인에게도 풍악 소리에 신명을 못 이겨 고향과 부모의 기대를 등진 꽃다운 젊은 날이 있었다는 걸 생각하고 하염없어졌다. 노인에게 아직도 신명의 그루터기가 남아 있다고 해도 아마 다시는 구경꾼의 갈채를 받는 일은 없으리라. 그렇더라도 헌 천막을 도시의 살벌한 굴다리 그늘이 아닌, 어느 시골의 운치 있는 정자나무 그늘에서 촌로(村老)들과 말벗하며 때울 수 있는 청한한 복까지 없을까 보냐. 노인의 유랑이 아직도 끝난 게 아니라면 그 정도의 복이라도 있어지이다. 마음으로부터 빌었다.

1983년

소멸과 생성의 수수께끼

노인들을 보고 있으면 슬퍼진다. 외롭거나 불쌍한 노인이 아니더라도 마찬가지다.

나도 늙어가고 있고 곧 노인 소리를 듣게 되리라는 걸 어쩔 수 없이 그리고 자주 의식하게 되고부터인 것 같다.

행복한 노인도 슬프긴 마찬가지다. 특히 노인잔치나 관광 여행이나 장수 무대 등에 나와 활짝 웃는 노인을 보면 더욱 슬퍼진다. 노인들이 너무 천진해서, 그리고 그분들의 행복이 일시적이고 어딘지 내보이기 위해 과장된 것처럼 보이는 게 슬프다.

텔레비전 화면 같은 데 그런 노인들이 나와 웃고 춤출 때마다 나는 외면하거나 텔레비전을 꺼 버린다.

"보기 싫어, 꺼 버려."

나는 아이들에게 악을 쓴다. 슬프다고 말하면 아이들이 웃을 것 같다. 아니 못 알아들을 것 같다.

문자 그대로 세계 정상의 권세와 지위를 가진 노인도

보기 싫도록 슬프긴 마찬가지다. 그가 연설할 때도 나는
외친다.

"그 노인 보기 싫어, 꺼 버려."

세계적인 권세도 부귀도 뺨에서 목으로 흐르는 칠십
노인다운 처량한 선을 지울 수 없음이 슬프다.

노인을 보면 슬퍼지고부터는 사진 찍기가 싫다. 공개
되어야 할 사진을 찍기는 더욱 싫다. 두렵기조차 하다.

그러나 내가 진정으로 두려워하는 건 지금 사진 찍는
일이 아니라, 어느 날 정말로 늙고 망령 들어 사진 찍기를
좋아하고 어디든지 나서고 싶어 하게 되는 일이다.

그래서 지금부터 아이들에게 이른다. 어느 날 에미가
늙고 망령 들어 사진 찍고 싶어 하고 날치고 싶어 하면 너
희들이 한사코 말려야 한다고.

나이보다 젊게 사는 노인을 보는 것도 슬프다.

우리 동네엔 아주 잘 지은 노인정이 있다. 정자같이
생긴 2층 누각이고 둘레엔 계절 따라 꽃이 피고 진다.

남 보이기 위해 지어 놓은 노인정만은 아닌 듯 늘 노
인들이 드나들고 어떤 때는 그 속에서 장구 소리가 날 때
도 있다.

어느 날, 나는 꽃밭을 헤치고 그 안에까지 들어가 보

왔다. 마침 어디로 단체 나들이라도 떠나시려는지 여자 노인들이 여러 분 모여서 떠들고 있었다. 여자 노인이라면 마땅히 노파라고 불러야 옳으리라.

그러나 웬걸.

입은 옷들이 최신식의 양장에 울긋불긋 화려하기가 젊은 여자들의 명동 거리 계 모임과 흡사했고, 머리는 한결같이 염색한 쇼트커트였고, 입술은 꽃잎처럼 붉었고, 향수 냄새가 현기증이 나게 짙었다.

카세트로 최신 유행곡을 들으며 어떤 노인은 하이힐 굽으로 콩콩 양회 바닥을 구르며 장단을 맞추고 있었다.

이렇게 적극적으로 젊게 사는 노인들도 역시 슬펐다. 나는 너무 슬퍼서 숨도 크게 못 쉬고 가만가만히 그곳을 도망쳐 나왔다.

양로원엘 딱 한 번 가 본 일이 있다. 시어머님이 돌아가시고 나서 유품을 정리하다 보니 한 번도 안 입으신 새 옷이 꽤 많았다. 그렇다고 내가 그분에게 철철이 옷을 많이 해드린 건 아니었다. 말년에 외출을 못 하고 들어앉아 계신 후부터 거의 새 옷을 안 해드렸다.

그분은 낡은 헌 옷만 입으셨고, 그나마 잘 안 갈아입으셨다. 남 부끄러운 마음에 내가 새 옷으로 갈아입혀 드리려면 나들이 갈 때 입어야지 집에서 그 좋은 옷을 뭣 하러 입느냐고 펄쩍 뛰셨다.

나들이할 가망이 없는 오랜 병석에서도 나들이할 때 입을 옷을 아끼느라 헌 옷만 입으셨다. 나는 그분이 마치 며느리를 망신 주기 위해 헌 옷만 입으시는 것 같아 그분이 싫었다. 그분의 초라하던 헌 옷 때문에 속도 많이 썩었고 분노를 걷잡을 수 없을 때도 한두 번이 아니었다.

그분은 그 아끼던 새 옷을 입고 다시 나들이해 보지 못하고 돌아가셨다. 친척들과 함께 그분의 유품을 정리할 때, 친척들은 아직 진솔인 채인 그분의 많은 비단옷에 놀란 것 같았다. 친척들은 새삼스럽게 나를 효부로 추켜세웠다.

그제서야 나는 알았다. 그분이 마지막 먼 나들이에 그 새 비단옷들을 한꺼번에 입고 가셨음을. 그분이 마지막으로 껴입은 그 비단옷은 며느리를 빛내기 위함이었음을.

돌아가신 그분은 키가 작았다. 옛날 노인 중에도 작은 키에 속했다. 요새 숙성한 국민학교 4, 5학년 아이들이 입으면 맞을 것 같은 회색·옥색·밤색·흰색 등의 양단, 뉴똥 치마 저고리를 무엇에 쓸까?

친척 중의 한 분이 한 번이라도 입으시던 것은 태우든지 넝마장수를 주되 진솔은 양로원에다 갖다주면 어떻겠느냐고 했다. 그래서 가려 놓았던 것을 그해 겨울 마침 양로원을 단골로 찾는 분과 동행할 기회가 생겨서 갖고 가게 되었다.

나는 내 선물을 매우 수줍어했고, 그쪽에서도 그것을 대수롭게 아는 것 같지도, 우습게 아는 것 같지도 않았다.

나는 그것이 의례적인 감사의 말과 함께 받아들여진 것만 고마웠다.

그때 양로원 분위기는 내가 생각했던 것보다 훨씬 밝았고, 어딘지 침착치 못하게 들떠 있었다. 궁상맞고 우울하게 가라앉아 있지 않아 훨씬 다행스러웠음에도 불구하고 나는 형언할 수 없는 슬픔을 느꼈다.

양로원에 크리스마스가 다가오고 있었다. 복도의 크리스마스트리에선 오색 색전구가 깜박이고 있었고, 어떤 노인은 버선 속에 하나 가득 알사탕을 감추고 있었다.

"더도 말고 덜도 말고 매일매일 크리스마스만 같았으면 좋겠어."

망령기가 있는지 유아 같은 표정의 노인이 유아처럼 분홍빛 잇몸만으로 활짝 웃으며 내 귓전에 속삭였다.

"더도 말고 덜도 말고 8월 한가위만 하여라"라는 우리의 옛 속담은 8월 한가위의 풍요를 말해 주기보다는 8월 한가위를 뺀 허구한 날의 허리띠를 졸라맨 궁핍을 말해 주듯이 그 노인의 말은 크리스마스의 기쁨보다는 크리스마스를 뺀 날들의 고독을 더 실감 나게 말해 주고 있었다.

나는 내가 뜻하지 않게 양로원의 문전성시에 끼여든 걸 알고 부끄러움을 느꼈다. 그러나 크리스마스 외의 계절에 양로원을 따로 다시 찾을 용기는 좀처럼 나지 않았다.

1년 중 가장 행복한 계절의 양로원도 보기 슬프거늘 아무도 찾는 이 없는 쓸쓸한 날의 양로원을 어찌 견디랴, 미리 주눅부터 드니 어쩌랴.

양로원 노인보다 더 슬픈 노인은 나의 어머니다.

하필이면 꼭 내가 전화드려야지 마음먹고 있는 날 아침에 먼저 걸려오는 내 어머니의 목소리처럼 절절하게 슬픈 게 또 있을까? 몸 성하냐, 밥 잘 먹냐, 아이들 학교 잘 다니냐, 이런 세세한 안부 때문에 내가 문안드릴 겨를도 안 주는 어머니의 자상한 목소리처럼 듣기 싫은 게 또 있을까.

그러나 나는,

"듣기 싫어, 꺼 버려."

라고 누구에게 말할 수도 없으니 어쩌랴.

어머니가 내 집에 오셔서 멍하니 창밖을 내다보고 계신 걸 보는 것은 슬프다. 어머니가 보고 계신 건 창밖의 풍경일까? 당신의 지난날 일일까?

창밖의 풍경도 지난날도 하염없이 흐르고 차디찬 죽음의 예감이 우울하게 서린 어머니의 노안(老眼)은 크나큰 비애다.

나의 어머니가 보기 좋을 적이 전혀 없는 건 아니다. 뭐니 뭐니 해도 행복해 보일 적의 어머니가 제일 보기 좋다.

어머니가 참으로 행복해 보일 적은 입지도 않으실 비단옷을 해 갔을 적도 아니고, 용돈을 드렸을 적도 아니고, 고기를 사 갔을 적도 아니다. 그런 효도는 평상시의 무관심에 대한 일시적인 보상에 지나지 않는다는 것을 누구보다도 어머니는 잘 알고 계신다. 양로원 노인들이 크리스마스가 1년에 한 번밖에 안 돌아온다는 걸 알고 있듯이.

그래서 그런 일시적이고도 물량적인 효도를 받으실 때의 어머니는 차라리 더 쓸쓸하다. 어머니가 정말 행복해 보일 적은 무릎으로 엉겨드는 증손자를 어루만지실 때다. 그 어린놈은 그 노인의 얼굴이 늙어서 보기 싫다는 것도 그 노인의 위치가 무력하다는 것도 아직 모른다. 따습고 말랑하고 정이 흐르는 손길이 본능적으로 좋아 따르고 있을 뿐이다.

내 어머니뿐 아니라 어떤 노인도 어린 손자와 함께 있을 때 슬프지 않다.

생명이 소멸돼 갈 때일수록 막 움튼 생명과 아름답게 어울린다는 건 무슨 조화일까? 생명은 덧없이 소멸되는 게 아니라 영원히 이어진다고 믿고 싶은 마음 때문일까?

이번 겨울엔 내 어머니가 증손자가 무릎으로 엉겨붙는 당신의 집으로 돌아가 계시게 해야겠다.

1983년

"늘 머릿속에는 구상이 몇 개씩 비축되어 있어요.
발효의 시기가 끝나면 하나씩 꺼내서 쓰지요. (…)
항상 제 나름의 그물을 치고 있는데,
거기에 걸려드는 부분이 경험과 만날 때
어떤 영감을 부여한다고 할까요."

"궁극적으로 작가는 사랑이 있는 시대, 사랑이 있는 정치,
사랑이 있는 역사를 꿈꾸는 사람이라고 생각합니다.
그런데 자고로 우리는 사랑이 있는 시대를 살아본 적이 없어요.
생각해보세요. 우리 역사에 사랑이 개입해본 적이 있나요,
우리 정치사에 사랑이 있어본 적이 있나요?"

"어떻게 보면 난 좋은 의미의 개인주의자라고 생각해요. 내가 중하니까 남도 중한 거지, 전체를 위해서 나 개인을 희생하고 싶은 생각도 없고, 그런 소박한 민주주의 개념이 남자와 여자 사이라고 차별이 있어서는 안 된다는 정도의 생각밖에 전 없습니다."

"나는 사실 '내가 무엇인가'라는 질문을 스스로에게 자주 합니다.
(…) 작품을 많이 읽는다는 것은 작가에게 매우 중요하다고 봐요.
소설에서의 자기 안목은 독서에서 얻은 것이고,
체험이 작품의 밑받침이 되고, 그리고 원고지 위에 쓰기까지
충분한 구상이 내 소설 쓰는 태도의 전부이지요."

꼴찌에게
보내는 갈채

꼴찌에게 보내는 갈채

신나는 일 좀 있었으면

가끔 별난 충동을 느낄 때가 있다. 목청껏 소리를 지르고 손뼉을 치고 싶은 충동 같은 것 말이다. 마음속 깊숙이 잠재한 환호(歡呼)에의 갈망 같은 게 이런 충동을 느끼게 하는지도 모르겠다.

그러나 요샌 좀처럼 이런 갈망을 풀 기회가 없다. 환호가 아니라도 좋으니 속이 후련하게 박장대소라도 할 기회나마 거의 없다.

의례적인 미소 아니면 조소·냉소·고소가 고작이다. 이러다가 얼굴 모양까지 얄궂게 일그러질 것 같아 겁이 난다.

환호하고픈 갈망을 가장 속 시원히 풀 수 있는 기회는 뭐니 뭐니 해도 잘 싸우는 운동 경기를 볼 때가 아닌가 싶다. 특히 국제 경기에서 우리 편이 이기는 걸 텔레비전을 통해서나마 볼 때면 그렇게 신이 날 수가 없다.

그러나 곰곰이 생각해 보니 그런 일로 신이 나서 마음
껏 환성을 지를 수 있었던 기억도 아득하다. 아마 박신자
(朴信子) 선수가 한창 스타 플레이어였을 적, 여자 농구를
볼 때면 그렇게 신이 났고, 그렇게 즐거웠고, 다 보고 나선
그렇게 속이 후련했던 것 같다.

요즈음은 내가 그 방면에 무관심해져서 모르고 있는
지는 모르지만 그때처럼 우리를 흥분시키고 자랑스럽게
해 주는 국제 경기도 없는 것 같다.

지는 것까지는 또 좋은데 지고 나서 구정물 같은 후문
(後聞)에 귀를 적셔야 하는 고역까지 겪다 보면 운동 경기
에 대한 순수한 애정마저 식게 된다.

이렇게 점점 파인 플레이가 귀해지는 건 비단 운동 경
기 분야뿐일까. 사람이 살면서 부딪치는 타인과의 각종
경쟁, 심지어는 의견의 차이에서 오는 사소한 언쟁에서까
지 그 다툼의 당당함, 깨끗함, 아름다움이 점점 사라져가
는 느낌이다.

그래서 아무리 눈에 불을 밝히고 찾아도 내부에 가둔
환호와 갈채(喝采)에의 충동을 발산할 고장을 못 찾는지도
모르겠다.

뭐 마라톤?

요전에 시내에 나갔다가 집으로 돌아올 때의 일이다. 집을 다 와서 버스가 정류장 못 미쳐 서서 도무지 움직이지를 않았다. 고장인가 했더니 그게 아닌 모양이었다. 앞에도 여러 대의 버스가 밀려 있었고 버스뿐 아니라 모든 차량이 땅에 붙어 버린 듯이 꼼짝을 못 하고 있었다.

나는 그날 아침부터 괜히 걷잡을 수 없이 우울해 있었다. 그래서 버스가 정거장도 아닌데 서 있다는 사실을 참을 수가 없었다.

"언제까지 이러고 있을 거요?"

나는 부끄럽게도 안내양에게 짜증을 부렸다. 마치 이 보잘것없는 소녀의 심술에 의해서 이 거리의 온갖 차량이 땅에 붙어 버리기라도 했다는 듯이, 그러나 안내양은 탓하지 않고 시들하게 말했다.

"아마 마라톤이 끝날 때까진 못 가려나 봐요."

"뭐 마라톤?"

그러니까 저 앞 고대에서 신설동으로 나오는 삼거리쯤에서 교통이 차단된 모양이고 그 삼거리를 마라톤의 선두 주자(走者)가 달려오리라. 마라톤의 선두 주자! 생각만 해도 우울하게 죽어 있던 내 온몸의 세포가 진저리를 치면서 생생하게 살아나는 것 같았다. 나는 그 선두 주자를 꼭 보고 싶었다. 아니 꼭 봐야만 했다.

나는 차비를 내고 내려 달라고 했다. 안내양이 정류장이 아니기 때문에 안 된다고 했다. 나는 마음이 급한 김에 어느 틈에 안내양에게 시비를 걸고 있었다.

"정류장이 아니기 때문에 못 내려 주겠다구? 그럼 정류장도 아닌데 왜 섰니? 응 왜 섰어?"

"이 아주머니가, 정말⋯⋯"

안내양은 나를 험상궂게 째려보더니 획 돌아서서 바깥을 내다보며 상대도 안 했다.

그래도 나는 선두로 달려오는 마라토너를 보고 싶다는 갈망을 단념할 수가 없었다. 나는 짐짓 발을 동동 구르며 다시 안내양의 어깨를 쳤다.

"아가씨, 내가 화장실이 급해서 그러니 잠깐만 문을 열어 줘요, 응."

"아주머니도 진작 그러시지, 신경질 먼저 부리면 어떡해요."

안내양은 마음씨 좋은 여자였다. 문을 빠끔히 열고 먼저 자기 고개를 내밀어 이쪽저쪽을 휘휘 살피더니 재빨리 내 등을 길바닥으로 떠다밀어 주었다.

1등 주자를 기다리는 마음

나는 치마를 펄럭이며 삼거리 쪽으로 달렸다. 삼거리
엔 인파가 겹겹이 진을 치고 있으리라. 그 인파는 저만치
서 그 모습을 드러낸 선두 주자를 향해 폭죽 같은 환호를
터뜨리리라.

아아, 신나라. 오늘 나는 얼마나 재수가 좋은가. 오랫
동안 가두었던 환호를 터뜨릴 수 있으니. 군중의 환호, 자
기 개인적인 이해관계와 전혀 상관없는 환호, 그 자체의
파열인 군중의 환호에 귀청을 떨 수 있으니.

잘하면 나는 겹겹의 군중을 뚫고 그 맨 앞으로 나설
수도 있으리라. 그러면 제일 큰 환성을 지르고 제일 큰 박
수를 쳐야지, 나는 삼거리 쪽으로 달음질치며 나의 내부
에서 거대한 환호가 삼거리까지 갈 동안을 미처 못 참고
웅성웅성 아우성을 치고 있는 것처럼 느꼈다.

그러나 숨을 헐떡이며 당도한 삼거리에 군중은 없었다.

할 일이 없어 여기 이렇게 빈둥거리고 있을 뿐이라는
듯 곧 하품이라도 할 것 같은 남자가 여남은 명 그리고 장
난꾸러기 아녀석들이 대여섯 명 몰려있을 뿐이었고 아무데
서고 마라토너가 나타나기 직전의 흥분은 엿뵈지 않았다.

그러나 여전히 호루라기를 입에 문 순경은 차량의 통

행을 금하고 있었다. 세 갈래 길에서 밀리고 밀린 채 기다리다 지친 차량들이 짜증스러운 듯이 부릉부릉 이상한 소리를 내며 바퀴를 조금씩 들먹이는 게 곧 삼거리의 중심을 향해 맹렬히 돌진할 것처럼 보이고 그럴 때마다 순경은 날카롭게 호루라기를 불어댔다. 그때 나는 내가 전혀 예기치 않던 방향에서 쏟아지는 환호 소리를 들었다. 그것은 내 뒤쪽 조그만 라디오방 스피커에서 나는 환호 소리였다.

선두 주자가 드디어 결승점 전방 10미터, 5미터, 4미터, 3미터, 골인! 하는 아나운서의 숨막히는 소리가 들리고 군중의 우레와 같은 환호성이 들렸다.

비로소 1등을 한 마라토너는 이미 이 삼거리를 지난 지가 오래라는 걸 알 수 있었다. 이 삼거리에서 골인 지점까지는 몇 킬로미터나 되는지 자세히는 몰라도 상당한 거리다. 그런데도 아직까지 통행이 금지된 걸 보면 후속 주자들이 남은 모양이다. 꼴찌에 가까운 주자들이.

그러자 나는 그만 맥이 빠졌다. 나는 영광의 승리자의 얼굴을 보고 싶었던 것이지 비참한 꼴찌의 얼굴을 보고 싶었던 건 아니었다.

또 차들이 부르릉대며 들먹이기 시작했다. 차들도 기다리기가 지루해서 짜증을 내고 있었다. 다시 날카로운 호루라기 소리가 들리고 저만치서 푸른 유니폼을 입은 마라토너가 나타났다.

삼거리를 지켜보고 있던 여남은 구경꾼조차 라디오 방으로 몰려 우승자의 골인 광경, 세운 기록 등에 귀를 기울이느라 아무도 그에게 관심을 갖지 않았다. 나도 무감동하게 푸른 유니폼이 가까이 오는 것을 바라보면서 저 사람은 몇 등쯤일까, 20등? 30등? 저 사람이 세운 기록도 누가 자세히 기록이나 해 줄까? 대강 이런 생각을 했다. 그리고 그 20등, 아니면 30등의 선수가 조금쯤 우습고, 조금쯤 불쌍하다고 생각했다.

푸른 마라토너는 점점 더 나와 가까워졌다. 드디어 나는 그의 표정을 볼 수 있었다.

꼴찌 주자의 위대성

나는 그런 표정을 생전 처음 보는 것처럼 느꼈다. 여직껏 그렇게 정직하게 고통스러운 얼굴을, 그렇게 정직하게 고독한 얼굴을 본 적이 없다. 가슴이 뭉클하더니 심하게 두근거렸다. 그는 20등, 30등을 초월해서 위대해 보였다. 지금 모든 환호와 영광은 우승자에게 있고 그는 환호

171

없이 달릴 수 있기에 위대해 보였다. 나는 그를 위해 뭔가 하지 않으면 안 된다고 생각했다. 왜냐하면 내가 좀 전에 그의 20등, 30등을 우습고 불쌍하다고 생각했던 것처럼 그도 자기의 20등, 30등을 우습고 불쌍하다고 생각하면서 옜다 모르겠다 하고 그 자리에 주저앉아 버리면 어쩌나, 그래서 내가 그걸 보게 되면 어쩌나 싶어서였다.

어떡하든 그가 그의 20등, 30등을 우습고 불쌍하다고 느끼지 말아야지 느끼기만 하면 그는 당장 주저앉게 돼 있었다. 그는 지금 그가 괴롭고 고독하지만 위대하다는 걸 알아야 했다.

나는 용감하게 인도에서 차도로 뛰어내리며 그를 향해 열렬한 박수를 보내며 환성을 질렀다.

나는 그가 주저앉는 걸 보면 안 되었다. 나는 그가 주저앉는 걸 봄으로써 내가 주저앉고 말 듯한 어떤 미신적인 연대감마저 느끼며 실로 열렬하고도 우렁찬 환영을 했다.

내 고독한 환호에 딴 사람들도 합세를 해 주었다. 푸른 마라토너 뒤에도 또 그 뒤에도 주자는 잇따랐다. 꼴찌 주자까지를 그렇게 열렬하게 성원하고 나니 손바닥이 붉게 부풀어 올라 있었다.

그러나 뜻밖의 장소에서 환호하고픈 오랜 갈망을 마음껏 풀 수 있었던 내 몸은 날듯이 가벼웠다.

그전까지만 해도 나는 마라톤이란 매력 없는 우직한 스포츠라고밖에 생각 안 했었다. 그러나 앞으론 그것을 좀 더 좋아하게 될 것 같다. 그것은 조금도 속임수가 용납 안 되는 정직한 운동이기 때문에.

또 끝까지 달려서 골인한 꼴찌 주자도 좋아하게 될 것 같다. 그 무서운 고통과 고독을 이긴 의지력 때문에.

나는 아직 그 무서운 고통과 고독의 참뜻을 알고 있지 못하다.

왜 그들이 그들의 체력으로 할 수 있는 하고많은 일들 중에서 그 일을 택했을까 의아스럽기까지 하다.

그러나 그날 내가 20등, 30등에서 꼴찌 주자에게까지 보낸 열심스러운 박수갈채는 몇 년 전 박신자 선수한테 보낸 환호만큼이나 신나는 것이었고, 더 깊이 감동스러운 것이었고, 더 육친애적인 것이었고, 전혀 새로운 희열을 동반한 것이었다.

1976년

노상 방뇨와 비로드 치마

오늘 한낮의 일이다. 을지로 입구에서 미도파 조금 못 미쳐 어떤 은행 앞이었던가. 토요일 한낮의 번화가는 시끌시끌하기도 하고 즐거움 같은 게 부글부글 거품을 내고 있는 것 같기도 했다. 날씨는 전형적인 초봄의 날씨, 볕은 따스해 찬바람은 속살로만 기어들어 오히려 겨울보다 더 추운데도 얇고 화사한 옷이 좋아 보이고 겨울옷은 공연히 궁상스러워 보이는 그런 날이었다.

내 앞을 허름한 스웨터에 사시사철 입을 수 있을 것 같은 구럭 같은 국방색 몸뻬를 입은 여자가 함석 양동이를 이고 걸어가고 있었다. 은행 앞에서 별안간 그 여자는 함석 양동이를 길바닥에 내던지듯이 내려놓더니 부랴부랴 몸뻬를 내리고 엉덩이를 까더니 오줌을 누는 게 아닌가.

사십은 훨씬 넘었을 듯한 그 여자는 얼굴을 번듯이 쳐들고 시선을 건너편 빌딩 꼭대기쯤에 고정시키고 시원스레 용무를 치르는데 그 표정이 그렇게 당당할 수가 없었다. 하긴 노상에서 방뇨를 하는 사람의 표정이 어떤 것인지를 나는 아직 본 적이 없다. 간혹 뒷골목 같은 데서 남자들이 방뇨를 하는 것을 못 본 것은 아니지만, 모두 뒷모양뿐이지 설마 앞으로 서서 방뇨를 하는 남자는 없었으니까.

그렇지만 여자가 벽 쪽으로 돌아앉아 궁둥이를 행인에게 돌리고 방뇨를 했더라면 그 모습은 또 얼마나 가관이었을까. 결국 여자가 노상에서 방뇨를 하려면 그 여자처럼 그렇게 번듯이 앉아 그렇게 고개를 쳐들 수밖에 없었던 것이다.

바로 코앞에 미도파가 있고, 시대백화점, KAL 빌딩 등 깨끗한 수세식 변소를 갖춘 건물들이 보인다. 그 여자는 아마 그것을 몰랐거나, 아니면 그렇게도 용무가 다급했던 모양이다.

그렇지만 지금이 어느 때라고…… 혹 아니꼬운 꼴이 눈에 띄어 가래침이라도 뱉어줄까 보다고 "카악" 하고 시원스레 목젖만 울려 놓고는, "에구구 5천 원짜리 가래침이지" 하며 꼴깍 삼켜야 하고, 길 가다 예전에 있었던 우스운 생각이 떠올라 혼자 빙글대다가도 혹 하늘 보고 웃는 세금이란 건 없었던가 수많은 세금 종목을 생각하느라 우울해져 표정이 우거지상이 돼야 하고 이렇게 잔뜩 주눅이

들어 있는 판에, 이 대낮의 대로상 방뇨는 대사건이 아닐 수 없었다.

그러나 그 여자는 어디까지나 태연자약했다. 고개를 당당히 쳐들고 방심한 듯, 열중한 듯, 황홀한 듯, 행복한 듯.

방뇨를 계속하는 동안의 그녀는 행인 중의 제아무리 성장한 여인보다도, 제아무리 젊은 여인보다도 아름답고 싱싱했다. 정말이지 그동안의 그녀는 이 번화가에서도 으뜸가게 압도적으로 아름다워 나는 숨을 죽이고 짜릿한 긴장감으로 그녀를 선망했다.

딴 행인들도 그랬을 것이다. 나처럼 서서 구경하지는 않았지만 곁눈으로 슬쩍 보기만 하고도 이내 즐거운 듯 부러운 듯 밝은 미소를 짓고는 또 한 번 곁눈질을 하는 게 기막힌 미인에게 던지는 추파와 무엇이 다른가.

다행히 아무 일도 일어나지 않은 채 그녀의 노상 방뇨는 무사히 끝났다. 그녀는 다시 구지레하고 평범한 여인이 되어 양동이를 이고 유유히 사람들 틈으로 사라져 갔다.

참, 범법(犯法)의 목격치고는 유쾌한 목격이었다.

그렇다고 나라는 위인이 특별히 공중도덕을 우습게 안다든가 사소한 범법 행위쯤 남의 눈만 없다면 예사로 해치울 배짱이 있느냐 하면 그렇지도 못할뿐더러 오히려 신경질적이리만치 그 방면에 까다로워 어딜 가나 그런 것을 지키랴, 안 지키는 사람 때문에 속을 썩이랴, 적잖이 신경을 곤두세우고 피곤하게 사는 편이다.

그러나 그것은 어디까지나 나 자신의 도덕적인 결백성의 문제지 외부로부터의 규제는 아니었다. 도리어 요새하도 많이 법이 생겨 일상사에 사소한 문제까지 꼼꼼하게 규제를 하려 들자, 가뜩이나 소심한 나는 잔뜩 주눅이 들어 있다가 그 반작용으로 길에서 방뇨하는 여인에게 그토록 찬탄을 보내게 되었는지도 모르겠다.

사람의 마음속엔 이런 용수철 같은 게 있는 법이다. 이 용수철이 엉뚱한 방향으로 튀어 오르지 않게 법의 규제에도 묘미가 있어야지 미련해서는 안 되겠다.

그중에도 미니스커트나 장발족 단속은 좀 어떨까 싶다. 젊은이들의 옷이나 머리란 어차피 길어졌다 짧아졌다 하게 마련이 아닐까? 나이 사십에 꽤 많은 유행의 변천을 봐왔지만 그중에도 미니스커트는 유쾌한 유행이었는데.

내가 겪은 유행 중 가장 추악한 유행은 아마 6·25사변 중 유행한 비로드 치마가 아닌가 싶다. 모든 산업 시설이 파괴돼 무명 한 치 못 짜내는 주제에 어쩌자고 일제 밀수품인 그 값비싸고 사치한 옷감이 그렇게도 극성맞게 유행을 했었는지.

검정 비로드 치마 한 벌이면 여름 겨울 없이 입을 수 있는 특급의 나들이옷이었으니 한번 장만하기가 힘들어서 그렇지 장만만 해 놓으면 경제적인 면도 없지는 않았지만 말이다.

그런데 이 비로드라는 게 털이 눌리면 번들번들 그 자국이 여간 흉하지가 않았고 다려도 안 펴지고, 그렇다고 빨면 통째로 감을 망치게 되는 통에 그 치마를 입고 앉을 때가 큰 문제였다. 의자, 특히 버스나 전차에서 좌석에 앉을 때는 실로 가관이었다. 빈자리가 났다 하면 우선 치마 뒷자락을 번쩍 치키고 속치마나 내복 바람의 궁둥이를 거침없이 들이댄다. 그런데 그 속치마나 내복이 또 문제였다.

그런 것의 국내 생산이 전연 없을 때라 상급의 내복이란 게 양키 시장에서 산 미군의 헌 군용 내복이 고작이었다. 내복의 남녀 구별 같은 것도 따질 때가 아니었다.

상상만 해 보아라. 꾸깃꾸깃 때 묻은 인조 속치마가 아니면 구럭 같은 군용 내복을 무릎까지 걷어 올려 고무줄로 동이고 양말이라고 신은 모습을 거침없이 보이며 아무데나 쑥쑥 궁둥이를 들이대는 처녀들을. 내 기억으로뿐만 아니라 아마 우리나라 4천 년 역사 중에서도 가장 여자가 추악하고 파렴치했던 때로 꼽히리라.

그래도 그때에도 남녀 간에 연애라는 게 있었던 걸 생각하면 신기하다. 황순원의 소설이었던가, 애인의 웃는 얼굴, 이 사이에 낀 고춧가루 때문에 파탄에 이르른 연인 이야기가 있다.

남녀의 문제란 이렇게 섬세 미묘한 것이거늘, 그때 그 낯가죽 두꺼운 비로드 치마 아가씨에게도 연인이 있었으니 치사하고도 영원한 문제가 또한 남녀 문제이리라.

1975년

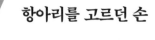

항아리를 고르던 손

아름다운 여자의 손

부엌에서 맛있는 걸 만들고 있는 여자는 아름다워 보인다. 그런데 찌개 냄비를 열고 찌개 맛도 냠냠 보고, 콩나물도 조물락조물락 무쳐야 할 손에 커다랗고 시뻘건 고무장갑이 끼워져 있으면 그 아름다움이 아깝게도 반감되고 만다.

여자의 몸 중에서 손처럼 섬세하고 날렵한 부분은 없다. 이 손이 그 섬세한 날렵의 극치를 보여 줄 때가 바로 음식을 만들 때다.

그런데 자기 손 부피의 서너 배도 넘는 징그러운 고무장갑이 그 아름다운 움직임을 보호한답시고 가리고 있으면 왠지 정나미가 떨어진다. 정나미뿐 아니라 입맛까지 떨어지면서 그 음식이 맛없을 것 같은 선입관이 들고 만다.

더군다나 나는 음식 맛은 재료와 간과 양념의 알맞은

180

배합, 조화에서 난다는 과학보다는 여자의 손끝에는 맛을 분비하는 선(線)이 있어 거기서 맛이 날지도 모른다는 미신을 더 믿는 편이니 말이다.

그래서 요즈음 집집마다 음식 맛까지 획일화된 게 그 고무장갑 때문인 것 같아 더욱 고무장갑 끼고 음식 만드는 요즘 새댁이 덜 예뻐 보이고 맨손으로 음식 만드는 새댁을 혹시 보면 그렇게 반갑고 예뻐 보일 수가 없다.

아무튼 여자는 손으로 뭘 하고 있을 때가 가장 아름다워 보인다. 저녁을 마친 후 텔레비전을 틀어 놓고 뜨개질을 하고 있는 여자도 아름답다. 두 손끝 맺고 텔레비전만 일사불란 골몰하고 있는 것보다 일과 구경을 같이 하면서도 어느 한쪽에도 깊이 골몰하지 않는 반휴식(半休息)의 여유 있는 상태의 여자의 모습은 가족이 한자리에 모인 따뜻한 안방에 잘 어울리는 아름다움이 있다.

얼굴에 정겨운 웃음을 띠고 손으로 남편과 자식들의 옷매무새를 괜히 고쳐 주는 여자도 아름답다.

남편 출근시키고 아이들 학교 보내고 집안 청소하고, 빨래하고 쓰레기 차가 와서 쓰레기까지 치우고 나서 문득 거울을 보니 봉두난발, 꼴이 하도 한심해 오랜만에 정성 들여 화장하고 나니 아침나절의 피곤이 한꺼번에 밀어닥쳐 낮잠을 늘어지게 자고 난 여자도 아름답다. 옷매무새와 머리카락은 얌전치 못하게 헝클어졌어도 피로 회복으로 살갗에 윤이 나면서 나른한 퇴폐미 같은 게 풍기는 순간이다.

우리 집은 지대가 약간 높아 비탈길을 올라와야 된다. 언젠가 주민등록증을 갱신하러 동회에 가느라고 비탈길을 내려가는데 저만치서 이웃의 부인이 시어머니를 모시고 올라오고 있었다. A 부인의 시어머님은 팔순이 넘으신 데다 병약해서서 좀처럼 이웃 출입도 안 하시는 분이라 비탈길을 올라오시는 게 매우 숨이 차 보였고 위태로워 보였다.

껴안듯이 노인을 부축하고 한 발 한 발 조심스럽게 걷던 A부인이 별안간 무슨 생각에선지 등을 노인에게 들이대더니 노인을 번쩍 업었다. 노인이 "아이고 망측해라" 하면서 어린애처럼 발버둥을 쳤다.

"괜찮아요. 제 어깨나 꼭 잡으세요."

A부인이 상냥하게 노인을 달랬다.

그러나 노인은 열 손가락에 지문을 찍고 난 검은 잉크가 그대로 남아 있어 며느리 옷을 버릴세라, 손을 도리어 만세 부르듯이 번쩍 쳐들고 고개만 며느리 등에 순한 아기처럼 파묻었다.

그런 노인을 업은 채 A부인은 비탈길을 잘도 달려 올

라왔다. 나는 웃음이 절로 났다. 딴 행인들도 이 고부(姑婦)를 보고 즐거운 듯이 깔깔댔다. A부인도 콧등에 땀이 송글송글한 채 환히 웃었다. 평소 용모가 소박한 평범한 부인이었는데 그날 그렇게 웃는 모습은 빼어나게 아름다웠다.

요즈음 우리 앞집으로 새로 이사 온 B부인만 해도 살림에 찌든 티가 역력한 중년의 검소한 부인이었는데 어느날 그녀를 아름답게 느끼고 그러고 나서 그 부인과 친해질 수 있었다.

우리 집에서 과히 멀지 않은 곳에 옹기전이 있다. 시장을 가려면 이 옹기전 앞을 지나야 된다. 지날 때마다 도시 한복판에 이런 넓은 공터가 있다는 것이 이상하고 공터에서 할 수 있는 하고많은 장사 중에서 하필 팔리는 것 같지도 않은 옹기전을 하는 게 이상하고, 그러면서 이 옹기전 근처의 풍경이 그냥 좋았다.

반들반들하니 암갈색으로 잘 구워진 크고 작은 독과 항아리가 첩첩이 쌓인 저쪽에 옹기장수 오두막집이 있고 그 사이와 둘레의 공터엔 봄부터 가을까지 옥수수나 해바라기 같은 것도 자라고 분꽃이나 맨드라미 같은 촌스러운 화초도 자란다. 그래서 이 근처 풍경은 묘하게 촌스러웠다. 옹기 장사라는 장사야말로 장사 중에서도 또 얼마나 촌스러운 장산가.

요새 아파트 단지에 가 보면 그야말로 생활 여건이 완전히 갖추어져 상가와 슈퍼마켓에선 별의별 것을 다 팔고 있지만 아마 옹기전만은 없으리라. 단독 주택에서 아파트로 옮겨 갈 때 제일 먼저 처분하는 게 장독 세간이니까.

옹기전의 B부인

그런 사양길 장사인 옹기전이지만 김장철에만은 약간은 경기가 있는 것 같다. 지난 가을이던가 시장엘 가는데 앞집 부인이 옹기전에서 항아리를 고르다가 나에게 도움을 청해 왔다. 어느 것이 잘생겼나 좀 봐 달라는 거였다. 이목구비가 달린 것도 아닌, 기껏 배만 불룩하면 고만인 항아리가 잘생겼으면 얼마나 잘생겼고 못생겼으면 얼마나 못생겼겠는가. 나는 별로 달갑잖아 하면서 마지못해 항아리를 몇 개 기웃거려 봤다. 그런데 B부인은 그게 아니었다. 심각한 얼굴로 첩첩이 쌓인 독과 항아리 사이를 누비고 다니면서 고개를 갸우뚱, 눈을 가느스름히 떴다 크게 떴다, 가까이에서 봤다가 멀리 물러나서 봤다가, 손으로 어루만져 봤다가, 좀처럼 끝날 것 같지가 않았다. 보다 못한 주인 아저씨가 이래 가지고는 못 고른다고, 다 그게 그겁니다 하고 핀잔을 주었다. 그래도 B부인은 독 고르기를 그냥저냥 끝낼 눈치가 아니었다. 나도 진력이 나서 혼자서 슬그머니 시장으로 가면서 속으로 참 별 유난스런 여편네도 다 봤다는 생각을 했다.

장을 봐 가지고 오다 보니 마침내 독을 하나 골라 놓고 흥정을 하고 있었다.

"마음에 드는 것 고르셨어요?"

"그럼요. 이것 보세요. 어때요? 잘생겼죠. 무던하고 후덕스럽고, 의젓하고, 미끈하고……"

"아, 네. 참 그렇군요."

나는 별로 그런 줄도 모르겠는데 B부인의 수다를 그만 듣기 위해서라도 그렇게 대답할밖에 없었다. 내 눈엔 거기 있는 독들에서 크고 작다는 차이밖에는 발견할 수가 없었고 B부인이 약간 비정상적으로 보였을 뿐이었다. 내 이런 마음을 알았던지 부인이 마음에 드는 독을 고른 흥분을 다소 가라앉히고는 변명 비슷한 소리를 했다.

"겨울 동안엔 김장 담가서 땅에 묻을 거지만요, 내년 봄엔 울궈서 간장 담을 건데, 우리 집은 마당이 좁아서 마당은 온통 장독대 차지 아네요. 화단도 따로 없고, 아침저녁 바로 코앞에 놓고 마주 대할 독인데 이왕이면 잘생겨

야지 않겠어요?"

그리곤 자기가 고른 독을 만족한 듯이 다시 쓰다듬었다. 나는 부인이 우리 앞집으로 이사 온 게 처음으로 내 집 장만한 이사라는 걸 알고 있었기 때문에 어쩌면 이 독이 내 집 장만하고 처음으로 들여놓는 세간이 아닐까 하는 생각이 들었다.

그런 생각으로 다시 B부인을 보니까 B부인이 새댁처럼 앳돼 보이면서 독을 쓰다듬으며 짓는 미소가 싱그럽고 귀여웠다. 나는 물건을 살 때 너무 오래 만지고 고르는 사람을 덮어놓고 지겨워하는 버릇이 있는데 B부인의 경우에 있어서는 반대로 친밀감이 갔다.

요즘 대가(大家)의 미전(美展)에 가 보면 미술을 애호하는 귀부인들이 부쩍 많이 눈에 띄고, 또 거액의 그림값도 조금도 거액답잖게 척척 치르고 그림을 사는 것을 볼 수 있다. 그렇지만 그 귀부인들이 값비싼 그림을 보고 사들일 때 과연 B부인이 옹기전의 독 중에서 가장 아름다운 독을 고르기 위해 치른 것만큼이나마 진지하게 보고 찾는 과정을 거쳤는지 또 B부인이 오래 보고 찾은 끝에 드디어 소망하던 아름다운 독과 만났을 때만큼의 순수한 기쁨이나마 맛보았을는지.

B부인처럼 이렇게 값싼 생활용품이나마 애정을 가지

고 사귀기 시작해서 아름답게 길을 들이며 사는 여자에겐 약간 따분하지만 특이한, 마치 흘러간 옛 노랫가락 같은 복고적인 아름다움이 있다. 우리의 전래되는 민속 공예품이 아름다운 게 본래부터 그렇게 아름답게 만들어진 게 아니라 B부인처럼 마음씨 고운 여인의 알뜰한 손길에 의해 그렇게 아름답게 길들여졌음이 아닐까.

사랑받는 여자는 아름답다

이와는 대조적으로 새로운 것에 대한 호기심이 대단해서 새로운 것을 의욕적으로 추구하는 여자들도 그들 나름으로 아름답다. 새로운 것을 찾는 정도가 자기가 처한 분수에서 크게 동떨어지지만 않으면 말이다.

이런 여자들은 대개 생활을 끊임없이 편리한 생활 양식으로 바꾸기를 좋아하고 새로운 생활용품에 대한 관심과 소유욕이 대단해서 묵은 생활용품을 버리는 데 조금도 망설임이 없고, 유행을 추종하는 데 정열적이고 생활의 과학화의 적극적인 지지자며 자기 의견을 말하는 데 대담하다.

이런 여자들은 거의 핵가족의 젊은 주부들로 아이도

아들딸 가리지 않고 둘만 낳고, 남편을 자유롭게 조종할 줄 알며 생활을 능동적으로 즐길 줄도 알고 성격이 명랑 솔직하며 몸은 건강하게 균형 잡혀 있고, 웃음 소리는 거리낌없이 드높다.

신흥 주택가나 아파트 단지의 잘 포장된 도로에서 얼마든지 마주칠 수 있는 이런 여자들을 보면 나는 마치 목욕탕에서 갓 나온 여자를 보는 것처럼 느낀다. 묵은 때, 낡은 관습을 훌훌 떨어 버리고 날아갈 듯이 가볍고 자유로워 뵈는 점에서, 온몸의 혈액 순환이 활발한 것 같은 건강한 인상에서, 그 싱그럽고 밝은 표정에서 이런 여자들은 갓 목욕하고 난 여자와 아주 닮아 있다. 이런 여자가 어찌 아름답지 않으랴. 어떤 의미로든 여자가 아름답다는 건 좋은 일이다. 주위를 밝히는 빛이요 축복이다. 다행히, 참으로 다행히, 여자는 누구나 한두 군데는 아름답다. 만일 어디 한 군데도 아름답지 않은 여자가 있다면 그는 사랑받지 못하거나, 사랑할 줄 모르는 여자일 것이다.

1976년

어딘가 싼가에 틀림이 없고
박식해서 동네 구멍가게에서는
하다못해 알사탕 한 봉지
안 사는 것까지도 좋다.
그런 여자를 보면 믿음직스럽고
의지하고 싶기조차 하다.

내남 없이 사람 사는 게
아슬아슬하고 곡예처럼 느껴져,
사는 데 무서움증을 느끼다가도
그런 여자를 보면 우리의 삶이 딛고 선
든든한 주춧돌같이 느껴져 안심스럽다.

「내가 싫어하는 여자」

그까짓 거
내버려두자

남자는 아이, 여자는 어른, 어른이 참아야지

어린 딸, 아들을 데리고 외출해 본 사람이면 누구나 단박 느낄 수 있는 일이 있다. 여자애들은 행여 엄마를 놓치기라도 할까 봐 엄마 손을 꼭 붙들고 잘 따라다니지만 아들애는 안 그렇다.

두리번두리번 전후좌우로 열심히 한눈을 팔다가 조금만 신기한 게 눈에 띄면 아예 엄마 손을 뿌리치고 그쪽으로 달려가 버린다. 겁도 없이 차도로 내려서는가 하면, 독사 연구소 쇼윈도에 눌어붙기도 하고, 아이스크림이나 핫도그를 먹으면서 가는 대학생에게 자석에 이끌리듯 침을 흘리며 이끌리기도 한다.

아무리 엄하게 단속을 하느라 손목을 꼭 붙들고, 때로는 너 여기서 엄마 잃어버리면 어떻게 될 줄 아느냐고 공갈까지 쳐도 별로 효과를 못 본다. 그래서 아들애를 데리고 외출했다 돌아오면 딸애하고 외출했을 적보다 훨씬 더 피곤하다.

그렇다고 남자애가 여자애보다 길에서 보고 들은 게 더 많으냐 하면 절대로 그렇지는 않다. 이야기를 시켜 보면 곧 알 수 있다. 여자애들은 앞만 보고 똑바로 길을 걸은 것 같아도 의외로 볼 것은 다 보았다는 걸 알 수 있다.

보기만 한 게 아니라 본 것들에 대한 인상이 남자애들보다 훨씬 또렷하고 정리되어 있다. 갖고 싶은 인형이 어떤 가게에 어떤 예쁜 옷을 입고 서 있더라든가, 옆집 영이가 입은 것과 똑같은 오버코트가 어느 백화점의 몇 층에 있더라든가 하는 세부적인 것까지 기억하고 있고, 그 기억은 놀랄 만큼 정확하다.

거기 반해 남자애들은 뭣에 그렇게 열심히 한눈을 팔았던가조차도 잘 기억하고 있지를 못하다. 강렬한 호기심으로 받아들였던 게 온통 뒤죽박죽이 돼 스스로 정리를 잘 못한다.

이런 재미있는 차이는 자랄수록 더 심해진다. 같은 학년에 같은 반 아이들이 같은 시간에 파해서 교문을 나섰지만 실제 집에 돌아오는 시간은 그 애가 남자애냐 여자애냐에 따라 사뭇 다르다. 여자애의 귀가 시간은 학교가 파한 시각에다 학교에서 집까지의 소요 시간을 더한 시각에 대체로 부합되지만 남자애의 경우는 어림도 없다.

도무지 종잡을 수가 없다. 별 시시한 것에다 넋을 잃고 한눈을 파느라 날 어둡는 것도 몰라 집에서 기다리는 엄마를 애먹인다. 지름길이나 곧바른 길을 다 마다하고 엉뚱한 길로 빙빙 돌아오기도 하고 학교에서 집까지의 가장 먼 길을 개척하기까지 한다.

그게 다 새로운 한눈팔기 거리를 만들어 내기 위한 수단임은 말할 것도 없다.

이렇게 자란 남자애와 여자애는 사춘기에 접어들어 이성에게 보이는 호기심에도 현저한 차이점을 보인다.

여학생은 대개 한눈 하나 안 팔려고 새초롬히 똑바로 앞만 보고 걷는다. 버스간 같은 데서는 무릎 위에 단정히 놓인 책가방의 손잡이만을 응시한다. 얌전한 학생일수록 그리고 혼자일수록 절대로 두리번거리지 않고, 마지못해 누굴 봐도 일별(一瞥) 이상은 주는 법이 없다.

그러나 그 일별이라는 게 무섭다. 섬광 같은 일별로 상대방 남학생의 얼굴의 여드름 수효와 배지와 이름표와 교복의 입음새까지 모조리 봐 버릴 수가 있는 것이다. 뿐만 아니라 그 사람 됨됨이, 가정환경, 지금 무슨 생각을 하고 있나까지를 알아버릴 수도 있으니 신기할밖에 없다.

그러나 남학생은 그렇지를 못하다. 여학생을 염치 불

고 흘금흘금 쳐다보고 추파도 좀 던지고, 만만해 뵈면 따라다니기도 한다. 경우에 따라서는 며칠씩 골목 어귀나 버스 정류장에 지키고 있다가 얼굴이라도 봐야 직성이 풀린다.

그러고도 그 여학생의 어떤 한 면밖에 알고 있지 못하다. 다리에 반했다든가, 눈매에 반했다든가, 걸음걸이에 이끌렸다든가 하는 식으로 상대방의 어떤 특징 하나에 집착한다. 그래서 온종일 마주 앉았던 여학생의 눈이 쌍꺼풀진 건 알아도 들창코라는 사실은 까맣게 모른다. 알려고도 안 한다.

이것이 남자의 한눈팔기의 허점이요 애교다. 어쩌면 남자의 이런 점이 남자 스스로를 위해서도 여자를 위해서도 큰 다행일지도 모르겠다.

또 남자는 관심이나 호기심이 동하는 대로 거침없이 한눈을 팔지만 여자는 관심이 가는 대상에 대해서일수록 깜찍한 무관심을 위장하는 수가 많다. 그래서 남자는 길에서 어떤 여자에게 끌리게 되면 여자 친구를 동반하고 있건 말건 대담하게 추파를 던지고, 지나치고 나서도 아쉬운 듯 돌아보고 휘파람까지 불어대지만 여자는 그렇지 못하다.

여자는 속으로 괜찮다 싶은 남잘수록 쌀쌀하게 대하

고, 길에서 마주친 남자 중 매력 있다고 생각한 남잘수록 지나치고 난 후 절대로 뒤돌아보지를 않는다.

여자의 이런 맹랑한 허위를 모르는 남자는 길에서 어떤 여자가 자기를 자꾸 쳐다보고 지나치고 나서까지 흘금흘금 뒤돌아봤다고 그 여자가 자기에게 반한 게 아닌가 하고 좋아할지도 모르겠다.

좋아하기 전에 얼굴에 뭐가 묻지나 않았나, 바지의 앞 지퍼가 고장 나 있지나 않나 살펴볼 일이다. 여자가 거침없이 관심을 나타내는 경우란 반했을 경우보다는 상대방의 책잡을 걸 발견했을 경우가 더 많으니 말이다.

이런 여자와 남자가 결혼이라는 걸 해서 백년해로라는 것까지 하려니 문제가 아주 없을 수는 없겠다. 더군다나 결혼 전에는 아내의 쌍꺼풀만 봐주던 남편이 후엔 아내의 들창코만 보려 드는 데야 화가 안 날 수가 없다.

그뿐 아니라 어쩌다 벼르고 별러 같이 외출이라도 할라치면, 눈에 띄는 세상의 여자는 다 자기 아내보다 잘나 보인다는 듯이 한눈팔기에만 정신이 없으면 아내는 화가 나다 못해 울고 싶도록 비참해지지 않을 수가 없겠다.

그렇지만 어쩌겠는가. 꾸욱 참아 줘야지. 어른하고 아이하고 함께 사는 집에서 늘 참는 쪽이 어른이듯이, 남자와 여자가 함께 사는 집에서도 참는 쪽이 여자일 수밖에 더 있겠는가. 참는다는 건 어려운 일이고, 어려운 일은 보다 지혜로운 자의 몫일 수밖에 없지 않겠는가.

그리고 한눈파는 버릇이 남자만의 것이 아닌 이상 과히 억울해할 것도 없을 것 같다. 남자들처럼 미련하게 눈을 두리번대고 고개를 돌리지만 않는다뿐이지 여자도 충분히 한눈은 팔고 산다. 어린 계집애 적 엄마 손 잡고 시내 나들이를 나가서 오빠는 한눈을 팔다가 미아 소동까지 일으킨 데 반해, 꼬마 숙녀처럼 다소곳이 앞만 보고 다녔는데도 오빠보다 훨씬 더 많은 것을 보고 들었듯이 말이다.

다만 남자의 한눈팔기는 대담하고 외향적이기 때문에 동반한 여자가 눈치를 안 챌 수 없고, 눈치를 채고 나면 뾰죽한 자존심이 심히 거슬린다. 그래도 그만 일로 심각하게 고민까지 할 것은 없을 줄 안다. 좀 볼썽사나운 배 안의 버릇 정도로 이해하면 될 것이다.

우리는 길에서 흔히 엉터리 약장수의 허황한 너스레를 경청하려고 첩첩이 모여 있는 사람들을 보게 된다. 참, 온종일 별 볼일 없이 한가한 사람들도 다 있다 싶다. 그런데 이 말똥이나 소털, 개뼈다귀 같은 걸 갖고 만병통치의 영약인 양 입에 거품을 품고 있는 약장수 둘레에 입을 헤벌리고 서 있는 우중(愚衆)을 좀 더 자세히 보라.

그중에 어디 여자가 있나. 다 제법 번듯한 남자들이다. 일 없는 남자들이 거기 그렇게 대낮에 가장 꼴불견의 모습으로 한눈을 팔고 서 있는 것이다. 남자란 언제 어디서고 그 환경에 맞춰 또 제 분수에 맞게 한눈을 팔게 마련인 것이다.

그렇지만 아무리 참아주려 해도 동부인해서 나가서까지 남편이 딴 여자들한테 한눈파는 것만은 참을 수 없다면 아주 방법이 없지는 않을 것이다.

눈에는 눈으로, 한눈팔기에는 한눈팔기로…… 우선 아내가 앞질러서 먼저 요두전목(搖頭顚目) 한눈을 팔아보는 것이다.

"어머머, 저 남자 저 장발 어쩌면 저렇게 멋질까. 뭐라구요? 당신도 머리만 기르면 저 남자만 못할 줄 아느냐고요? 아유 참 주책이야. 당신이 지금 몇 살인 줄 알고 머리를 저렇게 길러요?" "어머머, 저 여잔 예쁘지도 않은데 밍크를 두르고 아유 꼴불견이야. 옆에 팔짱 낀 머저리 같은 남자가 아마 남편인가 본데 아내 밍크를 다 해준 걸 보면 아주 머저리는 아닌가 보지" 어쩌구 하며 남편의 약점만 찌르는 수다를 떠는 것도 좋을 것이다.

그래서 남편이 한눈을 팔면 적당한 기회에 슬쩍 남편 곁에서 사라져서 어디서 차를 사서 마시든지 남편을 미행하든지 해서 남편을 실컷 애먹이고 아주 따로따로 집으로 돌아오는 것도 좋을 것이다. 어디를 갔었느냐고 물으면 "미안해요, 제가 그만 너무 한눈을 팔다가······" 하고 말끝을 흐려 버린다면 약간의 의혹도 살 수 있고, 약간의 의혹은 부부간의 적당한 자극이 될 것이다.

다음부터 동반해서 외출하는 경우 무엇보다도 내 아내 단속을 잘해야겠다 싶어 미처 딴 데 한눈팔 새 없이 자기 아내 쪽에만 신경을 써 주지 않는다면, 글쎄······ 애정이 별로 없는 부부가 아닐는지.

결국 한눈팔기는 한눈팔기로 견제하란 소리밖에 안 된 셈인데 내가 하고도 썩 마음에 드는 소리는 아니다. 남편이 간통을 해서 분하면 너도 간통을 하면 될 게 아니냐, 최소한도 억울한 것만은 면할 수 있지 않느냐는 투의 무책임하고 천박한 처방이라 싶다.

그러나 내친김에 아주 한마디 더, 아내들이 스스로의 한눈팔기의 영역을 한번 크게 확대시켜 보라고 권하고 싶다. 너무 남편과 아내와의 관계, 자식과 어머니와의 관계에만 스스로를 구속하지 말고, 너무 근시안적으로 남편과 자식만을 응시하지 말고, 폭넓은 인간관계로 시야를 넓히고, 거기 한눈을 팔란 말이다. 자기가 배운 것을 통해 자기가 속한 사회와 관계를 맺고 참여할 틈서리를 찾으란 말이다. 그렇게 하는 것이 결코 가정이라든가 남편과 아내와의 관계, 자식과 엄마와의 관계를 파괴하는 일이 되지는 않을 것이다.

여러 사람이 얽히고설킨 사람과 사람과의 관계가 커다란 그물이라면, 그물의 가장 작은 한 코는 부부를 중심한 가족 단위가 될 테고, 작은 한 코 한 코가 온전치 않은 온전한 큰 그물이 어디 있겠는가. 건전한 사회 참여는 건전한 가정에서부터 비롯될 것이다.

이런 폭넓은 인간관계에의 개안(開眼)이나 사회 참여에의 의욕은 필연적으로, 자기반성과 사장된 자기 능력의 개발을 가져오게 될 것이다. 이런 여성이 허구한 날 남편의 하잘것없는 배 안의 버릇인 한눈팔기에만 신경을 곤두세우고 사는 여성보다 매력이 있을 건 뻔한 이치다. 하찮은 것에 신경을 쓰는 것은 서로 못할 노릇이요, 피차 참을 수 없는 구속이다. 애정이란 미명 아래 가정을 답답한 감옥으로 만들 필요가 어디 있겠는가.

남편에게 적당히 무관심할 줄도, 적당히 관대할 줄도 알고, 풍부하게 화제를 리드할 줄도 알고, 새로운 지식으로 남편을 자극할 줄도 알고, 때로는 사회 참여를 통해 아내나 엄마 외의 딴 모습으로 변신하여 남편을 깜짝 놀래줄 줄도 아는 아내를 가진 남자라면 차츰 한눈팔기에 흥미를 잃을 것이다.

한눈팔기란 외면적인 것, 말초적인 것에의 호기심에서 시작되는데 이런 말초적인 호기심이란 내면적인 매력에 눈뜨고 나면 곧 시시해지고 말게 마련이기 때문이다.

보수적인 대영제국에서도 사상 초유의 여수상이 나왔다. 우리나라 여성들은 언제까지나 우리 부모가 투자한 막대한 교육비를 영원히 사장한 채 배우지 못한 우리의 할머니나 할머니의 할머니가 했던 그대로 남편의 한눈팔기에 바가지나 긁고 허송세월을 할 것인가.

남편의 한눈팔기는 한눈팔기에 앙앙대는 아내가 있음으로 있는 것이다. 어리석은 아내는 남편을 그렇게밖에 길들이지 못한 것이다. 그까짓 거 내버려두자. 여자 다리에 한눈을 팔건, 개뼈다귀 만병통치약에 한눈을 팔건 내버려 두고 여자도 자기의 일을 갖고 좀 더 바빠져야겠다. 자기의 시간을 좀 더 값진 일로 채울 줄 알아야겠다.

1976년

답답하다는 아이들

'깡' '뗑' '땅'

오늘 아침 식사를 하면서 나는 대학생인 큰딸에게 요
즘에 대학가에서 많이 쓰이는 유행어 몇 개만 대어 보라
고 했다. 이 글을 쓰는 데 참고로 삼고자 해서였다. 딸은
별로 오래 생각하지도 않고 '가슴 땁땁하다'와 '빠갠다'는
말을 가르쳐 준다.

"땁땁하다니? 가슴이 뭣에 찔린단 소리냐?"

"엄마도…… 가슴이 답답해서 죽겠다는 소리야."

답답하다는 말을 강조하기 위해 그렇게 경음화시킨
모양이다. 말이 점점 모질어 진다. 하다못해 과자 부스러
기까지 '깡'이니 '뗑'이니 '땅'이니 붙여서 이를 악물고 안
간힘을 써 가며 소리를 내야 한다.

그건 그렇다고 치더라도 저희들이 뭐가 그렇게 답답
하다 못해 땁땁할 일이 있을까. 생각할수록 답답해지는

건 오히려 내 쪽이다. 한창 좋을 때를 그 끔찍한 전쟁을 겪으랴, 완고한 집안 어른들의 눈치를 살피랴 기 한번 제대로 못 펴 보고, 눌리고 쫓기면서 자란 우리로선 부럽다 못해 질투가 날 지경으로 자유분방하고 활달하게 자란 요새 젊은 애들인데 저희들은 저희들대로 답답하다 못해 땁 땁타니……

딸의 등교 준비는 눈 깜박할 새에 끝난다. 고등학교 때만 해도 교칙이 까다로워 거울 앞에서 꽤 오래 교복 매무새를 매만지고 머리가 귀밑 1센티미터를 넘을까 봐 몹시 신경을 쓰더니만 대학생이 되더니 아침에 거울 앞에서 앞뒤를 살피는 것조차 생략할 적이 많다.

블루진이나 몽탁 저지 바지에 티셔츠를 들쓰고 구럭 같은 가방에 책을 잔뜩 처넣고 남는 책은 안으면 고만이다. 머리나 빗었느냐고 물으면 글쎄 빗었던가 하면서 한 번도 퍼머기가 가 본 적이 없는 머리를 손가락으로 두어 번 빗질을 하면 고만이다.

딸은 아들보다 돈이 몇 배 더 들죠 하고 딸 많은 우리 집을 동정 겸 염려해 주는 분이 내 주위엔 더러 있다. 이 경우는 돈이 많이 든다는 것은 등록금이나 책값보다는 옷이나 화장품 같은 것에 드는 여자들만의 지출을 이름일 게다.

그런데 꼭 그렇지만도 않은 것이, 요즈음 여대생들의 복장이란 게 꼭 머슴아들 모양 바지에 티셔츠 아니면 와이셔츠가 보통이고, 이런 종류의 기성품이 범람할 뿐 아니라 요즈음 애들이란 보기보다는 어찌나 구두쇤지 물건값 깎는 데도 어른 뺨치게 악착같을 뿐더러, 어디 물건이 값싸고 멋있다든가 어디를 가면 바가지를 쓴다든가 하는 데 대한 저희들끼리의 정보 교환까지 정확 신속해서 일반이 막연히 추측하고 있듯이 그렇게 많은 돈을 의상에 들이고 있는 것은 아니다. 그러나 부모의 입장에서는 그것도 걱정이다. 뭐니 뭐니 해도 딸은 곱게 키우고 싶으니까.

그런가 하면 아들이 느닷없이 야한 빛깔에 앞뒤로 라인이 들고 몸에 착 달라붙는 맞춤 와이셔츠를 해 입고 머리까지 안 깎으려 들어 부모를 아연실색케 하기도 한다. 이런 것을 소위 유니섹스라고 하는 것인가 하고 들은 풍월로 스스로를 달래 보려고도 하지만 해괴한 것은 어쩔 수 없다.

실상 요즈음 젊은 애들을 아들딸로 가진 우리네 부모들처럼 난처한 입장에 처했던 부모는 어느 시대에도 없었던 것 같다. 우리들의 부모만 해도 우리들 키울 적에 비록 낡은 인습일망정 확고부동하고 당당한 도덕적 규범을 갖고 있었고 그걸로 우릴 호령하고 다스리려 들었다. 그래서 그분네들은 당당했고 일종의 침범할 수 없는 권위를 후광처럼 업고 있었다.

그런데 지금의 우리는 뭔가? 묵은 도덕, 낡은 가치관은 무너지고 새로운 것은 채 확립되기도 전인 애매한 틈바구니에 부모 노릇을 하게 된 것이다. 회초리를 빼앗긴 맨손으로 야생마를 길들여야 하는 것이다.

고된 이해심

게다가 예전보다 놀랍게 신속해진 서로서로의 정보교환, 또는 매스컴을 통해 아이들이란 요롷게 조롷게 키워야 한다느니, 이렇게 저렇게 아이들을 다루다간 큰일 난다느니, 문제아가 되는 복잡다단한 요인들, 아동심리학입네 교육심리학입네 하는 것까지 주워듣게 되어 터무니없이 박식해지고 말았다.

그 결과 우리 부모네들이 도달한 결론이란 아이들 기르기는 어렵다는 것, 요새 젊은이들이란 까딱 잘못 건드렸다간 어디까지 빗나갈지 모르는 위험한 폭발물 같은 것이라는 것밖에 없다. 이를테면 잔뜩 겁을 먹은 것이다. 게

다가 몇 해 전까지만 해도 광적으로 치열하던 중고등학교 입시에 따른 부모들의 가장 부모들다운 허영까지 겹쳐 아이들을 상전 떠받들 듯, 위험한 폭발물 취급하듯, 그저 조심조심 위해 받들어만 기르게 돼 버렸다.

이렇게 자라 온 게 요즈음 젊은 세대요, 이렇게 아이들을 키워 온 게 우리네 부모들이다.

이런 우리 부모들이 공통적으로 자식들에게 바라는 시시한 소망이 하나 있다. 그것은 자식들이 부모를 평할 기회가 있을 때 "우리 엄마 아빠는 참 이해심이 많으시죠. 부모님이라기보다는 꼭 다정한 친구 같으세요" 어쩌구 해 주길 바라는 것이다. 왜 이런 시시껄렁한 걸 자식에게 바라는지 모르겠다. 그래서 젊은이들의 웬만한 기행(奇行)이나 탈선쯤은 이해심 많은 부모의 이름으로, 친구 같은 부모의 이름으로 용서도 하고 옹호하기까지도 하는 주책을 부린다.

나 역시 이런 주책 엄마의 한 사람인 건 물론이다. 왜 부모면 부모다운 부모가 되려 들지 않고 군이 친구 같은 부모가 되겠다는 것일까? 사람에겐 친구는 친구로서 부모는 부모로서 따로 존재 가치가 있을 터인데도 말이다.

그것은 아마 유난히도 급격한 세대차를 겪고, 또 그 세대차라는 게 구세대에게만 일방적으로 비극적으로 작용하는 것을 봐 온 우리 세대가 젊은 세대에 의해 다시 구세대로 밀려나는 신세가 되는 것을 인정하고 싶지 않은 억지 같은 것의 작용인지도 모르겠다. 그래서 우린 가끔 젊은 세대에게 점잖지 못한 아첨까지 해 가며 그들의 비위를 맞추고 대신 '이해심 많은 부모' 소리를 들으려 한다.

지금 대학생인 큰딸이 대학 입시 준비를 할 때다. 입시 준비라는 게 영 기발했다. 학교 갔다 와서 저녁 먹고 실컷 한잠 자고 한밤중에 깨어나서 공부를 하는 것까지는 그래도 참겠는데 꼭 심야 방송으로 팝송을 들으면서 하는 게 아닌가. 가끔 따라 부르기도 하고 디스크자키의 익살에 킬킬대기도 하고 발로 장단을 맞추느라 달달 들까불기도 하면서 공부라고 하는 게 도대체 볼썽도 사납고 그렇게 해서 공부가 될 성싶지도 않았다.

그래도 나는 오밤중에도 방송을 해대는 방송국을 탓하면 탓했지 내 아이를 따끔하게 꾸짖지도 못했다. 꾸짖기는커녕 심야 방송에선 어떤 소리를 지껄여 대길래 저렇게 젊은 애들을 매료하나 우선 알아야 할 게 아닌가 하는 예의 '이해심'이란 게 발동했다.

그래서 공부하면서 먹으라고 간식을 해다 주면서 슬쩍슬쩍 듣기 시작한 심야 방송이란 게 꽤 들을 만한 것 같아서 일부러 듣는 일이 잦아졌고, 들을수록 깨가 쏟아지

게 재미가 있어서 나중에는 내 딸보다 한술 더 떠서 윤형
주라는 당시의 디스크자키에게 팬레터를 보낼까 보다고
설치기까지 했다.

물론 팬레터까진 못 쓰고 말았지만 그런 나를 내 딸은
"엄마도 참……" 하고 씁쓸하게 웃었다. 나는 안다. '엄마
도 참……' 하고 딸이 삼킨 다음 말을. 그것은 '주책이야'
였을 거다. 그때 내가 내 딸이 즐겨 듣는 심야 방송을 어
느 만큼은 재미있어 한 것은 사실이지만, 그 재미있다는
감정을 그토록 과장했음은 딸이 재미있어 한 것, 즉 젊은
세대가 즐긴다는 것을 나도 같이 즐길 수 있다는 것, 젊은
세대를 이해한다는 것의 과시였음 직하다.

후줄근 시큰둥

그러나 내가 젊은 세대와 더불어 채신머리없이 발끝
을 까딱거리며 팝송을 즐겼다는 것만으로도 그들을 이해
한 것이 될지는 지금까지도 의심스럽다. 그때 그런 한심
스러운 꼴로 공부를 하던 딸은 그 공부로 그래도 제일 힘
들다는 서울대학에 무난히 합격을 했으니 제대로의 실속
은 차리고 있었던 모양이다.

참 알다가도 모를 게 요새 젊은 애들인데도 한사코 '이해심 많은 부모'가 돼 보려고 아는 척을 하려니 주책꾸러기가 된다.

딸이 대학에 가서 첫미팅인가 뭔가를 할 때만 해도 그렇다. 며칠 전부터 들떠 있는 건 당사자인 딸보다도 오히려 엄마인 내 쪽이었다. 옷은 뭣을 입힐까, 좀 과용을 하더라도 명동에서 한 벌 맞출까, 머리 모양은 어떻게 해줄까, 내가 좀 더 멋쟁이였더라면 이럴 때 얼마나 좋을까, 도대체 어떤 머슴아가 내 딸의 첫미팅 상대가 되려나, 이왕이면 멋쟁이였으면, 아니지 너무 멋쟁이면 한눈에 반해 그게 그대로 연장되어 훗날 결혼까지 하게 되면 그렇게 싱거울 데가 어디 있담, 적어도 멋진 연애를 몇 번하고 결혼을 하게 됐으면 좋으련만…… 그야말로 주책의 극치다.

아무튼 불과 20여 년 전이건만 우리 자랄 때의 우리네 부모들이 하던 부모 노릇과 지금 우리의 부모 노릇과는 격세지감이 있다.

미팅이란 것도 신기하지만 미팅 상대를 찾아 주기로 되어 있는 미팅 카드라는 게 또 이만저만 아기자기한 게 아니다. 그저 평범하고 찾기 쉽게 같은 숫자끼리 짝지은 것도 있지만 대개는 '춘향이' 하면 '이도령', '이수일'에 '심순애' 식으로 짝이 지어져 있는가 하면 '까뮈' '이방인',

'르 클레지오' '홍수' 식으로 지적 냄새를 풍기는 짝짓기도 있다.

참 좋은 세상에 난 애들이라고 부럽다 못해 은근히 질투까지 날 지경이다. 그런데 정작 당사자는 시종 시큰둥하다. 입고 갈 옷 같은 것에 대해서도 별반 신경을 안 쓴다. 아마 계면쩍어서 그러려니 하고 나는 나대로 이것저것 간섭을 하고 머리를 풀어 줬다 묶어 줬다 요리조리 모양을 내준다. 그래도 시원치 않아 나도 좀처럼 안 달던 색깔이 고운 자마노 브로치까지 달아 주려 든다.

딸은 질겁을 하고 또 "엄마도 참……"이다. '엄마도 참' 뒤에 삼킨 말이 '주책이야'일 것은 말할 것도 없다.

평상복대로 별로 들뜨거나 부푼 기색 없이 미팅이란 걸 나간 딸은 돌아올 때도 역시 시들한 얼굴을 하고 돌아온다. 남자가 시시하더란다. 요다음엔 좀 더 나은 남자가 걸릴 테지, 오늘은 운수가 나빴나 보다고 나는 딸을 위로한다. 그러나 딸은 별로 위로받을 만큼 실망한 눈치도 아니면서 그렇다고 요다음 미팅에 기대를 거는 눈치도 아니고 그저 담담할 뿐이다.

미팅이 거듭될수록 미팅이란 심심풀이도 못 되는 그저 그런 거고 남자들이란 하나같이 시시한 걸로 치부하려 든다.

어디 미팅뿐인가, 대학이란 걸—교수의 구태의연한 강의에서부터 교우 관계, 건물, 시설에 이르기까지가 온통 시시하다는 걸—대학의 첫 1년 동안에 재빨리 도통한다. 그래서 대학 2학년만 되면 후줄근해지고 매사에 냉소적이고 욕구 불만을 질겅질겅 껌처럼 씹고 다니게 된다.

이렇게 되면 초조해지는 건 그들보다 우리 부모네들이다. 우린 항상 자기가 못 해 본 걸 자식을 통해 해 보려 든다. 우리가 못 해 본 멋진 연애, 대학 생활의 낭만을 자식들이 갖길 바라고 아울러 옛날의 우리 부모네들과는 달리 그것을 이해하고 도와줌으로써, 소위 '이해심 많은 부모' '신식 부모' 노릇을 해 보려고 잔뜩 벼르고 기다렸던 것이다.

그러나 자식들이란 예나 지금이나 청개구리여서 하던 장난도 멍석 펴 놓으면 안 한다고 좀처럼 연애도 하려 들지 않는다.

"너 혹시 보이 프렌드가 생기거든 집에 데리고 오렴, 공연히 감추려 들지 말고……"하기까지 한다. 그러나 막상 딸에게 그럴 만한 보이 프렌드가 생겨서 데리고 와서 나에게 소개를 한다면 어쩌겠다는 건지 그건 나도 잘 모른다. 그냥 그래 보는 거다.

남들도 그러는 것 같으니까, 텔레비전 같은 데서 한

다 하는 명사 어른들도 그러는 것이 바람직하다고 했으니까…… 그저 그 정도다. 무책임한 이야기다. 우리는 섣불리 '이해심 많은' '친구 같은' 부모가 되기 위해 정작 부모로서의 책임, 권위까지를 포기해 버린 거나 아닌지 모르겠다.

바보가 되지 말라

그런 점에서 요새 젊은 세대들은 부모가 없는, 지켜야 할 혹은 항거해야 할 기존 질서를 못 가진 고아(孤兒) 신세와도 흡사하다 하겠다. 그러고 보면 그들에게 뭔가 고아스러운 데가 있다. 버르장머리없는 것에서부터 냉소적이고 비정서적이고 비협조적인 것까지가.

개방된 남녀 교제의 풍속 속에서 갖가지 미팅, 그룹 미팅, 티 미팅, 카 미팅, 좀 야한 것으론 고고 미팅이란 것까지 성행하면서도 요새 젊은이들은 좀처럼 사랑이란 것은 안 한다. 남녀칠세부동석의 가혹한 이조 사회에서도 문틈으로 엿본 종놈에게 반해 상사병을 앓는 양반집 규수 이야기가 심심찮을 만큼 전해 내려오는데 남녀 교제를 완전히 개방시켜 놓으니 도리어 사랑을 못하는 것이다.

못하는 것인지 안 하는 것인지는 분명치 않지만 요새 젊은이들이 공통적으로 연애의 불감증을 앓고 있는 것만은 사실인 듯하다.

우리 기성 세대들이 툭하면 우려하는 젊은 세대들의 퇴폐적이고 향락적인 문란한 남녀 관계도 실상은 연애 불감증에서 오는 초조하고 절망적인 몸짓인지도 모를 일이다. 이런 교제란 곧 싫증이 나게 마련이고 싫증이 나면 지체 없이 빠개 버린다. 헤어진다는 말보다 빠갠다는 말은 얼마나 드라이한가. 헤어진다는 말엔 생각이 나겠지 하는 여운이 있으나 빠갠다는 말엔 여운이 없다. 우지끈 하는 파괴의 쾌감만이 느껴질 뿐이다.

어찌 보면 참 편하게 돼먹은 세대다. 입고 있는 옷에서부터 사고 방식까지. 그런데도 그들은 답답하다 못해 땁땁하단다. 그들을 답답하게 짓누르는 것의 정체는 무엇일까. 한나절도 못 가서 끝장이 나고 마는 협소한 우리 국토일까? 기성 세대의 주책일까? 사회적, 정치적인 부조리일까? 10년이 여일한 교수의 낡은 노트일까? 미래에의 불안일까? 이 몇 가지 어림짐작이 다 맞을 수도 그중 하나도 안 맞을 수도 있으리라.

'가슴 땁땁하다'는 말을 언제 주로 쓰느냐고 물으니 무시로 밑도 끝도 없이 쓴단다. 청바지에 티셔츠가 터질

듯이 미끈하고 건강한 놈들이 가당찮게 무슨 죽을 병이라도 "땁땁해 아유 가슴 땁땁해" 하고 캠퍼스를 누빌 생각을 하면 정말 답답하다.

그러나 나는 믿는다. 그들이 그들의 예지로 그들을 억누르고 있는 허깨비의 정체를 규명하고 그것으로부터 자유로워질 수 있으리라는 것을, 그들은 능히 그럴 수 있을 것이다.

그들에겐 우리가 못하는 것을 능히 할 수 있는 저력이 있다. 팝송을 들으며 온몸을 들까불면서도 어려운 시험 공부를 거뜬히 해낼 만큼 한가닥 맑은 정신만은 또렷이 간직하고 있었던 것이다. 그들의 옷차림은 꺼벙하고 때로는 야해서 한마디로 격식을 도외시한 것이고 하는 짓은 경망하고 당돌해서 한마디로 버르장머리가 없다. 그것이 그들의 겉모양이다.

그러나 그들의 그런 모습은 우리 기성 세대의 고질병—필사적인 외화 치레, 냉수 먹고 이 쑤시는 허식, 뒷구멍으로 호박씨 까는 같잖은 점잖음—에 대한 일종의 도전인지도 모르지 않나.

그래 도전을 하려거든 철저히 해라. 속 빈 강정인 기성 세대에게 너희들의 알찬 내실로 맞서거라.

팝송을 들으면서라도 좋으니 지독하게 공부하고 밤

새워 명작을 읽고 진지하게 고민하거라.

그리고 답답한 일이 있거든 답답해하거라. 답답한 것과 맞서거라. 답답한 것을 답답한 줄 모르는 바보야말로 구제할 길 없는 바보가 아니겠는가.

1973년

머리털 좀 길어 봤자

별것도 아닌 '영웅'

며칠 전 어느 다방에서의 일이다. 자리가 없어서 젊은이들하고 합석을 했다. 연령이 비슷비슷한 매우 호감이 가는 인상의 청년들이었다.

조용히 얘기들을 하고 있다가 한 청년이 새로 나타나자 모두 "짜아식 장하다" "야아, 부럽다" "네 용기 알아줘야겠다" 하면서 유쾌한 환호성을 지르는 것이었다.

나는 그 청년이 영웅 취급받는 까닭이 궁금해서 자연히 그 청년들의 이야기에 귀를 기울였다.

별것도 아니었다. 나중 온 젊은이는 어찌 장발 단속을 교묘히 피해 꽤 긴 머리를 하고 있는 것으로 그토록 열렬한 선망을 받았던 것이다.

나는 저절로 웃음이 나왔다. 그러나 그 젊은이들을 한심하다거나 불량하다고까지는 생각 안 했다.

별것도 아닌 것 갖고 영웅 노릇하는 세상이구나 싶으면서도 한편 귀여운 느낌도 없지 않아 있었다.

거기 모인 청년들은 그들의 화제로 보나 태도로 보나 결코 불량 청년이 아닌 보통 청년이었고, 머리가 짧은 청년은 청년대로 귀여웠고 머리가 긴 것을 갖고 폼 재며 으스대는 장발 청년은 그 나름대로 밉지 않아 보였다.

결코 머리가 짧은 청년이 더 성실해 보이고 머리가 긴 청년이 불량 퇴폐적으로 보이지 않더란 얘기다. 그들은 공동의 관심사와 공동의 화제를 가진 명랑 솔직한 한패거리였다. 결국 나는 머리털이 길고 짧다는 외모가 결코 그 머리털의 주인공의 의식 구조를 결정짓는 것은 아닐 거란 말을 하고 싶은 것이다.

반복되는 유행의 속성

요즈음 젊은이들의 장발풍이 정말 퇴폐풍조인지 아닌지 나는 잘 모르겠다. 그렇지만 그게 설사 퇴폐풍조라 치더라도 장발을 강제로 단발로 만드는 걸로 퇴폐풍조를 일소했다고 믿는 건 세 살 먹은 어린애의 지혜만도 못한 것 같아 딱하다. 나는 장발을 퇴폐풍조라기보다는 주기적인 유행 정도로 가볍게 생각하고 싶다.

남자 머리가 짧아졌다 길어졌다, 넥타이 폭이 넓어졌다 좁아졌다, 여자 치마가 짧아졌다 길어졌다, 바지통이 넓어졌다 좁아졌다, 유행이란 어차피 길이가 있는 건 길어졌다 짧아졌다, 폭이 있는 건 넓어졌다 좁아졌다, 그 테두리 안에서 변하고 반복되는 게 아닐까. 우린 수없이 그런 반복을 보며 살아왔기 때문에 명동에 나가 제아무리 기이한 의상을 봐도 별로 놀라지지 않는다.

그런데 유독 머리털이 길어졌다 짧아졌다 하는 것만이 신경질적으로 다루어질 까닭은 없지 않을까. 이발하는 시간이나 돈이 절약되고, 집에서 어머니나 아내가 가위로 개성 있는 머리 모양으로 손질도 해줄 수 있어, 여러모로 나쁜 점보다는 이로운 점이 더 많을 텐데.

요즈음은 장발 단속의 기준을 남에게 불쾌감을 주는 정도로 잡고 있는 모양인데 그 불쾌감이란 게 매우 주관적인 거라 자기는 유쾌한 기분으로 다듬고 나온 머리털이 언제 어디서 단속반의 불쾌감에 걸릴지 알 게 뭔가. 사람이 머리털 때문에 전전긍긍하면서 거리를 다녀야 하다니 아무리 생각해도 불쾌하다. 그게 불쾌하면 자르면 될 게 아니냐고 나오면 할 말은 없지만 너무 젊은이를 이해 못하는 소리다.

나는 잘 나다니지를 않아서 그런지 아직껏 심한 불쾌
감을 주는 장발과 만난 적은 없다. 만일 만인에게 불쾌감
을 주는 장발이 있다손 치자. 그렇다고 그걸 꼭 누가 시정
해줘야만 할까. 자연히 당사자가 알아서 시정하게 될 것
이다. 젊은이들이란 어차피 남에게, 특히 여자들에게 호
감을 사고 싶어 하게 마련이니까.

욕구 불만의 돌파구

만일 만인에게 불쾌감을 주는 것 자체를 그 목적으로
하는 장발이 있다고 치자. 그렇더라도 크게 걱정하거나 미
워할 것은 없다고 생각한다. 왜냐하면 이런 이유 없는 반
항이나 욕구 불만의 발로가 남에게 별로 큰 피해를 주지
않는 머리카락으로 치뻗쳤으니 얼마나 다행이냐 말이다.

젊은이들이 욕구 불만이란 어차피 어디를 통해서고
터지거나 뻗치게 마련인 것을, 위를 누르면 옆구리로, 옆
구리를 막으면 등창이 돼서라도, 그러니까 막는 것보다
어떻게 자연스럽게 흐르게 하나에 신경을 쓰는 게 더 현
명할 것이다.

불쾌감을 기준으로 머리를 자를 권한을 가진 단속반

은 제발 자기의 젊은 날을 돌이켜 보면서 불쾌감의 범위를 너무 확대하지 말았으면.

우리 자랄 적은 지금 같진 않았다고 시대 풍습을 개탄하다가도 곰곰 생각해 보면 그 시대는 그 시대 나름의 기이한 젊은 풍습이 있었고 자연스러운 욕구 불만의 돌파구가 있었다는 걸 상기할 수 있을 것이다.

나는 요전에 우리 동네 할머니들이 모여서 한담을 즐기는 것을 들은 적이 있다. 거의가 다 칠십 고개를 넘은 고령의 할머니들로서 담배를 피우면서 담배를 배우게 된 동기 같은 걸 이야기하는데, 심화가 끓어서, 첫애 배고 입덧이 심해서가 동기였고 놀라운 것은 배운 시기가 대개 시집살이가 심한 새댁 적이라는 거였다. 남편이 시부모 몰래 색시 담배 대느라고 애쓴 얘기들도 했다.

그 시절엔 궐련이 귀했을지도 모르고, 아마 시골이었을지도 모르니 새파란 새댁이 장죽이나 물지 않았었나 모르겠다. 그 전설적인 지독한 시집살이 중에도 그 정도의 욕구 불만의 돌파구는 마련돼 있었구나 싶으니 저절로 웃음이 났다.

그러나 이 할머니들, 손녀나 손자며느리가 담배를 피면 얼마나 해괴해할까. 모르면 몰라도 아마 "말세로다 말세로다" 할 것이다.

218

사람들은 몇천 년을 두고 늙은이는 젊은이 하는 짓에 "말세로다 말세로다" 한탄을 하는 짓을 반복하며 살아왔다. 그러나 다행히도 아직도 말세는 안 왔고 젊은이들에 의해 역사는 발전해 왔지 않은가.

좀 여유가 있었으면

젊은이들의 머리에 너무들 신경과민이 되지 말았으면 좋겠다. 좀 좋은가. 긴 머리도 있고, 중간 머리도 있고, 짧은 머리도 있고, 짧은 치마도 있고, 긴 치마도 있고, 이제 여자들은 맥시다 미니다 구애받지 않고 자기에게 맞는 길이, 또 장소에 맞는 길이를 정해 자유롭게 입을 줄 안다.

장발도 신경 안 쓰고 내버려두면 다시 단발로 변하든가, 아니면 각자가 자기에게 맞는 머리 모양을 찾아낼 때가 오지 않을까 싶다. 생각만 해도 즐겁지 않은가.

남에게 아무런 피해도 주지 않는 자기 머리도 자기가 마음대로 못하고 단속반의 가위에 의해 획일적으로 잘리는 사회…… 뭔가 우울하다.

그러나 강제로 삭발당하는 청년들의 모습을 텔레비전으로 보니 비교적 담담해 보였다. 이런 여유 있는 태도가 구한말, 단발령 때 두가단(頭可斷)이나 발부단(髮不斷)이 라던 선비들의 극단적인 태도와 비교되어 여러모로 다행 스러웠다.

사람에겐 머리터럭 말고도 소중하게 지킬 게 얼마든 지 있다는 태도는 얼마나 믿음직스러운가. 이제 이런 젊은이들에게 머리털을 그들의 것일 수 있도록 돌려줬으면.

공부에 열중하느라, 연애에 정신이 팔려서, 이발료를 아끼려고, 멋있으려고, 머리터럭쯤 자라는 대로 내버려 두었기로서니 거리를 활보하는 데 지장을 주어서야 되겠는가.

1974년

사람의 마음속엔 이런
용수철 같은 게 있는 법이다.
이 용수철이 엉뚱한 방향으로
튀어 오르지 않게
법의 규제에도 묘미가 있어야지
미련해서는 안 되겠다.
그중에도 미니스커트나
장발족 단속은 좀 어떨까 싶다.
젊은이들의 옷이나 머리란 어차피
길어졌다 짧아졌다 하게 마련이 아닐까?

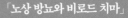

「노상 방뇨와 비로드 치마」

난 단박 잘살 테야

골이 비었으니 외제광(外製狂)이지

벌써 본 지 2, 3년이 지난 일인데도 좀 더 잊혀지지 않는 일이 있다.

별로 친하게 지내는 사이는 아니었지만 가끔 안부나 물으며 지내는 친지한테서 결혼 청첩장을 받았다.

사업이 잘돼 벼락부자가 됐다는 소문대로 참으로 성대한 결혼식이었다.

피로연까지 참석했는데도 집에서도 큰 잔치를 벌이는지 집에까지 가자는 권유를 받았다. 그럴 만하게 친한 사이도 아니었기 때문에 사양을 했더니 옆의 사람들이 마구 잡아끌며 딸 기르는 사람은 꼭 봐 둬야 할 게 있으니 가자는 것이었다. 나는 딸이 많기 때문에 호기심이 슬그머니 동했다. 딸 기르는 사람이 꼭 봐 둬야 할 게 도대체 무엇일까. 나는 어름어름 사람들에 휩쓸려 차를 타고야

말았다.

그 댁은 신부댁이었고 손님들한테 자랑하고 싶은 건 바로 신부의 혼수였다. 그러나 그 어마어마한 것들을 한마디로 혼수라 부를 수 있을지 나는 "악" 하고 벌린 입을 다물 수가 없었다. 이 나이까지 혼인 구경도 여러 번 하고 부잣집 혼수도 더러 눈여겨봤지만 이건 그 정도의 안목의 상상을 초월한 것이었다. 결혼하면 곧 둘이서만 살림을 나서 살 거라는데 냉장고도 최신형·최대형·최고급의 외국 제품이었다. 모든 것이 이런 식으로 없는 게 없고 구경을 해도 해도 한이 없었다.

몇십 몇백 명의 손님을 치러도 두려울 게 없을 것 같은 아름다운 식기들, 우아한 글라스, 정갈한 은반상기, 세트로 된 각종 요리 기구, 화려한 법랑 식기, 육중한 테플론 식기…… 끝도 없고 한도 없는 주방용구들이 하나같이 외제인 것도 놀라웠고, 너무너무 양과 종류가 많아서 그것을 다 수용할 수 있는 부엌의 넓이를 나는 상상할 수가 없었다.

부엌세간이 이럴 때야 방에 놓을 가구 준비가 어떻다는 건 누구나 쉽게 짐작이 갈 줄 안다. 한식 안방에 놓을 자개장롱, 문갑, 탁자, 아기장…… 응접실과 침실용 양가구, 심지어는 외국 손님을 초대했을 경우 접대할 이조 중

엽풍의 사랑방을 꾸밀 골동품적인 목공예품까지 갖추고 있었다. 아아, 그날 나는 또 얼마나 여러 개의 병풍을 보았던가, 수 병풍·글씨 병풍·그림 병풍·골동품 병풍까지 아마 병풍만 실어도 한 트럭은 될 것 같았다.

침구의 수효와 종류도 헤아릴 수 없이 많았지만 옷은 다른 것에 비해 적은 편이었다. 그러나 시댁에 예물로 가져갈 침구와 옷과 패물이 또 어마어마했다. 신부의 어머니가 자랑스러운 듯이 이 예단 중에 제일 싼 게 시댁 가정부들한테 나누어 줄 1만 5천 원짜리 실크 옷 한 벌씩이라고 했다. 시부모님께는 예단에다가 비취 브로치니, 산호 노리개니 하는 각종 패물까지 끼여 있었다. 시아버지 양복도 몇 벌, 한복도 몇 벌이나 되는데 그 한복의 마고자 조끼마다 금 단추가 찬란하게 빛났다. 그랜드 피아노를 싣기 위해 특별히 고용한 인부들이 포장을 공들여 하는 광경도 보였다.

이쯤 해 두자. 말은 전할수록 보태져서 늘어난다고 한다. 그러나 맹세코 나는 내가 본 것을 여기 다 열거하지 못했다. 생전 처음 보는 이름도 모르고 용도도 모르는 신기한 것도 많았지만 어쩐지 그걸 그대로 남에게 전하는 것조차 끔찍하게 느껴지기 때문이다.

여북해야 나는 같이 구경을 하던 사람 중에서 나하

고 그래도 제일 친한 사람에게 나중에 넌지시 물어봤다. 이 댁 신부가 결혼식장에서 볼 땐 잘 몰랐는데 아마 어디가 병신임에 틀림없겠는데 어디가 병신인가고. 그랬더니 천만에 사대육신이 멀쩡한 미인이라지 않나. 그러면 몸에 무슨 병이 있든지 하다못해 골이 남보다 비었든지 그렇지는 않냐고 물었더니 그것도 천만에, 건강하고 출신 학교도 명문으로만 뽑았다고 했다.

그래도 나는 오늘까지 다른 건 다 몰라도 그 신부가 골은 좀 빈 신부려니 하고 믿고 있다. 뭔가 지독한 열등감이 없이 어떻게 그렇게 많은 물량 공세로 나올 수가 있겠는가.

살림은 스스로 장만해야 행복해

나는 그날 그 혼수에 질리고 나서는 한동안 딸자식이라는 것에 대해 공포감마저 느껴야 했다. 그래서 그날 그 신기한 구경이 꼭 악몽 같다.

그런데 더욱 걱정스러운 것은 그 후에도 그 댁만은 못하더라도 분수에 넘치게 요란한 혼수를 보기도 하고 소문으로 듣기도 할 기회가 너무 자주 있었다는 것이다. 여자가 사람 축에도 못 들었던 서러운 이조 시대에도 이렇게 많은 것을 얹어서 시집보내지는 않았었다고 한다. 부잣집 딸이 자기가 일생 입고 쓸 만한 옷과 일용품을 해 가는 수는 있어도 지금처럼 그렇게 겉으로 나타나는 가구나 예물 중심으로 왕창 물량 공세를 취하지는 않았던 것 같다.

그렇다고 그게 미국이나 유럽에서 들어온 유행도 아니라는 건 그쪽에 갔다 온 사람들에게 굳이 묻지 않아도 누구나 알고 있다. 나의 개인적인 생각으론 이런 새로운 풍습은 벼락부자들 사회에서 비롯된 악습이 아닌가 싶다. 벼락부자들이란 부(富)에 자신이 있는 것만큼 내면은 허(虛)하게 마련이고, 여기서 비롯된 열등감의 발로가 그런 철없는 물량 공세로 나타난 것 같다. 또 벼락부자층과 권력층과의 정략결혼에서도 벼락부자가 과시할 수 있는 건 돈의 힘밖에 없으니 그렇게 나올 수밖에 없을 것 같다.

그러나 문제는 그런 악습이 서민 사회의 풍습에까지 차츰 영향을 미치는 것이다. 혼수를 잘해 주고 못해 주고에 어떤 기준이 있는 게 아니고 순전히 상대적인 비교 때문에 그것이 벼락부자 사회에서 비롯됐든 어떻든 아무튼 지금 이 시대의 결혼 풍습에서 초연하기는 그리 쉬운 일이 아니다. 분수를 지킬 만한 양식이 있는 사람도 남의 일엔 개탄을 하지만 자기 일이 되어 닥치면 뱁새가 황새 쫓아가는 식의 무리를 어느 틈에 하고 만다.

사람은 사회에 진출한 후 늙어 죽을 때까지 대개 세 번의 빈곤곡선(貧困曲線)을 겪는다고 영국의 어떤 경제학자는 말했다.

첫 번째는 독신으로 있다가 결혼해서 살림 장만할 때, 두 번째는 마흔을 전후해서 사회적인 지위는 안정되고 수입도 늘었으나 자녀들이 고등 교육을 받게 되어 교육비의 압박이 제일 심할 때, 세 번째는 퇴직 후 장성한 아이들이 뿔뿔이 제 살림을 났을 때, 이렇게 세 번을 치고 있으나 나는 두 번째와 세 번째 사이에 또 한 번의 빈곤곡선을 긋고 싶다. 즉 자식들을 결혼시킬 때가 그것이다.

부모들이 이렇게 자식 결혼시키느라고 빈털터리가 되다 못해 빚까지 져가며 남들에 비해 빠지지 않게 해 주고 싶은 것도 따지고 보면 자식을 사랑하는 마음에서고 그 사랑하는 마음이란 소박하게 풀이하면 행복하길 바라는 마음이 아니겠는가.

그럼 어떻게 사는 게 행복하게 사는 걸까. 나는 어려운 것은 잘 몰라도 사는 행복 중에서 필요하고 갖고 싶은 물건을 벼르고 별러서 장만하는 재미, 또 그렇게 해서 장만한 것에 대해 갖는 애착 등도 꼭 맛볼 만한 중요한 행복이라고 생각한다.

부모가 자식에게 너무 아쉬운 것 없이 다 갖춰 주는 것은 자식에게서 중요한 행복 중의 하나를 빼앗는 결과가 될지도 모른다.

없는 것 없이 다 갖춰 놓은 곳에 몸만 들어가 생활한다, 그게 무슨 재미란 말인가. 생활에 맥이 풀리면 권태로울 것은 당연하고 자연히 딴 곳에서 재미나 자극을 구할 밖에 없을 것이다.

부모가 자식에게 줘야 할 것 중에서 중요한 것은 어떤 결과가 아니라 그 과정이 아닐까. 완성되고 구비된 물건이나 행복이 아니라 그것을 획득하기 위한 과정 말이다.

어린아이가 어느 만큼만 자라면 벌써 현명한 부모는 완제품의 장난감을 주지 않고 마음대로 구성하고 파괴하고 다시 재구성할 수 있는 장난감을 준다. 그래서 아이로 하여금 만들어 가는 과정을 즐기도록 해준다. 그런데 왜 장성한 자식들에게 완전히 구비된 환경, 완제품의 행복을 주지 못해 하는 것일까.

그것을 스스로가 얻기 위한 과정을 거치면서 어려움도 알고 재미도 알도록 도와주지 않고 덮어놓고 과정을 건너뛰도록 도와 주려는 것은 중대한 잘못이다. 그것은 거의 사는 의미를 빼앗는 거나 마찬가지다.

과정의 의미

끝으로 부잣집 가정교사 노릇을 하던 여대생한테서 들은 얘기나 하나 소개할까 한다.

가정교사라지만 맡아 가르치는 애가 국민학교 저학년짜리라 허구한 날 가르칠 것도 마땅찮고 그래서 자연히 동화도 읽어 주고 놀이도 같이 하고, 이를테면 친구 삼아 지내는 시간이 많았다고 한다.

또 친구 삼아 지내는 것도 공부 못지않게 생각하고, 말 한마디라도, 쓸 만한 소리를 하려고 애썼다고 한다.

그런데 이 꼬마 여학생이 맹랑한 게 자기 집도 부잔데 장차 희망이 아주아주 큰 부자한테 시집가서 아주아주 잘해 놓고 사는 거라는 거였다.

가정교사가 듣기 민망해서 아무리 부자가 좋다지만 그래도 신랑은 우선 인격이 훌륭해야 되지않겠느냐고 했단다.

"선생님, 인격이 훌륭한 게 뭔데요?"

"그건 네가 더 크면 자연히 알게 돼. 쉽게 말하면 사람이 똑똑하고, 옳은 일을 할 줄 알고, 사람을 가리지 않고 사랑할 줄 알고, 대강 이런 사람이야."

"그럼, 부자 아니라도 인격이 훌륭할 수도 있겠네요."

"그럼, 그럼. 인격은 돈하고 상관없는 거야."

"그럼 선생님은 인격만 훌륭하면 거지한테라도 시집 갈 수 있단 말예요?"

가정교사는 이 물음에 대답을 약간 망설이지 않을 수 없었단다. 그렇지만 내친김에 용기를 내서,

"아주 훌륭하면 그럴 수도 있지."

"아이 흉해라, 어떻게 돈 한 푼 없이 거지짓을 하면서 무슨 재미로 살아요? 더럽고 배고프고……"

"사람만 똑똑하면 맨날 거지일 리가 있나. 자연히 돈도 벌고 훌륭하게 될 수 있지."

그 대답에 꼬마 여학생이 까르르 웃으며 가정교사를 조롱하더란다.

"그럼 결국 똑같네요. 선생님도 잘살고 싶은 건 마찬가지 아녜요. 그럴 바엔 부자한테 시집가서 단박 잘살지 뭣 하러 거지한테 시집가서 고생하다가 잘살아요? 난 단박 잘살 테야요."

너무 기가 막혀 말문이 막혔다고 한다. 어릴 적부터 벌써 고된 과정을 껑충 건너뛰어 단박 잘살 궁리부터 한다.

오늘날의 모든 문제가 바로 이 건너뛰기에 있는지도 모르겠다. 잘 익은 열매를 자식들 코앞에 갖다 들이대는

부모 사랑에서 열매를 가꾸는 과정의 수고와 기쁨을 자식들에게 주는 부모 사랑으로 바뀔 때가 와야겠다.

1975년

주말농장

서울 아이와 시골 아이

여덟 살 때 서울에 와서 피난 시절만 빼 놓고 여직껏 쭉 서울에서만 살다 보니 나에게 시골뜨기티가 남아 있을 리가 없다.

그래도 나는 이 8년 동안의 시골 생활과 조상이나 친척들이 시골뜨기라는 걸 큰 다행으로 알고 있고 그걸 갖고 남에게 자랑하기를 좋아한다.

나는 내가 시골에서 나서 자랐다는 얘기를 남에게 할 기회가 생기면 꼭 골이 빈 사람이 미국이나 유럽에 갔다 온 것을 자랑할 때처럼 으스대며 마구 신이 난다.

시골에서 나서 자란 사람은 아무리 후에 도회물에 씻기고 닳아도 그 본질 중에 자연의 이치를 닮은 용기와 겸허함과 정직함 이 있어 우선 사람이 믿음직스럽다.

힘이 있으되 소위 깡다구라고 하는 도회인의 힘처럼

겉으로 나타나는 허구(虛構)의 용기가 아니라 뿌리가 땅에 내린 듬직한 힘이다.

그래서 나는 국민학교쯤은 시골에서 마친 사람을 좋아하고 중고등학교까지도 시골에서 나온 사람이면 더욱 좋아한다.

도시 아이들이 교실에 괘도를 걸어 놓고 괭이밥이 어떻고 쇠비름이 어떻고 배추꽃과 무꽃은 어떻게 다르고 골백번 배워 봤댔자 말짱 헛거다.

시험 문제로서의 가치밖에 없는 그것들의 개념을 배울 뿐 그것들의 본질에 대한 이해도 사랑도 있을 리 없다. 그런 것들을 잘 배워 시험을 잘 친 아이일수록 헛약고 속이 옹졸하기가 일쑤다. 그러나 시골에서 그것들과 더불어 사귀고 친해지고 사랑하며 자란다는 건 대자연의 오묘한 이치에 대한 깨달음의 시작이 될 테고, 대자연을 위대한 교사로 받들어 모신 폭이 되니 얼마나 큰 축복일까.

그래서 시골 출신들은 겉으론 우직한 듯하면서도 속이 넓고 인간성이 크다. 그의 인간성 속엔 누구나를 맞아들일 고향 같은 걸 갖고 있다. 서울 출신들에겐 좀체 없는 크고 옳은 일을 할 바탕 같은 게 잡혀 있다.

그런 의미로도 나는 내 아이들을 서울에서 낳아 서울에서만 키우고 있는 게 걱정스럽고 아이들한테 미안스럽다.

이제 도시는 좁은 뒷골목까지 말끔히 포장돼 어디서 넘어지거나 굴러도 먼지는 묻을지 몰라도 흙은 안 묻는다.

온종일 싸다녀도 신발에 진흙 한 덩이쯤 묻혀 오는 일도 없게 되었다. 큰 건물 앞이나 광장 같은 데 잘 다듬어진 화단이 없는 건 아니지만 빛깔이 강렬한 서양 화초가 기하학적인 무늬로 무리져 피어 있는 걸 보면 흙에서 난 자연물 같지 않고 꼭 조화로 된 장식물 같다. 더군다나 그것들은 거기서 씨 뿌려서 싹튼 게 아니고 어느 날 정원사가 다 핀 꽃을 온실에서 별안간 옮겨다 색 맞추어 심은 것이다.

그러니 그것을 바라보는 아이들이 백화점 쇼윈도를 바라보는 것 이상의 감동을 하리라고 기대할 수는 없지 않은가.

이렇게 아이들을 자연에 대한 감동을 맛볼 기회 없이 키운다는 게 문득문득 두려워진다.

자연을 모르고 흙으로부터 단절된 채 자란다는 건 부모 없이 자라는 것과는 또 다른 의미로 아이들을 고아(孤兒)로 만드는 일일 것 같다. 우리를 낳은 근원에 대한 사랑과 외경과 순종을 전혀 모르면서 자라야 되니 말이다.

아이들을 이렇게 키워서 어떻게 하나 하는 근심은 비단 나만의 것이 아닌 듯 이런 근심 끝에 시골에 농장을 마련하는 여유 있는 사람들이 요새 꽤 있다.

참 좋은 일이다 싶어 처음에는 부러워도 하고 나도 언제고 돈이 생기면 시골에다 농장을 마련할 꿈을 가져 보기도 했다. 그러나 재작년에 한 번 시골에 그런 농장을 마련한 친구를 따라 가 보고 난 후엔 그런 생각이 쑥 들어갔다.

그뿐만 아니라 그때의 기억은 나로서는 꽤 충격적인 것이어서 '주말농장'이란 제목으로 소설화하기까지 했다.

그 친구의 주말농장은 강원도 춘성군에 있는데 친구 몇이서 합자를 해서 경치 좋은 산골짜기에 밭을 천여 평사 가지고 같이 채소를 가꾸고 하룻밤쯤 묵고 쉴 수 있는 오두막집도 하나 지어 났다는 것이었다.

그래서 주말이면 가족끼리 가서 오두막집에서 묵고, 아이들은 김도 매고, 채소가 자라고 꽃 피고 열매 맺는 것을 관찰도 한다는 것이었다. 듣기만 해도 부러운 얘기가 아닐 수 없었다. 내가 너무 부러워하니까 그 친구가 그럼 놀이 삼아 한번 같이 가 보자고 해서 어느 주말 따라나섰다.

몇 가구가 모여서 같이 가는데 입고 가는 옷부터가 도저히 농사지으러 가는 옷이 아니었다.

농촌의 새로운 공해

어른 아이 할 것 없이 울긋불긋 야하고 호사스러운 게 흡사 이름난 바닷가로 호화 피서를 떠나는 재벌 2세들 같은 복장이었다. 교통편도 자가용이었고, 갖고 가는 짐도 아이스박스서부터 미제 캔맥주, 콜라, 주스, 통닭 등 없는 게 없었다. 나는 암만해도 헛다리를 짚은 것처럼 찜찜했다.

그렇지만 나선 김이니 끝까지 봐주자 싶어 자가용에 동승했다. 그런대로 아이들이 희희낙락하는 건 보기 좋았다.

과연 주말농장은 명당자리에 자리잡고 있었다. 울창한 산이 두 갈래로 갈라지면서 생긴 삼각지대에, 산에서 흘러내린 많은 시냇물을 옆에 낀 곳에 있었다. 시골 사람들은 자기 농토에 철조망은커녕 새끼줄 하나 치는 법이 없거늘 그들의 주말농장엔 철조망을 몇 겹이나 삼엄하게 쳐 놓아 한눈에 그 고장 사람들의 농토가 아니란 걸 알 수 있었다. 농장 입구엔 ○○농장이라고 다방이나 살롱 이름을 닮은 서양 이름 간판까지 붙어 있었다. 집도 오두막집이라더니 천만의 말씀이었다.

파란 슬레이트를 인 북구풍의 뾰족집이 깜찍하고 화사했다. 집 지키는 사람까지 있어 그 집에서 살면서 농사일도 돌본다는 거였다. 그러니까 농사일은 그 사람이 도 말아 하고 있는 셈이었다. 그 집 식구들은 우리 일행에게 민망하도록 굽신댔다.

20호가 될까 말까 한 초라한 산촌이 지척에 보이고, 그곳 아이들이 쉴 새 없이 나와서 손가락을 입에 물고 우리 일행을 멀거니 바라봤다.

우린 오두막집 뒤뜰에 짐을 풀고 자리를 잡았다. 바로 곁에 수유리 계곡보다 폭은 좁으나 더 차고 맑은 풍부한 시냇물이 상쾌한 소리를 내며 흐르고 있었다. 서울 아이들은 환성을 지르며 화려한 수영복으로 갈아입고 풍덩풍덩 물로 뛰어들었다.

눈이 부신 불볕이 사정없이 내리쬐는 한여름의 밭에서 도대체 무엇이 자라고 무엇이 열매 맺고 익어가나에 관심을 가진 아이는 한 명도 있는 것 같지 않았다.

다만 물장난을 치는 즐거운 환성만이 골짜기에 자자했다. 아이들은 물장난은 물장난대로 치면서 연방 먹고 마셔댔다. 어른들도 맥주나 주스를 마시기 시작했고 닭 다리를 뜯기 시작했다. 한편 오두막집지기 아줌마에겐 더운 점심을 부탁해 허둥지둥 쌀을 씻고 마당에 화덕을 걸고 불을 지피느라 아줌마는 비지땀을 흘렸다.

저만치 세워 놓은 자가용 둘레엔 동네 아이들이 삥 둘러선 채 언제까지나 떠날 척도 안 하고 이쪽을 구경하고 있고 지나가던 어른들은 한동안 발걸음을 멈추었다.

드디어 흥겨운 점심 자리가 마련되고 처음에는 아이들 노래자랑으로 시작한 오락판이 어른들의 노래와 춤으로 그 절정에 달했다. 식곤증과 취기와 피로로 남자들은 흐트러진 모습으로 여기저기 나둥그러져 낮잠을 자고 그제서야 엄마들이 아이들을 데리고 밭이랑 사이를 걸으며 이건 오이꽃 이건 호박꽃 해 봤댔자 아이들이 관심을 갖는 것 같지도 않았다.

농사꾼이 한여름의 폭양을 무릅쓰고 몇 뙈기의 밭, 몇 마지기의 논에 목숨을 매달고 농사를 짓는 옆에서 오락 삼아 취미 삼아 농사짓기 놀이를 벌인다는 건 농사꾼에 대한 얼마나 큰 모욕이요, 그들의 성실에 대한 얼마나 철딱서니 없는 유린일까. 저녁나절 농사꾼들이 넓혀 놓은 농로(農路)로 자가용을 몰아 그 골짜기 마을을 벗어나면서 우리가 그날 하루 얼마나 큰 해독을 그 마을에 뿌리고 떠나나 하고 심한 부끄러움을 느꼈다. 그때가 재작년 일이고 그때만 해도 주말농장이란 말을 난 퍽 신기하게 받아들였다가 이런 일을 겪었었다.

도시인의 탈공해(脫公害)도 중요하고 정서 생활도 중요하지만 남이 목숨을 걸고 하는 행동을 바로 그 옆에서 취미 삼아 오락 삼아 즐긴다는 건 목숨 걸고 하는 행동에 대한 중대한 모욕이나 조소가 된다고 생각한다. 그래서 드디어는 목숨 걸고 하는 행동에 회의를 품게 되고 의욕을 상실하게 된다면 어쩔 것인가.

또 1주일에 한 번쯤 나가서 농사 흉내를 내고 돌아온다는 게 도시의 아이들을 위해서도 결코 이로울 게 없을 줄 안다. 아이들은 순진한 것만큼 철딱서니도 없다. 아이들다운 직감으로 먹는 것, 입는 것, 생활 양식의 격차를 단박에 알아차리고 우월감과 특권 의식을 갖게 되는 건 당연하다.

그리고 농사일이란 보잘것없는, 경멸해 마땅할 천역이로구나 하는 생각을 은연중에 하게 될지도 모른다. 결국 주말농장을 통한 도시 아이들과 농촌 아이들과의 만남이란 한쪽에는 부질없는 우월감을, 한쪽에는 상처를 주는 결과밖에 못 남길지도 모르겠다. 문제는 농촌과 도시의 생활의 격차를 하루빨리 해소돼야 하겠지만 그때까지는 주말농장을 갖는 분의 양식에 기대할밖에 없겠다.

도시에서 각종 공해가 우리의 건강을 위협하듯 농촌에선 주말농장이라는 새로운 공해가 농민들의 정신 건강을 해친다면 어쩔 것인가.

1974년

239

짧았던
서울의 휴가

꼭 어른이 데리고 가 주기만을 바라던 여행을 올해는 아이들이 저희끼리만 떠났다.

행여 어른이 데리고 가겠다고 나설까 봐 미리 겁을 먹고 힐끔힐끔 눈치까지 봐가며 방학을 하자마자 아이들은 뿔뿔이 흩어졌다.

여름은 집뿐 아니라 가족으로부터도 떨어지고 싶은 계절인지 형제끼리도 같이 가지 않고 제각기 저희 친구끼리 패를 만들어 떠나는 모양이었다.

그런데도 떠나는 날짜는 공교롭게 같은 날이어서 여러 아이들이 한꺼번에 부산을 떠는 데 얼이 쑥 빠져버릴 지경이었다.

딸은 넷씩이나 되는데 청바지는 한 벌밖에 없었다. 몸매가 비슷해서 번갈아 가며 입어도 별로 불만이 없더니 한꺼번에 길을 뜨려니 우선 청바지 쟁탈전부터 벌어졌다.

어찌 청바지뿐이랴? 수영복도 입을 만한 것은 두 벌

밖에 없고 여행 백도 모자라고, 모든 것이 부족한 것 천지였다.

나는 별수 없이 백화점의 비치 모드 세일의 인파 속으로 뛰어들었다. 해마다 어느 만큼은 부러워하면서, 어느 만큼은 딱해하면서 신기한 풍경처럼 구경만 하던 화려한 소비의 인파 속으로 폼 잡고 뛰어든 것이다.

형제끼리 번갈아가며 입어라, 형제끼리 내리내리 입어라, 이러면서 아꼈던 옷값을 이런 때 안 쓰면 언제 쓸 것인가. 나는 마치 생전 처음 남 다 가는 바캉스라는 걸 갈 수 있게 팔자가 피었으되 다분히 바캉스라는 것에 원한이 맺힌 벼락부자의 마누라라도 된 것처럼 정신없이 주책없이 냅다 바캉스 용품을 사들였다. 그래도 모자랐다. 여자애들이란 집 안에서나 집 밖에서나 필요한 것이 많고도 많은 법이다.

매일 갈아입을 옷가지로부터 기름, 깨소금, 고추장까지 퍼내고 나니 아이들이 떠난 자리가 흡사 태풍이 휩쓸고 간 자리처럼 황량했다.

그러나 아이들이 집을 비운 사이 나는 행복했다.

나의 고옥(古屋)은 산사(山寺)처럼 조용해졌고 사반세기를 산 곰삭을 대로 삭은 부부 사이가 신혼의 사이처럼 별안간 서툴고 아기자기해졌다.

노후라는 것도 이러리라. 나는 노후를 예습하듯이 집
보기의 생활을 즐겼다.

일찍 자고 늦게 일어나고, 아이들로부터 날아드는 그
림엽서나 기다리고, 복날이면 닭 다리를 뜯으며 내 서울
의 휴가는 복되고도 복됐다.

너무 행복하면 깜짝 놀라면서 원고를 썼다. 복중(伏中)
에 원고를 쓰는 고통에는 기묘한 슬픔 같은 게 스며 있었
다.

내 집이 비니 서울이 텅 비었을 것 같고, 도시란 도시
는 다 텅 비었을 것 같고, 이렇게 여름 한때마다 도시인이
이를 갈며, 놓여나기를 바란 도시의 문명 속엔 분명히 활
자도 포함되어 있을 것 같았다. 그런데 나는 모든 사람이
활자를 외면하는 계절에도 활자를 위해 원고를 써야 하다
니 그 청승이 나를 슬프게 했다.

그러니까 올여름은 많이 행복하고 조금 슬펐다. 그러
나 이런 행복도 눈 깜짝할 사이에 끝났다.

아이들이 돌아왔다. 개선장군처럼 의기양양해서, 개
선장군처럼 지칠 대로 지쳐서, 엄청난 빨래 보따리를 전
리품처럼 걸머지고 아이들은 돌아왔다.

아이들의 배낭은 마술이라도 부리듯이 꾸역꾸역 꺼
내어도 꺼내어도 끝이 없는 빨랫거리를 토해 놓았다.

아이들의 빨래에선 찝찔하고 비릿한 바다 냄새가 났다. 옮겨 놓는 대로 무수한 모래를 떨구었다. 그러나 내 집이 해변일 수는 없었다.

아이들은 노독을 풀기 위해 깊은 잠에 빠지고 나는 수돗물에 열심히 바다의 때를 빨아냈다.

아이들의 빨래를 다 헹구고 나니 나의 여름은 이미 끝나 있었다.

1975년

사람에 따라 다르겠지만 나는
손님을 가장 불편하게 하는 것은
지나친 공경과 관심이라고 생각한다.
너무 잘해 주는 친척 집보다
불친절한 여관방을 차라리 편하게 여기는
것도 그런 까닭이다.

필요한 것이 알맞게 갖춰져 있고
홀로의 시간이 넉넉히 허락된 편안한 내 방이
언제고 나를 기다리고 있다고
생각하는 것만으로도 나는
아릿한 향수와 깊은 평화를 느낀다.

「언덕방은 내 방」

추한 나이테가 싫다

잠 안 오는 밤, 동네 개가 밤새 짖는다. 그까짓 똥개 짖는 거 하면서도 누구네 도둑이 드나 싶어 뒤숭숭하다. 요샌 자고 깨면 이웃의 누구네 도둑이 들었다는 소문이다. 좀도둑이 주인이 깨어나자 강도로 돌변하더라는 소문도 들린다.

나는 식구들에게 혹시 자다가 도둑이 든 것을 눈치채도 그저 자는 체해야 한다고 이른다.

아들애는 제법 남자답게 도둑이 들면 실눈을 뜨고 눈치를 보다가 딴죽을 걸어 도둑을 잡겠다고 벼른다. 나는 절대로 그러지 말라고 질겁을 한다. 그러면 실눈을 뜨고 도둑의 얼굴이라도 똑똑히 봐 두었다가 고발이라도 해야 할 게 아니냐고 묻는다. 나는 그럴 것도 없다, 우리 집엔 별로 값나가는 것이 없으니 그저 눈 꼭 감고 코를 콜콜 골며 도둑을 맞자고 이른다.

남편더러도 밤늦게 오다가 골목에서 날치기라도 만

나면 행여 대항하지 말고 순순히 당하고만 있으라고 이른다.

나는 또 대학에 다니는 애들이 아침에 학교 갈 때마다 데모하지 말라고 이른다. 혹시 데모에 휩쓸리게 되더라도 행여 앞장서지는 말고 중간쯤에서 어물쩍거리다가 뒷구멍으로 살금살금 빠지라고 이른다.

그 애들의 경멸의 시선이 다소 따갑지만 웅얼웅얼 그런 소리를 한다. 나는 올 1년 내내 이렇게 가족들에게 비겁과 보신(保身)을 가르쳤다. 잠 안 오는 밤 문득 이런 내가 싫어진다. 구역질 나게 싫어진다.

이런 1년을 보내고, 또 한 살 미운 나이를 먹고, 추한 나이테를 두를 내가 싫다. 잠 안 오는 밤, 나는 또 1년 동안 내가 작가랍시고 쏟아 놓은 말들이 싫어진다. 나는 또 작가랍시고 느닷없이 선택을 강요당했던 찬반(贊反) 앞에서 무력하게 떨던 내가 싫다. 찬반 중 어느 쪽이 내 소신인가 보다는 어느 쪽이 보신에 이로울까부터 생각했던 내가 싫다.

실상 나는 내가 작가임에 손톱만큼의 긍지도 못 가진 채 다만 두려워하고 있다. 왜 이렇게 두려워해야만 하는 것일까. 내가 처음 얻어들은 작가의 이름은 공교롭게도 이광수(李光洙)였다.

통틀어 인가가 20호도 채 안 되는 벽촌, 겨우 까막눈이나 면한 정도의 청년인 삼촌들과 삼촌 친구들 사이를 돌고 돌며 남루가 된 채 오히려 보물처럼 아낌을 받던『무정』과『흙』을 나는 지금도 기억한다. 그들이 빛나는 눈으로 벅찬 감동을 나누던 겨울밤의 질화롯가를 기억한다. 그러나 같은 작가가 어느 날 갑자기 이 청년들을 얼마나 무서운 좌절, 끔찍한 고독 속에 내팽개쳤던가를 나는 또 기억한다.

"이광수가 가야마 미쓰로(香山光郎)가 됐대!"

"청년들은 다 일본 병정이 돼야 한다고 연설까지 했대!"

세상은 한층 암울해지고 백성들은 성(姓)을 갈고 청년들은 일본 병정이 됐다. 그 시대엔 누구나 그렇게 살 수밖에 없었다. 그렇지만 이광수의 가야마 미쓰로만은 용서할 수가 없다. 이해할 수는 있어도 용서할 수는 없다. 그가 작가였기에, 침묵만 했어도 독자들에게 감사와 용기를 줄 수 있을 만큼 영향력 있는 작가였기 때문에 그를 용서할 수가 없는 것이다.

내가 그를 용서할 수 없는 한 나는 내가 작가임을 두려워할밖에 없을 것이다. 비록 그처럼 문학사에 남을 작가는 못될망정 작가라면 마땅히 그 시대의 고민을 앞장서 걸머져야 한다는 엄청난 고난의 운명 때문에 작가라는 이름이 두렵다.

이렇게 글쟁이임조차 두렵고 힘에 겨워 잠 안 오는 밤 나는 나 다운 비겁한 탈출을 꾀한다. "흥, 언제 적 내가 글 써먹고 살았나" 이렇게 생각하면 한결 속이 편해진다. 하긴 한때 작가였다 만 사람은 보기에 딱하지만 여자는 그렇지도 않을 것 같다. 주부라는 꽤 괜찮은 평생 직업이 남아 있기 때문일까.

한때 작가였다 만 남자는 생각만 해도 정나미가 떨어진다. 설사 운수가 좋아 높은 벼슬자리에 올랐거나, 돈을 왕창 벌어 재벌이 됐다손 치더라도 그 출세에서 썩은 냄새가 풍길 것 같다. 그러나 한때 작가였던 여편네, 한때 작가였던 아무개 엄마, 과히 나쁠 것도 없을 것 같다. 잠 안 오는 밤 내가 한다는 생각은 고작 이런 생각이다. 내가 얼떨결에 작가라는 딱지를 붙이게 됐을 때만도 별 감동도 별 야심도 없었지만 단 하나 여류 작가는 안 되리라. 어떡하든 그냥 작가가 돼 보리라 다짐했었다.

그런 내가 3, 4년의 알량한 글쟁이 생활 끝에 도달한 결론이 겨우 여자라는 것으로 어떤 탈출구를 삼아 보려는 거니 한심할밖에 없다.

그래서 나는 이런 내가 싫다. 이런 내가 쏟아 놓은 비

비 꼬인 말들과 비겁하게 복면한 말들이 싫다. 그리고 이
긴긴 겨울이 싫다. 개 짖는 소리만이 충만한 이 긴긴 잠
안 오는 음습한 밤은 정말로 싫다.

1974년

봄에의 열망

달력의 마지막 장이 낙엽의 신세가 되어 초라하게 달려 있다. 설경(雪景)이 그려져 있다. 오늘 밤쯤 혹시 눈이 오려나, 날이 침침하다.

막연히 눈을 기다려 본다. 세월 가는 소리라도 듣자는 걸까? 올 1년은 산 것 같지를 않고 잃어버린 것 같다. 실물(失物)을 한 허망함과 억울함. 그러나 신고할 곳은 없다.

사는 것은 무엇일까? 내가 재치 박사라면 사는 것이란 싸움질이라고, 극히 재치 없는 살벌한 대답을 할 것이다.

우선 일과의 싸움, 어제의 노고를 무(無)로 돌리고 밤 사이에 정확하게 제자리로 돌아와 쌓여 있는 여자의 일, 일, 또 일.

빨랫거리, 연탄불 갈기, 먹을 것 장만하기, 청소 등 어젯밤에 분명히 다 끝낸 줄 알고 자리에 들었건만 아침이면 정확히 어제 아침만 한 부피로 돌아와 쌓여 있는 일과의 영원한 일진일퇴(一進一退)의 싸움질, 시시포스의 신화는 바로 다름 아닌 여자의 이 허망한 노고를 이름이렸다.

그러나 싸움을 걸어오는 것이 어찌 일뿐일까? 시장에 가면 장사꾼의 간교와의 싸움, 늘 이쪽이 비굴하고 저자세의 입장에 서야 하는 그래도 한 번도 이겨 본 일이라곤 없는 불리하고 불쾌한 싸움, 웃는 낯으로 아양을 떨며 달려드는 불량(不良), 날림, 속임수, 허풍과의 싸움, 물가고와 주머니 사정과의 싸움, 수입에도 전해 오는 지출과의 싸움, 욕구와 현실과의 싸움, 툭하면 사회 풍조를 타고 허구(虛構) 위로 올라가지 못해 하는 생활을 땅으로 끌어내려야 하는 싸움, 마땅히 그래야 할 것과 절대로 그럴 수는 없는 것과의 싸움.

어디 그뿐일까. 자라나는 아이들을 바르게 기르려는 것도 싸움질이다. 아이들이 바르게 자라는 것을 저해하고 조소하는 온갖 악덕…… 이루 열거할 수도 없는 숱한 악덕과의 싸움질이다.

그럼 매일 이런 악전 고투에 임해야 하는 나는 무엇일까? 신념과 투지에 넘치는 호전적인 용사라도 된단 말인가.

천만에, 영문도 모르게 소집되어 최전방에 세워진 일개 초라한 졸병이다. 졸병은 왜 싸우는 것일까? 싸울 수밖에 없으니까, 졸병이니까, 안 싸우면 자기가 죽으니까. 글쎄 어느 쪽일까. 아무튼 훈장을 위해 싸우지 않는 것만은 확실하달까.

바람이 유난히 센 날, 유난히 아득한 보금자리를 마련한 어미 새가 있다면 아마 그 날갯죽지 밑에 고투(苦鬪)의 핏자국이 선연하리라. 그렇지만 나에겐 어미 새만큼의 자신도 없다.

긴긴 겨울밤 올해도 얼마 안 남았구나 싶으니 이런 일 저런 일을 돌이켜 보게 되고 후회도 하게 된다. 이런저런 시시한 후회 끝에 마지막 남은 후회는 왜 이 어려운 세상에 아이들을 낳아 주었을까 하는 근원적인 후회가 된다. 그리고 황급히 내 마지막 후회를 뉘우친다. 후회를 후회한다고나 할까.

아아, 어서 봄이나 왔으면. 채 겨울이 깊기도 전에 봄에의 열망으로 불안의 밤을 보낸다.

보통으로 살자

입바른 소리

일전에 부잣집 자제들의 윤리적인 타락에 대해 어쩌구저쩌구 말마디나 하는 자리에 낀 적이 있다. 실상 이 말마디나 하는 자리처럼 싫은 자리는 없다.

자연히 입바른 소리를 좀 해야 되고 또 이런 자리를 마련한 측에서 기대하는 것도 바로 이 입바른 소리겠는데 딴 일도 아니고 자식 기르는 일에 대해서 감히 누가 입바른 소리를 할 자격이 있단 말인가.

재벌의 자제가 곱지 않은 일을 저지르면 우리는 모두가 재벌이 아니라는 걸로 마음을 놓고, 너무 극빈(極貧)한 층에서 일어난 청소년 문제에 부딪히면, 내 자식은 그렇게까지 없게 기르진 않았으니까 하고 남의 일 보듯 하는 안일한 자세로 살아왔다. 그렇다고 보통으로 사는 데 대한 긍지나 보통으로 사는 데 가치를 부여할 만한 양심이 손톱만큼이라도 있어서도 아니다. 실은 부자가 되고 싶어 죽겠는데 그게 잘 안돼서 보통으로 살고 있을 뿐인 것이다.

이런 사람들이 모여서 부자의 자제에 대한 입바른 소리를 하면 얼마나 할 수 있겠으며 이런 입바른 소리로 도대체 무엇을 해결할 수 있단 말인가.

나는 원체가 말주변이 없는 데다가 이런 생각까지 나니까 미리 싫증이 목구멍에서 꾸역꾸역 치미는 것 같았다. 그래 그런지 그 자리에서 실수를 많이 했다. 특히 몇몇 유명한 재벌의 자제 이름을 잊어버려가지곤 한 이름으로 통일을 시켜 말해 버리곤 했는데, 그 통일시킨 이름이 김대두였다. 번번이 옆에서 아니에요, 그건 S재벌의 박 아무개예요, 아니에요, 그건 H재벌의 심 아무개예요, 하고 귀띔을 해줘도 금방 잊어버리고 김대두로 돌아갔다. 무슨 망신살이 뻗쳤는지 혀끝에서 김대두란 이름이 영 떠나지를 않고 맴돌았다.

더욱 딱한 것은 그러면서도 김대두는 누군지, 왜 내가 김대두란 이름을 이렇게 지독하게 기억하고 아무렇게나 함부로 써먹는지 알 수가 없는 것이었다. 그렇다고 그 자리에서 누구에게 김대두는 누굽니까 하고 묻는다면 아마 미친 사람 취급을 받기에 똑 알맞았을 것이다.

나는 이렇게 이름에 대한 기억력이 좀 유난스러우리 만치 모자란다. 간혹 기억을 해도 얼굴 따로, 이름 따로, 어떤 사건에 결부된 이름이면 사건 따로 이름 따로 이렇게 따로따로 기억하고 있었으니 결과적으로 기억하나 마나가 되고 만다.

그날 나는 김대두가 도대체 누구였더라 하는 것으로 거의 미칠 듯이 답답한 채로 집으로 돌아와 가지곤 우선 아이들한테 김대두란 사람 아느냐는 것부터 물었다. 아이들이 단박 왜 있잖아, 한 달 전쯤이던가 시골 외딴집만 골라 사람을 열일곱 명이나 죽인 사람, 하고 대답했다. 그러나 그 사건은 몰랐을 리 없고, 또 잊고 있었던 것도 아니다. 다만 김대두란 이름과 그 사건을 따로따로 기억하고 있었을 뿐이다.

김대두가 누구였다는 걸 알고 나자 오늘 참 큰 실수했 군, 하고 실소를 터뜨릴 수밖에 없었다.

지독한 부자도 지독한 가난도 염오(厭惡)

그러나 나는 김대두가 누구라는 걸 분명히 안 후에도

그 부호의 자제들과 김대두를 헷갈리는 혼란으로부터 쉽사리 벗어나지 못했다. 나에겐 김대두와 그 철없는 친구들이 서로 그렇게 닮아 보였다. 한쪽은 우리나라 최고의 부유층이요, 한쪽은 너무도 지독한 저 밑바닥 가난뱅이니까 그야말로 최고 최저의 양극단끼린데도 비슷한 끼리처럼 느껴지는 걸 어쩔 수 없었다.

그들의 돈에 대한 너무도 엄청난 오해, 그리고 도덕심의 부재(不在), 또 그들이야말로 우리 사회가 만들어 낸 가장 추악한 사물이라는 것…… 이런 몇 가지 굵직한 공통점 때문에 그들을 그렇게 닮게 느꼈었나 보다.

"내 돈 갖고 내 마음대로 쓰는데 누가 뭐랄 거냐"는 말과 "나쁜 짓을 좀 하더라도 한밑천 잡아 한번 끗발 나게 살아 보고 싶었다"는 말도 얼마나 닮아 있나. 닮은 정신 구조, 아니 동일인(同一人)의 목소리 같지 않은가.

김대두라는 인품이 만약 재벌의 아들이라는 신분에 놓이게 된다면 그렇게 돈을 끗발 나게 쓸 수밖에 없었을 테고, 요즈음 문제 된 재벌의 자제들처럼 도덕적으로 허약한 인품이 만약 김대두의 세계처럼 참담한 극빈의 세계로 떨어진다면 김대두처럼 될 가능성도 충분히 있었을 것 같다.

이런 의미로도 나는 지독한 부자와 지독한 가난에 대

해 비슷한 혐오감과 공포감마저 느낀다. 자식들은 그저 부자도 아니고 가난뱅이도 아닌 보통 환경에서 키워야지 싶긴 한데, 그 보통 환경이라는 게 뭔지가 또 상당히 어렵다.

보통 산다는 것에 대한 내 나름의 구체적인 풀이를 해 보면 대강 이렇다.

건전한 가장(家長)이 착실한 직장에서 불안 없이 열심히 일한 대가로 그저 살 만한데, 그 살 만한 정도가 아이들을 실력 있는 대학까지 보낼 만하고, 따라서 납입금 때문에 아이들이 위축되거나 비참한 느낌을 맛보는 일은 없으되 비싼 과외 공부까지 시킬 돈은 없고, 용돈엔 짠 편이지만 책이나 학용품을 산다면 비교적 후하고, 옷은 초라하지 않게 입고 다니지만 알고 보면 형제끼리 물려 입고 바꿔 입은 거거나 값싼 기성복이고, 그렇다고 그런 것에 불만은 거의 없고, 먹는 것에 제일 신경을 쓰지만 아주 잘 먹고 사는 편은 못 되고, 한 달에 한두 번 정도는 가족끼리 큰마음 먹고 외식도 하지만 기껏해야 불고기나 통닭 정도고, 제 집은 지녔으되 좀 더 나은 집으로 가고 싶은 게 가족들의 한결같은 소망이지만 그렇다고 친구가 찾아오면 창피할 정도는 아닌, 어쩌면 약간은 자랑스럽기도 한 가족들의 오밀조밀한 보살핌이 고루 미친 집이고,

생활에 불편하지 않을 정도의 생활 기구는 겨우겨우 갖췄으되 아직도 갖고 싶은 악기니 전기 기구, 가구 등이 많아 아빠는 해마다 내년이면 사 준다 후년이면 사 준다 공수표를 떼어서 신용이 약간 떨어졌어도 가족들의 아빠에 대한 친애감은 변함이 없고, 엄마는 아이들의 입학금이나 장차 있을 큰일에 대비해 계나 적금을 한두 개쯤 부으면서 식구가 급한 병이라도 났을 때 당황하지 않을 만큼의 은밀한 저금통장이 있는…… 뭐, 이 정도로 해두자. 그러니까 기계가 부드럽게 돌기 위해서 알맞은 양의 기름을 쳐야 하는 것처럼 한 가정이 가족끼리의 친애감을 유지하면서, 제각기의 삶도 즐겁게 영위하기에 알맞은 만큼만 돈이 있는 집을 보통 사는 집으로 치면, 기름이 너무 없어 부속품끼리 쇳가루를 떨구며 마멸해 가는 상태는 가난이겠고, 기름이 너무 많아 기계를 조이고 있던 나사까지 몽땅 물러나 기계의 부분품들이 따로따로 기름 속을 제멋대로 유영하는 상태가 아마 부자이겠다.

보통으로 사는 게 가장 떳떳해

보통으로 산다는 걸 장황하게 설명했지만 한마디로

258

말하면 시시하게 사는 건지도 모르겠다. 그렇지만 보통으로 살아 본 사람이면 다 알 수 있는 게 이 보통으로 산다는 게 여간만 어려운 게 아니다. 어려워서 그런지 보통으로 사는 사람이 아주 부자나 아주 가난한 사람보다 수적으로도 적은 것 같다. 정상적인 사회라면 마땅히 보통으로 사는 사람이 제일 많아야 할 텐데 그렇지를 못하다.

또 외형적으로 보통 사는 것으로 보이되 의식은 부자 지향적인 수가 많다. 그래서 뱁새가 황새 쫓는 식으로 끊임없이 부자의 상태를 흉내 냄으로써 자기 생활을 파탄과 불안으로 몰고 간다. 속으론 혹시 가난해지면 어쩌나 불안한 채 겉으로 호기 있게 부자의 흉내를 내면서 산다. 일종의 분열 상태. 보통 살면서도 보통 사는 데 대한 긍지나 줏대가 없다. 이건 진정한 의미로 보통 사는 게 아니다. 정말로 떳떳하게 보통 사는 사람은 드물고, 따라서 보통 살기가 외롭다. 보통 사는 사람이 많아야 의사소통이 잘 되는 건강한 사횔 텐데 말이다.

왜냐하면 사람이란 특별한 사람 아니면 대개 자기가 사는 위치에서 가까운 범위밖에 보지 못하고 타인을 이해하는 범위 역시 그렇다.

그러니까 부자는 자기네 부자 사회와 보통 사는 사회까지는 이해할 수 있을지 몰라도 가난을 이해하긴 어렵다. 극빈자 역시 자기네의 가난과 더불어 보통 사는 것까지는 이해할 수 있을지는 몰라도 재벌의 생활에 대해선 이질감 내지는 복수심밖에 동하는 게 없다.

결국 아래위를 함께 이해할 수 있고 사람과 사람과의 관계를 가장 폭넓게 바라볼 수 있는 시야를 가진 층이 바로 이 보통 사는 사람이라고 볼 수밖에 없다.

또 돈이 귀하다는 것도 알 만큼은 알지만 세상에 사람보다 더 귀한 것은 없다는 믿음과는 바꿀 수 없고, 돈을 자기를 위해서는 아낄 줄도, 남을 위해선 쓸 줄도 알고, 자기 일, 자기 집안일과는 직접적으로 관계는 없더라도 크게는 관계되는 사람들과 사람들과의 관계, 세상 돌아가는 일과 사람들과의 관계의 그른 일, 꼬인 일, 돼먹지 않은 일에 대해서는 마음이 편할 수 없어, 그런 일로 잠 못 이루는 밤을 가져야 하는 양식의 소유자도 바로 이 보통 사는 사람들이 아닐까.

그런 의미로도 보통 사는 사람이 대부분이고 부자와 가난뱅이가 극소수여야겠고, 보통 사는 게 떳떳이 사는 거라는 줏대와 오기가 있어야겠는데 그렇지가 못하니 안타깝다.

요새처럼 보통 사는 걸 안 알아주고 보통 사는 게 외로운 시기도 없었던 것 같다. 붕 떠서라도 누구나 보통 이상으로 향상들을 해간다. 그래서 보통 사는 지대(地帶)는 적막한 무인 지경이 돼가는 느낌이다.

오기(傲氣)로라도 끝내 보통으로 살면서 며느리도 사위도 보통으로 사는 집에서 맞아들이고 싶은데, 글쎄 그때까지 보통으로 사는 지대의 주민들이 얼마나 남아 있게 되려는지 두고 봐야 알겠다.

1975년

스팀 난방의 양옥, 현대적인 정갈한 부엌,
일류 음악회의 3천 원짜리 좌석을
예사롭게 예약할 수 있는 소비 생활 등등

나는 내 이런 공상이 모피나 보석에까지
도달하기 전에 용케 자제를 한다.
문득 남편이 나에게 줄 수 있는 것과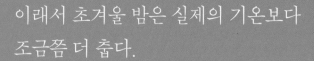
내가 남편에게 바라고 있는 것과의
엄청난 간극이 두려웠기 때문이다.

이래서 초겨울 밤은 실제의 기온보다
조금쯤 더 춥다.

「틈」

겨울 이야기

오늘 시내에 나갔다가 돌아오려는데 마침 날씨가 급변하며 굵은 비를 뿌리더니 가로수가 휘어질 듯이 강풍까지 불어댔다. 나는 운수 좋게 우리 집 방향의 버스를 냉큼 집어탈 수 있었고, 자리까지 잡았다. 버스에 흔들리면서, 흉흉한 먹구름으로 금세 한밤중처럼 어두워오는 을씨년스러운 거리를 내다보고 있는데, 각자 손에 팻말을 하나씩 쳐든 한 떼의 사람들이 인도를 메우고 종종걸음을 치고 있었다. 팻말에 적힌 구호(口號)는 정부의 에너지 대책에 적극 호응하자느니, 가까운 거리는 걸어서 다니자느니, 요새 우리가 당면한 절박한 문제인 유류(油類) 절약에 관한 것이었다. 구호 밑에는 동회 이름이 적힌 걸 보면 동(洞) 단위로 동원된 사람들인 모양으로 부녀자와 직업이 없어 뵈는 중·노년의 남자들이 대부분이었고 그들은 몹시 피곤해 보였다.

나는 뭔가 답답하고 울적해졌다. 에너지 대책의 하나

로 기껏 저런 요란한 구호의 행렬을 생각해 낸 높은 분은 지금쯤 대형 승용차로 귀가하고 계시겠거니 싶어 우울하고, 행렬이 해산한 뒤 날씨도 나쁘고 다리고 아프고 게다가 여자들은 빨리 돌아가 저녁도 지어야겠기에 '가까운 거리는 걸어서 다니자'는 팻말을 쳐든 채 우르르 버스로 올라타야 하는 저들의 민망한 처지를 상상하는 것도 우울했다.

에너지 위기는 비단 우리만의 것이 아닌 세계적인 것이니, 나를 우울하게 하는 것은 위기 그 자체가 아니라 위기에 대처하는 우리의 졸렬한 모습이요, 행동과 실천 대신 다만 과시를 목적으로 남발되어 뿌려진 표어와 구호였다.

오늘 아침이던가, 텔레비전으로 인도 수상이 유류 절약을 솔선수범하기 위해 마차를 타고 귀가하는 모습을 잠깐 비춰준 적이 있다. 고위층의 이런 제스처에는 다분히 쇼적인 것이 느껴져 함부로 흉내낼 것은 못 되지만 쇼라도 좋으니 우리나라 높은 양반들도 한번 자전거를 타고 출근해봤으면 싶다. 표어나 구호가 그렇게 좋거든 가슴과 등에 표어로 간판을 해 달아 샌드위치맨을 겸하는 것도 좋을 것이다. 표어의 효과가 어찌 되었든 그렇게 함으로써 그들은 다만 몇 갤런의 유류라도 실제로 절약한 셈이 되는 것이다. 20원짜리 버스를 타고 전등을 켜는 것 외에는 유류의 소비에 직접적인 참여가 거의 없는 서민의 행렬보다 얼마나 실리적인가.

몇 해 전이었던가, 연료 현대화 계획이라 해서 유류 소비가 권장된 적이 있었다. 지금 생각하면 꿈 같은 이야긴데도 바로 5, 6년 전에 있었던 일이다. 그때는 물론 우리나라 어디에서고 석유 한 방울 비쳤던 건 아니다. 그때 유류 사용 촉진을 위해 면세(免稅)로 석유스토브를 대량으로 수입했었고, 덕택에 나도 영국제 석유스토브를 하나 장만했었다. 나는 그것을 큰 귀중품처럼 아껴 쓰고, 봄이면 정성 들여 손질을 해 간직했기 때문에 아직도 새것처럼 말짱하다. 연소통 위에 철망이 달린 반사식이 아니고 대류식 원통형이라 고운 불꽃이 홀홀홀 부드러운 소리를 내면서 타는 것을 원통에 달린 조그만 창으로 직접 볼 수 있는 이 스토브를 나는 무척 좋아했다. 추운 겨울밤에 너울대는 불꽃을 보는 것은 이제는 거의 금단의 불이 되고만 원시적인 불, 장작불에 대한 향수를 달래 주기에 충분한 즐거움이었다.

나는 또 이 스토브의 원통과 꼭 맞는 알루미늄 식기를 이용해서 스토브의 열로 카스텔라를 맛있게 구워낼 수 있는 비결을 알고 있었다. 긴긴 겨울밤 책을 읽거나 뜨개질을 하면서 공부하는 아이들을 위해 카스텔라를 굽는다든지 남편을 위해 생강차를 끓인다든지 이런 소시민적인 즐거움조차 올겨울엔 절제해야 할 것을 생각하는 것도 우울하다.

더욱 우울한 것은 이번 유류 파동이라든지 이와 비슷한 못된 바람은 늘 서민 생활에만 유독 세차게 불어닥치지, 정작 실효를 거둘 수 있는 보다 근본적인 고장은 여전히 무풍의 안일(安逸)을 구가하겠거니 하는 생각을 해 보는 일이고, 그게 당연한 것처럼 여겨지는 잘 길들여진 체념이다.

사람에 따라 조금씩 다르겠지만 추위나 더위를 타는 정도가 반드시 기온의 고저와 비례하는 것은 아닌 것 같다. 나는 1년 중 바로 이맘때, 가을에서 겨울에 접어드는 시기, 이른바 김장철이 제일 춥고 싫다. 이맘때의 그 독특한 을씨년스러움, 기후의 변덕, 한파(寒波)를 한발 앞서 무슨 절후(節候)처럼 정확하게 닥쳐오는 물가고(物價高), 이런 것들이 맨살로 맞는 찬비처럼 불유쾌해 감기 기운 같은 한기를 으슬으슬 앓게 된다.

한기가 몸살이 안 되게 하려면 우선 떨치고 일어나 바쁠 수밖에 없겠다. 항아리도 가셔 놓고, 독도 울궈 놓고, 멸치젓국도 끓여서 받쳐 놓고, 김장하는 이웃집에 가서 속도 좀 맛보고, 호호 맵고도 맛있다고 칭찬도 해 주고, 지나가는 김장 리어카를 보는 족족 얼마짜리 배추냐고, 얼마짜리 무냐고 물어보고 만져도 보고, 찔러도 보고, 들어도 보고, 공연히 들락거리다가 마늘도 좀 까 놓고, 생강도 좀 벗겨 놓고, 그러다가 옆집에 김장이 들어온 낌새라도 있으면 조르르 달려가 같이 몇 통 다듬다가 어머머 속이 잘도 찼네, 아주 꽉 찼네, 이 배추 포도련인가 봐. 아이 맛있겠네. 우리도 이런 걸로 사야지 꼭 이런 걸로 사야지 하고 벼르고, 그렇게 며칠 벼르다가 드디어 배추를 사러 나가게 될 것이다.

시장을 한 바퀴 돌고 또 한 바퀴 돌고, 요 집 저 집서 값을 물어보고 배추를 들어도 보고 헤쳐도 보고, 얼마까지 해줄 거냐고 꼭 살듯이 흥정을 하다가도 다음 집으로 옮겨가고 속고갱이를 뜯어서 맛까지 보고도 아이 싱거워 배추는 고소해야지 하며 또 다음 집으로 옮겨가고, 이렇게 수도 없이 장을 돌고 돌아 드디어 배추를 흥정하고 리어카에 싣느라면, 장사꾼은 잔 것으로 고르느라 나는 큰 포기로 고르느라 한 번 더 다투고, 리어카꾼은 끌고 나는 밀고 개선장군처럼 집까지 와서는 리어카 삯 때문에 리어카꾼과 다시 한번 다투고, 배추를 가르고 어머머 속이 꽉 찼네, 올해는 우리 배추가 우리 동네에서 제일 좋겠네 하며 신바람이 나서 배추를 절이고 양념을 다지고 할 것이다. 곧 겨울이 깊어질 테고 김장 김치가 익을 테고, 이 땅에서 석유는 안 나지만 배추도 나고 쌀도 나고 얼마나 좋으냐고, 제까짓 것들 석유 먹고 살 재간 있으면 살아보라지 하고 배짱을 탁 튀기며 자족할 것이다. 내 우울의 자가요법(自家療法)이다.

잘했다
참 잘했다

올핸 늦더위가 참 기승스러웠다. 자고 깨면 더 더웁고 자고 깨면 더 더웁기가 여러 날 계속되다 보니, 내 좁은 소견으론 올핸 영 가을이 안 오려나 싶기까지 했다.

그런 무덥던 어느 날, 나는 더위에 지쳐서 후줄근해진 식구들을 위해서 닭을 두어 마리 사서 고았더랬는데 식구들이 그걸 잘 먹어주지를 않아서, 나라도 많이 먹으려고 했지만, 나도 잘 먹어지지를 않아서 그게 그냥 남게 되고, 그게 그냥 남아 있다는 게 꺼림칙하고 속이 상했다.

시장에 갈 때만 해도 닭을 사야겠다는 생각 같은 건 없었다. 그냥 찬거리와 자자분한 일용품이나 사려고 갔었는데 어쩌다가 식구들이 평소에 별로 좋아하지 않는 닭을 사고 말았다.

오후의 무더위에 시장 속의 모든 움직임이 죽지 못해 살고 있는 것처럼 굼뜨고 늘쩍지근한데, 유독 닭을 파는 가게만이 손님이 와글대고 뭔가가 민첩하게 이루어지고

있었다. 닭집은 시장이 뒷거리로 꺾이는 모퉁이 집이었고
마침 석양이 가게 속을 사정없이 들이비치고 있었다.

직사광선을 막느라 서쪽 유리문에 포장을 쳐 났는데
그게 주황색이라 다른 한쪽 유리문을 통해 들여다본 닭집
속은 불아궁이 속 같았고, 그 속에서 움직이는 사람들과
닭들의 모습이 흡사 잘 타는 장작불이 핥고 있는 것처럼
괴기하게 보였다.

주인아주머니가 손님이 가리키는 닭을 닭장 속에서
죽지를 잡아내어 저울 위에 올려놓아 보곤 몇 마디 간단
한 흥정을 끝내고는 뾰족한 칼로 목을 푹 찔러서 옆에 있
는 동그란 통으로 던져 넣고 뚜껑을 닫은 후 스위치를 누
르면 그 동그란 통은 이상한 소리를 내면서 빙글빙글 돌
다가 털이 말끔히 빠진 맹숭맹숭한 닭을 토해 냈다. 닭의
모가지가 그렇게 긴 줄을 나는 미처 몰랐었다.

나는 유리창 밖에서 땀을 뻘뻘 흘리면서 그걸 바라보
았다. 닭을 사려는 손님들이 차례로 기다리고 있어서 주
인아주머니는 자주자주 닭의 모가지에 비수를 꽂아야 했
다. 말이 비수지 칼날은 별로 날카로워 뵈지도 않고 서슬
이 퍼렇지도 않았다. 닭 피로 녹슨 무딘 쇠붙이일 뿐인데
도 힘 안 들이고 정확히 목을 꿰뚫고 숨통을 끊는 솜씨가
눈부시게 산뜻했다.

270

이런 일을 하는 아주머니한테서는 이상하리만치 조금도 살기(殺氣)가 느껴지지 않았다. 마치 헌 누더기 속에 녹슨 바늘을 꽂듯이 아주머니는 그 일을 재미없게 권태롭게 반복했다. 지글지글 이글대는 주황색 열기 속에서 행해지는 이런 살기 없는 살육을 구경하기에 나는 지치고 지겨워졌다. 더군다나 이런 살육은 바로 수십 수백 마리를 수용한 닭장 바로 앞에서 행해지고 있었으니 말이다. 아무리 짐승 앞이라지만 너무 무참한 짓이다 싶었다.

그러나 자세히 보니 당사자인 닭들은 태연하기만 했다. 바로 앞에서 제 친구가 차례차례 죽어 가고 자기도 언제 죽을지 모르는데, 다만 모이통에 주둥이를 쑤셔 박고 모이를 쪼아먹기에만 정신들이 팔려있었다.

싸가지 없이 활기에 차 있었고, 희희낙락하기조차 했다. 수탉, 암탉, 노랑 닭, 검은 닭, 흰 닭, 약병아리, 장닭…… 나는 점점 이런 닭들이 지겨워졌다.

구정물을 마신 기분

처음에는 닭 장수 아주머니가 지겨웠었는데 문득 닭이란 놈이 지겨워지고 너무 지겨워 진저리가 쳐졌다.

그리고 나도 닭을 사고 싶어졌다. 저놈들 중에서 제일 모이를 잘 쪼아먹는 놈의 죽지를 잡아내어, 아주머니의 비수가 그놈의 숨통을 끊는 걸 보고 싶었다.

나는 그런 욕망을 도저히 억누를 수가 없었다. 그건 식욕과는 전연 상관없는 기분 나쁜, 찐득찐득한 욕망이었다.

기어코 나는 유리문을 밀고 가게로 들어가 닭을 흥정하고 아주머니가 그 짓을 하는 걸 좀 더 가까이서 지켜봤다. 그건 밖에서 구경할 때보다 훨씬 더 싱겁고 재미없는 구경이었다.

마침내 내 닭도 빙빙 도는 기계 속으로 들어갔다가 털이 말끔히 빠진 채 튀어나왔다. 비로소 나는 나와 우리 식구가 그 닭을 먹어 치울 일이 남아 있다는 걸 깨닫게 되고 그게 몹시 부담스러워졌다.

나는 집에 와서 그 닭을 고면서 아이들에게 닭집에서 닭들이 어떻게 죽어 가던가를 얘기해서 아이들의 비위를 미리 거슬러 놓고 말았다. 가뜩이나 닭을 별로 좋아하지 않는 아이들은 닭을 안 먹으려 했고, 나는 비위들이 그렇게 약해빠져서 어떻게 하느냐고 윽박지르면서, 시범 삼아 나라도 닭 다리를 먹음직스럽게 뜯으려 했지만 암만해도 그게 잘 되지를 않았다.

그리곤 까다로운 비위 때문에 온 식구가 저녁 입맛을

설친 걸 나중까지도 속상해했다. 나는 비위가 약하다는 걸 식성(食性)의 문제로 삼기보다는 마음의 문제로 삼으려 들었고 그래서 우리 아이들은 왜 마음이 좀 더 독하지를 못하고 그 모양일까 하는 걸로 화가 났다.

앞으로의 세상을 살려면 마음이 독한 쪽이 암만해도 유리할 것 같고 그래서 그렇지 못하게 아이들을 키운 건 잘못 키운 것이란 생각도 했다. 구정물을 마신 것처럼 찜 찜한 기분으로 그런 생각을 했다.

그런 찜찜한 기분으로 나는 월남 피난민 대표의 답사 를 읽어야 했다. 그 답사는 부산에 수용돼 있다가 미국, 캐 나다 등 영주할 땅을 향해 떠나는 자유 월남 피난민들에 게 베푼 따뜻한 환송회에서 부산 시민이 보내는 우정 어 린 송사에 대한 답사였고, 나는 이 글을 쓰기 위해 그걸 자세히 읽어야 했다.

우선 그들이 스스로를 망국(亡國)의 국민이라 칭하고 있는 게 불쌍하다 못해 지겨웠다. '나는 고아입니다'라든 가 '나는 과부입니다'라든가 '나는 홀아비입니다'도 불쌍 하지만 '나는 망국의 국민입니다'에 이르르면 불쌍한 유 가 아니었다.

너무 끔찍하고 무참해서 차라리 혐오감이 일었다. 또 이런 말도 나온다.

"문전옥답과 전 재산을 다 버린 채 손에 아무것도 가진 것도 없이 겨우 목숨만 건지고 황당히 정든 조국을 눈물 속에서 떠났습니다. 너무도 황급하여 가족들을 돌볼 겨를도 없었습니다. 사랑하는 아내를 두고 온 남편, 남편과 헤어진 가련한 여인, 자식을 버리고 떠나온 어버이들, 모두 뿔뿔이 흩어졌습니다. 낮에는 시름없이 하늘을 쳐다보고 밤에는 무릎 꿇고 비통해 눈물만 흘립니다.

어떤 사람은 늙으신 부모들이 자식에게 무거운 짐이 되지 않겠다고 한사코 남아 있으시겠다고 하여 비통한 이별을 하기도 했습니다. 아! 우리들이 헤어지고 있는 이 슬픔! 하느님과 부처님은 왜 이다지도 큰 시련을 우리에게 안겨주옵니까? 나라를 잃음으로 해서 모든 것을 함께 잃어버리고 말았습니다."

여기 나오는 조국을 고향으로 바꾼다면 우리가 6·25 때 겪은 상황과 너무도 일치한다. 그래서 당장 뭉클하니 가슴에 와닿는다. 뿌리 뽑힌 자의 그 망망한 외로움과 서러움은 당해 본 사람이나 알지 아무나 선불리 짐작이라도 할 수 있는 게 아니다.

뿌리 뽑힌 삶과 실향

　그렇지만 오늘날 저들의 비참과 그때의 우리의 비참을 동질의 것으로 일치시키고 싶진 않다. 그때 우린 잠시 잠깐 고향을 등졌을 뿐이고 오늘날 저들은 나라를 잃은 것이다. 얼마나 다른가. 실로 천양지판이다.

　우리는 실향(失鄕)을 했고, 저들은 망국을 했고, 우리는 피난을 했고 저들은 망명을 했으니 말이다. 실향민도 서럽긴 하지만 망국민에다 대면 얼마나 당당한가.

　낮에는 시름없이 하늘을 처다보고 밤에는 무릎 꿇고 비통한 눈물을 흘리는 기분, 우리도 이미 겪었기에 알 만하지만 어찌 안다고 할 수 있으랴. 그런 기분을 전연 언어·풍습이 다른 남의 나라 땅에서 겪는다는 게 얼마나 비참한 일일까. 막연히 짐작은 할 수 있어도 좀처럼 실감은 안 된다.

　좀 더 읽으면 이런 말도 나온다.

　"어느 누구도 나라 잃은 우리를 반겨 주지 않았습니다. 이웃 나라도 먼 나라도 잘사는 나라도 못사는 나라도 모두 우리를 외면했습니다. 그러나 나라 잃은 국민에겐 권리도 주장도 있을 수 없습니다. 이리저리 밀리는 대로 방황할 수밖에 없는 처참한 운명의 희롱을 감수해야 했습니다. 이 서글픈 우리들을 다른 나라가 다 외면하는데 오직 한국만이 우리를 구해 주셨습니다."

그리곤 한국은 민주주의의 나라·자유의 나라·신의의 나라·사랑의 나라·은혜의 나라·고마운 나라라는 찬탄의 요설이 이어진다. 이런 찬탄이 없더라도 이 대목에선 약간 으쓱해진다.

아무데서도 받아 주지 않는 조난당한 월남 피난민을 실은 쌍용호의 귀추에 온 국민의 시선이 집중되고, 동정과 초조와 분노와 회의가 엇갈렸던 몇 달 전 일이 생생하게 되살아났다. 그리고 그때 쌍용호가 한 일은 참 잘한 일이다 싶다.

그때 쌍용호가 그 일 때문에 막대한 손해를 입는다고 알았을 때, 또 우리보다 훨씬 가까운 나라에서도 우리보다 훨씬 부자 나라에서도 쌍용호의 기항과 피난민의 상륙을 거부한다는 걸 알았을 때, 세상에 이럴 수도 있을까 하는 노여움도 컸지만 한 가닥 회의도 없지 않아 있었는데 지금은 참 잘했다, 아아 잘했다 싶다.

당장에 잇속에 밝게 노는 일보다는 나중까지도 후회 안 할 일이 정말 잘한 일이 될 수 있을 것이다. 그리고 무엇보다도 우리도 남을 도왔다는 기억은 돈 주고도 절대로 살 수 없는 민족적 긍지가 아닌가.

국제사회의 비정한 실리주의

우린 평생 처음 남을 도와주고 구제하는 일을 했지만, 그 도운 대상이 불쌍한 망국민이었기에 훗날 어떤 보상이 되어 돌아올 리는 거의 없는, 이를테면 밑지는 일이었다. 밑지는 일이기 때문에 모두들 하길 꺼렸고, 구태여 밑지는 일을 하는 쪽이 미련하고 바보스러워 보이기조차 했을지 모른다.

그만큼 요즈음 국제사회에선 비정하리만치 우악스러운 실리주의가 판을 쳐 이해타산을 초월한 미련한 짓 같은 건 절대로들 안 한다. 반면 이해타산만 맞으면 간에 붙었다 콩팥에 붙었다를 아무런 부끄러움 없이 저지른다.

그런 짓을 못하는 게 바보인 세상이다. 그런데도 우린 그런 남 다 안 하는 바보짓을 했던 것이다.

우리보다 훨씬 잘사는 나라도 냉랭하게 외면하는 피난민을 싣고, 그래도 행여나 하고 이 나라 저 나라, 이 항구 저 항구의 눈치를 보다가 결국 막대한 손해를 감수하며 부산항에 오고 말았고, 우리 국민은 잘했다 참 잘했다하며 쌍용호의 노고를 마음으로부터 치하하고 피난민을 성의껏 따뜻이 맞아들였던 것이다.

망망대해에서 조난을 당해서 그대로 놔두면 죽을 수

밖에 없는 사람을 우선 구해 놓고 보는 것이 옳은 일이고 사람으로서 자연스러운 일이다. 그러나 사람과 사람 사이에도 나라와 나라 사이에도 행동의 기준을 옳고 자연스러운 데 두기보다는 무엇이 더 이로운가에 두는 게 당연한 일로 되었고 그런 행동이 보다 세련된 행동으로 보이니 끔찍한 일이다.

그러나 우린 죽을 수밖에 없는 사람을 우선 살려 놓고 볼 수밖에 없었다. 사람 노릇을 할 수밖에 없었다. 그때 구조를 받은 난민들은 이제 시원섭섭해하면서 이 나라를 떠나 세계 각국으로 뿔뿔이 흩어졌다. 여기 있을 때보다 더한 고생을 할 수도 있을 테고 훨씬 더 잘살 수도 있을 것이다. 어찌 되었건 차츰 제 살기에 바빠서 한국을 잊게 될 것이다.

우리로선 하느라고 했지만 저들 입장에선 남에게 신세를 진 기억이란 과히 유쾌한 기억은 못 될 테니 하루빨리 잊고 새 생활에 적응해야 될 줄 안다. 그렇지만 우리가 보여 준 인간의 선의에 대한 믿음만은 언제 어디서고 간직하고 살았으면 싶다. 우린 가난하고 땅덩이도 좁아서 저들에게 그동안 물질적으로 잘해 주지도 못했고 또 영주할 낙토를 제공해 주지도 못했지만 우리가 한 일이 다만 목숨을 구해 줬다는 뜻 이상의 뜻을 지니기를 바란다.

답사엔 또 이런 말도 있다.

"부디 대한민국을 보호하시어 동족상잔의 피비린내 나는 전쟁을 피하게 하여 주시옵시고 하루속히 평화 통일을 이룩하게 하시어 부강하고 번영한 나라가 되게 인도하여 주시기를 간절히 기도하겠습니다."

딴 나라 사람들의 말이라면 듣기 좋은 인사치레로밖에 안 들렸을 말이 저들의 말이기에 온통 진실이고 진실이기에 고맙고 절실하다. 과부의 설움은 과부밖에 모른다지 않는가. 딴 사람이 안다면 그건 짐작일 뿐 진실일 순 없다.

때늦은 회한과 교훈

답사의 마지막 부분은 이미 때늦은 회한과 저들의 뼈아픈 회한을 통한 우리에게 남기고 싶은 교훈으로 이어지고 있다.

그들의 오늘날의 패망의 원인을, 첫째 공산주의자의 기만에 속은 것, 둘째 젊은이들의 퇴폐풍조와 외래사조에 무조건 빠져들었던 것, 셋째 각 당파와 국민이 일치단결하지 못했던 것 등 세 가지로 분석하고 있는데 틀린 분석은 아니지만 뭔가 좀 미흡하다. 마치 구두 위로 발등을 긁는 것만큼이나 답답하다.

좀 더 예리한 진단이 있었으면 싶다. 그럴 통찰력이나 배짱이 없으면 차라리 이탓저탓할 것 없이 내 탓이라고 냉혹하게 준엄하게 자기를 꾸짖고 반성해 볼 필요라도 있을 줄 안다. 국민은 누구나 조국의 융성을 위해 많건 적건 기여를 하는 것과 마찬가지로, 조국의 망국을 위해서도 많건 적건, 의식적이건 무의식적이건 기여를 했을 것이다. 망국의 씨앗은 자기에게도 반드시 있었을 것이다.

그들 피난민이 상륙하는 모습과 생활하는 모습을 텔레비전이나 화보를 통해 우리에게 어느 만큼은 알려졌을 수도 있다. 생각했던 것보다 훨씬 밝고 명랑해서 다행스러웠지만 약간은 실망스럽기도 했다.

내 상식으론 피난민은 좀 더 헐벗고 초라한 것이었고, 그런 상식의 출처는 물론 우리가 겪은 피난의 기억이다.

그때 우린 얼마나 굶주렸고 헐벗었던가. 엄동설한에 남부여대(男負女戴), 가진 것이라곤 올망졸망 어린 것들과 몇 줌의 쌀, 누더기 보따리가 전부였다.

그러나 그렇기 때문에 우린 끝내 반쪽의 땅덩어리나마 우리의 국토를 지킬 수 있었던 게 아닐까.

우리가 지켜야 할 가장 소중한 것이자, 가장 마지막

것이자 단 하나의 것이 우리의 조국, 우리의 땅덩이였기 때문에 아니었을까. 그렇게 생각하면 그때의 우리의 빈주먹, 그때의 우리의 남루, 그때의 우리의 굶주림이 가장 떳떳한 우리의 모습으로 오히려 자랑스럽게 기억된다.

물론 그때와 지금과는 세상이 많이 달라져 내남없이 물질적으로 훨씬 풍요한 삶을 누리고 있다. 피난민이라고 꼭 초라하란 법은 없다.

그렇지만 그들이 소지한 상당량의 금괴는 무엇을 뜻할까. 단순한 장식품으로 또는 패물의 뜻으로만 그런 것을 장만했을까. 언제 닥쳐올지도 모를 패배의 날을 위해, 번 돈을 열심히 금괴와 바꾸었음이 아닐까.

그들이 그들의 신분과 빈부에 따라 지닌 크고 작은 금괴야말로 오랜 전란과 학정에 시달리며 어쩔 수 없이 키운 그들의 패배주의, 도피주의의 상징물이 아닐까.

몇 톤급의 금괴를 지니고 도피한 지도급 인사나 재벌이 있다면, 그만큼 무거운 망국의 책임이 일생 동안 그의 어깨를 무섭게 짓누르리라.

만약 한 돈쭝의 금반지를 새끼손가락에 끼고 있다고 해도 그게 망국의 책임에서 못 놓여나리라.

나라를 지키려면 죽기 아니면 살기로 지켜야지, 금괴로 상징되는 단 얼마간의 안일과 도피의 여지라도 마련돼 있어선 안 된다고 감히 단언한다면 가혹한 말이 될까.

구구절절 망국의 한이 서린 월남인의 답사를 다 읽고 나니 새삼 전쟁은 싫다 싶다. 그러나 일단 말려들면 어떡하든 이기고 볼 일이다 싶다. 진다는 건 너무 끔찍한 굴욕이다.

오래 잊고 지내던 전쟁의 갖가지 살벌한 장면들이 눈앞에 어른거린다. 사진으로만 본 월남전의 살벌(殺伐), 우리가 체험한 6·25의 살벌, 전쟁 중의 인심의 살벌…… 게다가 낮에 본 닭집에서의 주황빛 살벌까지 오버랩된다. 암만해도 오늘은 꿈자리가 좀 뒤숭숭할 것 같다.

비정

　쫓기던 흉악범들은 드디어 자살로써 끝을 맺었다. 자기만 죽은 게 아니라 어린 자식들과 부인까지 쏘아 죽이고 죽었기에 그들이 저지른 범죄의 잔혹성과 함께 최후의 비정(非情)함에 다시 한번 몸서리를 치게 된다. 끔찍한 일이었다. 생생한 현지 보도가 생명이라는 텔레비전 뉴스는 친절하게도 이 무참한 주검들을 구경거리로 만들어 생생하게 보여 주었다. 이미 뼈만 남은 이정수(李正洙) 씨의 주검까지도. 도대체 텔레비전이 구경거리로 만들 수 없는 게 뭐가 있을까.

　사람이라면 아무리 심장이 든든한 사람도 외면 안 하곤 못 배길 참혹상에도 카메라의 눈은 결코 눈 한번 깜박거리는 법이 없다. 여기에도 현대의 비정은 있다. 생생한 보도 끝엔 공식적으로 저명인사들의 진단을 듣는 순서가 이어진다. 신문이나 라디오도 이 공식에서 크게 어긋나지 않는다. 보도와 함께 각계 인사들의 지당하신 말씀을 싣는다. 나 같은 사람까지도 전화로 몇 마디 한 게 활자가 되어 실린 걸 쓸쓸한 마음으로 읽어 보았다.

다시 우유부단한 성격 탓으로 이런 글까지 쓰게 되니 소위 몇 마디 한다는 일에 울컥 치미는 싫증 같은 걸 주체할 수 없다. 도대체 그 몇 마디의 지당한 말씀으로 우린 무엇을 해결할 수 있단 말인가?

무슨 사건이 있을 때마다 지당하신 말씀은 범람한다. 그러나 지당하신 말씀은 무력하다. 누구나의 공통적인 개탄은 '인명 경시 풍조'다. 그러나 이 인명 경시 풍조가 어디 어제오늘 비롯된 건가. 먼저 범인의 연령을 살펴본다. 앳된 소년 시절을 6·25의 전란 속에서 보냈을 나이다. 우선 별의별 끔찍한 모습의 죽음을 눈썹 하나 까딱 안 하고 보는 일에 익숙해졌을 테고, 피난길에 아비규환도 보았을 테고, 혹한의 들판에 갓난애를 버리고 가는 비정의 모성도 보았을지 모른다. 거친 상소리를 쾌감을 가지고 익혔을 테고, 장난은 총싸움·칼싸움 아니면 동물이나 곤충을 죽이고 학대하는 일이었을 테고, 물론 굶주림도 겪었을 테고, 굶주림을 겪었다면 피둥피둥 잘 먹고 잘사는 자에 대한 반항도 싹텄음직하다. 학교는 다니는 둥 마는 둥 청년기로 접어들고 입대, 그 시절의 군대 생활이 어떠했으리라는 것 또한 짐작할 만하다.

그러고 나서 뛰어든 사회생활에서 범인이 설마 처음부터 범행으로 생계를 유지하려 들지는 않았을 것이다. 열심히 일하려 해도 일자리가 없었든지, 변변히 배운 것도 없겠다, 아무리 죽도록 일해 봤댔자 입에 풀칠하기도 어려웠든지 했을 건 뻔한 일이다. 게다가 우리 사회엔 욕망과 향락을 부채질하는 요소가 너무나 많다.

정직하고 근면하게 일해 봤댔자 일한 만큼 잘살 수는 절대로 없고 그렇다고 빈궁한 생활에서나마 정직과 근면에 긍지를 가질 수 있을 만큼 정직과 근면이라는 것에 대한 가치 기준이 서 있는 것도 아니다. 정직과 근면은 사람을 웃길 따름인 것이다. 다만 돈이 제일인 것이다. 돈이면 다인 것이다. 법을 어기되 법에 걸리지 않고 어떻게 해서든 약게 돈만 벌면 되는 것이다.

이렇게 돈을 위해서 법을 어기는 일쯤 아무렇지도 않게 여기는 풍조는 이미 구석구석에 팽배해 있다. 박영복 (朴永復) 사건 때만 해도 '그놈 난놈'이라고 선망인지 찬탄인지 모를 소리를 여러 사람한테서 들은 기억이 난다. 법의 맹점을 교묘히 이용해 큰돈을 만지면 바로 '그놈 난놈'이 되는 것이다.

범인도 처음부터 흉악범은 아니었을 것이다. 남들처럼 쉽게 잘살아 보려 했던 게 범죄의 시작이었을 것이다.

처음엔 도둑질, 강도질, 다시 살인강도까지 범죄의 질이 바늘 도둑에서 소도둑 되듯이 빠르게 발전했을 것이다. 실상 우린 이런 유형의 범인을 수없이 많이 봐 왔달 수도 있다.

그런데도 이번 사건에 유독 우리가 몸서리쳐지는 충격을 금할 수 없음은 처자식까지 죽인 비정성(非情性)인데 여기에도 간단하게 극악무도하다고만 단정할 수 없는 우리 사회의 부조리는 있다고 본다.

이런 끔찍한 동반 자살, 집단 자살은 다 자식을 소유물시하는 데서 비롯된 것으로 보는 견해가 압도적인데 이번 경우 범인이 자식의 심장에 총을 겨눴을 때는 소유의 문제보다는 책임의 문제가 앞섰으리라고 본다. 우리 사회에선 제 자식의 양육과 교육의 책임은 전적으로 그 부모들에게만 있다. 부모를 잃은 뒤 고아가 된 아이들의 문제를 책임져 줄 사회적인 제도는 전혀 없다. 그래서 약간의 재산까지 남기고 자연사(自然死)하는 어버이도 자녀를 미처 성가(成家)시키지 못하고 죽을 땐 차마 눈을 못 감는 게 우리의 현실이다.

더구나 흉악무도한 살인범 사형수의 유족으로서의 아이들의 장래가 어떻다는 것은, 전과자로서의 사회의 밑바닥 어두운 구석만 전전한 살인범으로선 상상하고도 남

음이 있었을 게 아닌가. 아니 상상이 아니었을 것이다. 명
약관화한 확신이었을 것이다.

자식을 부모의 소유물시하지 말자는 생각은 모든 서
구식 사고방식이 그렇듯이 듣기 좋고 합리적이다. 실로
지당한 말씀이다. 그러나 우리 사회의 실상은 그런 서구
적 사고방식을 뒷받침하지 못하고 있음을 어쩌랴. 실제로
우리 사회가 그런 아이들을 돌봐 줄 무슨 보장 제도를 갖
고 있단 말인가?

그런 보장 제도는커녕 우리 개개인이 그런 흉악범의
아이들을 흉악범의 아이라는 편견 없이 대할 자신이나마
있단 말인가. 편견은 나쁘다. 편견은 나쁘지만 편견이 있
는 건 있는 거다.

그렇다고 범인이 한 짓을 변호할 생각은 추호도 없다.
다만 범인이 이정수 씨나 그 밖의 딴 희생자들 가슴에 총
을 쏠 때처럼 잔인무도한 흉악범으로서 자기 자식을 쏘
지는 않았으리라고 말하고 싶을 뿐이다. 그릇된 대로나마
자기 나름의 부정이었다고 짐작할 따름이다.

마지막으로 범인도 인간이었다고 믿고 싶다. 죽기 전
에 한번 슬피 엉엉 울었다고 하지 않는가.

그 울음이 회한이었다고 믿고 싶다. 또 아이들의 이름
을 기억해 주기 바란다. '태양' '큰별' 얼마나 밝고 사랑스

러운 이름인가. 범인이 비록 자기는 사람 아닌 길을 걸으면서도 자식들만은 밝게 떳떳하게 살기를, 빛나는 존재가 되기를 얼마나 간절히 소망했나를 이 아이들의 이름에서 느낀다면 지나친 감상일까.

끝으로 이정수 씨 유족에게 심심한 조위를 표하며 하루빨리 슬픔을 잊고 꿋꿋하게 살기를 빈다.

1974년

'더도 말고 덜도 말고
8월 한가위만 하여라'라는
우리의 옛 속담은
8월 한가위의 풍요를 말해 주기보다는
8월 한가위를 뺀 허구한 날의
허리띠를 졸라맨 궁핍을 말해 주듯이
그 노인의 말은
크리스마스의 기쁨보다는
크리스마스를 뺀 날들의 고독을
더 실감 나게 말해 주고 있었다.

「소멸과 생성의 수수께끼」

"인간으로서의 최소한의 자존심도 지킬 수 없는
궁지에 몰렸을 때도, 거기서 구원이 됐던 건
내가 언젠가는 저런 인간을 소설로 한번 써야지 하는,
학교 다닐 때의 단순한 문학 애호가로서의
그것과는 다른 어떤 생각이었어요."

"내가 한마디로 표현할 수 있으면 소설을 결코 쓰지 않겠죠."

사랑을
무게로 안 느끼게

겨울 산책

1

오늘은 참 날이 추웠다. 한눈을 팔며 종종걸음을 치다가 충무로에서 한차례 넘어지고 말았다. 빙판도 아닌 곳에서 괜히, 발이 찍 미끄러지면서 단숨에 넘어졌으면 그래도 좀 나았을 것을 나자빠질 듯하다가 바로 서면서 다시 앞으로 곤두박질을 치면서 넘어졌다.

아이들처럼 무릎까지 찧으면서 엎어진 것이다. 엉덩방아를 찧는 것보다 훨씬 우스운 모양이 되고 말았다.

지나가던 사람들이 다 웃었다. 눈 위에서 미끄러질 때 사람들이 웃으면 나도 따라 웃을 수 있는데 맨바닥에 넘어진 걸 보고 남들이 재미나 하는 데는 화가 났다. 그렇다고 동정을 해 주는 것도 싫고 그저 못 본 체해 주었으면 제일 고마울 것 같았다.

나는 외출만 했다 하면 꼭 이렇게 실수를 한다. 외출을 별로 좋아하지 않기 때문에 꼭 외출해서 봐야 할 일들을 미루고 쌓아 놓았다가 어느 하루로 몰아 한꺼번에 일을 본다.

그러려니 자연히 시계를 보면서 종종걸음을 치게 마련이고 더러는 약속 시간을 어기기도 하고 장갑이나 푼돈을 흘리고 한두 가지 일을 빼먹거나, 산 물건을 어디 놓았는지도 모르게 놓고 들어오기도 한다. 방향 감각을 잃고 미아(迷兒)처럼 우왕좌왕할 적이 한두 번이 아니다.

그러나 때로는 한 용건을 마치고 다음 약속 시간까지 30분이나 한 시간쯤 남은 적도 있다. 나는 이렇게 남는 시간을 보내는 데에도 매우 서툴다. 다방 같은 데에 혼자 앉았기도 싫고 그냥 길을 슬슬 거닌다. 산책이라기보다는 아마 사람 구경이 될 것이다.

오늘은 길에 유난히 졸업생이 많았다. 석탄 가룬지 먹물인지로 얼굴을 시커멓게 칠한 남학생이 헤실헤실 웃으며 몰려오는 것을 나도 처음엔 정신이 좀 어떻게 된 사람들인 줄 알고 빨리 길가로 비켜섰다. 하나같이 세로로 북북 내리찢은 교복을 입고 있었다. 뒤늦게 아아, 졸업생이구나 하고 깨달았으나 속은 좀 더 상했다.

지하도 속엔 사람들이 모여 서서 재미난 듯이 웃고 있는 속을 들여다보니 거기도 졸업생들이 한패 모여서 서로 졸업생 분장(扮裝)을 해 주고 있었다. 땅바닥에다 손바닥을 쓱쓱 문질러서 상대방 얼굴에다 칠해 주고 또 서로 교복을 여기저기 찢어주고 그래도 성이 안 차는지 쌍소리를 하면서 땅바닥에 뒹굴어서 교복을 더럽혔다.

구경꾼들 중엔 "에미 애비도 없나, 저것들은" 하면서 눈살을 찌푸리는 사람도 있었지만 대개는 재미난 듯이 킬킬댔다. 길엔 왜 그렇게 사람이 많은지, 사람들은 왜 그렇게 웃음이 헤픈지, 재미나서 웃지도 말고, 에미 애비도 없냐는 욕도 하지 말고, 모든 어른들이 저들의 에미, 애비, 형, 누나가 되어 저들을 좀 어떻게 해 볼 수 없을까도 생각했으나 생각만 좋았지 난들 뾰족한 방법이 있는 것은 아니었다.

내가 먼저 엄마나 누나가 되어 저들을 의젓하게 꾸짖거나 따귀라도 한 대 때려 줄 용기가 있는 게 결코 아니었다. 왜 그들을 길러준 모교의 교복에게 그토록 오욕을 입히지 못해 하는 것일까. 왜 졸업의 해방감을 저런 방법으로 실감하려 드는 것일까? 나는 그들을 이해할 수 없는 채로 다만 그들이 딱했고 어느만큼은 그들이 두렵기도 했다.

결국 나는 그들을 보고도 못 본 체 지나칠 수밖에 없었다. 나의 이 보고도 못 본 체가 과연 킬킬대는 웃음이나 욕지거리보다 나았을까? 어쩌면 내 겨울날같이 찬 무관심이 가장 나쁜 것인지도 모른다. 이런 생각을 하며 나는 졸업이니 졸업생이니 하는 것에 대해 두서없이 이런저런 생각을 했다.

2

어제는 우리 딸애가 고등학교를 졸업했다. 어제도 거의 오늘만큼 추웠는데 교문 밖엔 꽃다발 장수 아줌마가 장사진을 이루고 있었다.

그런데 딸의 학교에서는 졸업식에 꽃다발을 갖고 오는 것을 엄격히 금지하고 있어서 학부형에게 보내는 초대장에도 꽃다발 지참 금지 조항이 명시돼 있었다. 그러고도 안심이 안 되는지 교문에 걸 스카우트 아이들을 세워 놓아 지키게 하고 있었다. 그러니 누가 꽃다발을 사겠는가.

그런데도 어쩌자고 꽃다발 장수들은 얼굴이 시퍼렇게 질린 채 발을 동동 구르며 길을 가로막고 꽃을 자꾸 들이댄다. 나는 장사 중에서 꽃 장사를 제일 좋아하지만 그때 그 장소의 꽃 장수들은 너무 불쌍해서, 너무 미련해서 마구 싫은 생각이 났다.

고등학교 졸업생들에게 너무 화려한 화환을 주는 것도 꼴불견이지만 그까짓 카네이션 한 송이 달아 주면 또 어때서 꽃다발을 저렇게 몹시 단속할 건 뭔가 하고 학교의 각박한 처사도 싫은 생각이 났다.

나는 될 수 있는 대로 꽃 장수들을 보고도 못 본 체, 목석 같은 얼굴로 걸었는데도 어떤 악착같은 꽃 장수 아줌마에게 붙들리고 말았다. 나는 어찌할 바를 몰라 이따 졸업식 끝나고 나오다 사마고 애걸을 했다.

아줌마가 관대하게 웃으며 나를 놓아주었다.

졸업식이 거행되는 동안 너무너무 추웠다. 나는 아이들이 여럿이라 졸업식이니 하는 것도 여러 번 겪었는데 그때마다 어떻게 추위가 심했는지 기억나는 일은 그저 떨었다는 일뿐이다. 소한 대한 추위보다 더 단수가 높은 추위로 졸업 추위·입시 추위를 두어야 한다는 말도 수긍이 간다.

나는 졸업식이 거행되는 동안 내내 발을 동동 굴러 추위를 참으며 꽃 장수가 정말 나를 기다리면 어쩌나 하는 근심을 했다. 이 추위에 나를 기다렸다면 꽃 한 송이 사 주는 것만 갖고는 안 될 것 같았다. 박스 속에 촘촘히 든 꽃들을 다 사 줘야 할 것 같았다.

나는 라면 박스를 들고 졸업한 딸을 데리고 어디로 식

사를 하러 갈 생각을 하니 기가 막혔다. 그러나 고맙게도 꽃 장수들은 교문 밖에 한 사람도 없었다. 나는 안도의 숨을 내쉬었지만 오늘 장사가 너무 안됐을 꽃 장수들 일을 생각하니 가슴이 찡하며 우울해지고 말았다.

길에서 졸업생들의 추태를 보니 다시 꽃 장수들 생각이 나고, 내년엔 꽃다발들이 다시 생겨나고 대신 저런 추태가 없어졌으면 하고 간절히 바라지는 걸 어쩔 수 없었다.

나는 이렇게 사람 구경을 하면서 정처도 없이 걷다가 어느 큰 종합병원 앞에 이르렀다. 나는 느닷없이 그 병원에 친밀감을 느꼈다. 한 번도 거기서 진찰을 받아 보거나 문병 간 일이 있는 것도 아니고, 아는 의사가 있는 것도 아닌데도 그랬다. 나는 내가 느낀 친밀감의 근원으로 거슬러 올라갔다. 그리고는 고소(苦笑)를 금할 수가 없었다.

3

어제 졸업한 딸애가 졸업 이틀 전에 대학에 입학 원서를 제출했는데 지망 학과가 의예과(醫豫科)였던 것이다. 그러니까 원서만 제출했지 합격은커녕 시험도 치르기 전인데 나는 요 며칠을 딸이 의사가 되는 일에 대해 이것저것 근심도 하고 기대도 했던 것이다. 그리고 벌써 병원에 대해, 의사라는 것에 대해 친밀감까지 느꼈던 것이다.

자식이라는 게 뭔지 부모들에겐 때로 이런 엉뚱한 데가 있다.

앰뷸런스가 기분 나쁜 소리를 지르며 병원 문으로 들어갔다. 나는 좀 더 의사라는 직업에 대해 생각했다. 아플 때는 하느님 같다가도 보통 때 의사를 생각하면 그저 돈많이 버는 직업쯤으로 알았던 게 자식에 대해선 그렇지 않았다.

더군다나 의사가 되려면 의과 대학에 우선 합격도 해야겠지만 사람을 홀라당 뒤집어 그 안쪽을 속속들이 들여다봐야 할 것을 생각하니 진저리가 쳐지면서 공포감이 엄습했다.

우리는 사람의 외면 중에서도 얼마나 아름답게 치장된 부분만 보며 사는 것일까. 나는 내 자식들이 다 인생과 세상의 아름다운 부분, 착한 부분만 보며 살기를 원한다. 다른 것도 아닌 사람의 육체의 내면을 본다는 것은 얼마나 끔찍하고 소름끼치는 것일까? 내 자식이 그것을 감당할까.

설사 감당할 수 있다손 치더라도 아들도 아닌 딸애는 그 어려운 일을 감당해 어쩌겠다는 것일까.

나는 막연히 두려웠고 지망 학과를 지금이라도 바꿀 수는 없을까, 그 문제를 제법 진지하게 생각한다. 그러면서도 여전히 병원과 의사에게 친밀감을 느낀다.

빌딩 사이 공터에 버스가 서 있다. 임진각 행이라고 씌어져 있는데 아무도 탄 사람은 없다. 빈 버스 속이 추워 보인다.

나는 그것을 하마터면 탈 뻔하다가 다음 볼일까지 몇 분 안 남았음을 깨닫고 주춤한다. 시내에는 여기저기 이 임진각 관광이란 버스가 많고 나는 그걸 볼 때마다 이상한 그리움으로 가슴을 설레며 탈 뻔하다 말기를 몇 번째인지 모른다. 요 다음엔 아주 마음먹고 그 버스만을 타기 위해 나와야지 하면서 아직 한 번도 그래 보지를 못했다. 그러니까 나는 아직 임진각이란 데를 못 가 본 것이다. 그리고 나는 임진각이 그리운 게 아니라 임진강(臨津江)이 그리운 것이다.

겨울 방학 때마다 나는 기차 타고 임진강을 건너 고향인 개성으로 내려갔었더랬다. 이맘때는 임진강 위에 집채만 한 또는 멍석만 하거나 방석만 한 성엣장이 둥둥 떠다닐 때다. 아아 나는 그 백색의 유빙(遊氷)들이 지금도 있는지, 그게 보고 싶은 것이다.

어릴 때 기차 차창으로 그 성엣장을 내려다볼 때마다

나는 그 성엣장을 징검돌처럼 깡충깡충 뛰어서 임진강을 건널 수 있을 것 같은 자신이 있었다.

내 생전에 다시 임진강을 건너 고향에 가 볼 날이 있을까.

어느 날이고 꼭 이렇게 추운 겨울날, 저 버스를 타고 임진각이란 데를 가 보리라. 거기서 임진강이 보일까?

다시 낯선 거리로 접어든다. 얼마 전까지도 못 보던 큰 건물이 있는데 호텔이다. 조금 가다 또 호텔이 있다. 나는 춥고 지쳐 있다.

문득 손바닥에 차고 매끄럽고 예쁜 키가 쥐어졌으면 하는 공상을 해 본다. 저 호텔 중 아무 호텔이라도 좋으니 아무튼 호텔 방 하나가 내 것이 되는 것이다. 겨울엔 난방이 되어 있고 여름엔 냉방이 돼 있고, 언제나 나만의 것이고 그게 내게 주어진 데 아무런 조건도 없다.

나는 아주 가끔만 그곳에 갈 것이다. 정말로 혼자이고 싶을 때, 혼자이고 싶은 걸 참을 수 없을 때만 그곳에 갈 것이다.

이 도시에서 완전히 내가 혼자일 수 있는 나만의 방을 갖는다는 건 얼마나 신나는 일인가.

그러나 내 손바닥에 그런 키가 있을 리 만무하다. 나는 좀 더 헤매다 어느 다방에 가서 마시기 싫은 커피를 또

한잔 마시고 용건을 마치고 그리고 집으로 돌아갈 것이
다.

　뭐니 뭐니 해도 내 집, 내 방만큼 아늑한 곳도 이 도시
엔 없을 것이다.

1976년

어떤 탈출

아들은 어떻게든 중학 공부부터는 서울서 시켜 보겠다고 오빠만 데리고 서울로 간 어머니가 어떻게 생각을 고쳐했는지 어느 해 봄, 별안간 나까지 서울로 데려다 머리꽁지를 잘라 단발을 시키더니 국민학교에 입학을 시켰다. 반항이나 앙탈을 할 겨를도 없이 순식간에 이 일은 이루어져 나는 무참히도 서울 애들 사이에 내던져진 꼴이 되었던 것이다.

서울 애들은 영악하고 예쁘고 깨끗했다. 특히 젊은 담임 선생님은 너무 아름답고 고상해서 나 같은 촌 계집애의 소견으론 도무지 이 세상 사람 같지를 않았다.

그분의 유창한 일본말이 내 그런 생각을 더욱 자신있게 했다.

나는 그분을 따르지 않았다. 그분은 늘 많은 애들한테 둘러싸여서 천사 같은 미소를 띠고 여러 애들을 공평하게 쓰다듬고 공평하게 귀여워했다. 그래도 나는 그분을 따르

지 않았다. 나는 내 촌스러움을 지나치게 의식하고 있어,
그분이 나를 귀여워하는 것은 선녀가 누더기를 걸치는 것
처럼 천부당만부당한 일로 여겼다.

내 국민학교 1학년 시절은 이렇게 외롭고 그늘진 것
이었으나, 아주 비참하기만 한 것은 아니었다. 일곱 살의
계집애에겐 비참해질 수 없는 천성의 발랄함이랄까, 앙증
함이랄까 그런 게 있는 법이다.

나는 공부를 잘하지도 않고, 못하지도 않고, 말썽을
부리지도 않는 존재 희미한 학생이 되어 교실 한 귀퉁이
에 조용히 앉아 허구한 날 공상에 잠겼다.

내 공상의 주인공은 늘 내 담임 선생님이었다. 내가
갖고 있는 선녀·신선·별나라·달나라에 대한 온갖 지식
을 동원해서 그분의 생활을 상상하고 꾸미고 하는 것이
내 학교생활의 유일한 낙이었다. 나는 그분이 우리같이
먹고 배설하는 생리 구조를 가졌다는 생각조차 하려 들지
않았다.

그해 겨울 할머니가 시골에서 강정을 해 가지고 올라
오셨다. 강정 중에서도 제일 고급으로 치는 깨강정을 한
보따리 선생님께 갖다 드리라고 나에게 안겨 줬다. 나는
그것을 갖다 드리지 않고 사직공원에서 아이들과 나누어
먹어 없앴다. 조금도 잘못했다는 뉘우침 없이 예사롭게

그렇게 했다.

강정이 먹고 싶어서가 아니라 내 공상이 그분을 절대로 그런 것을 먹을 수 없는 분으로 꾸며 놓았기 때문이다.

내 소견으론 학부형이 주는 떡이나 강정 따위를 받아서 먹는 것은 시골 간이학교 선생님이나 할 짓이었다. 공원에서 몰래 아이들과 먹는 강정은 한층 달고 고소했다. 더 고소한 것은 우리 선생님이 이렇게 고소한 것도 먹을 수 없을 만큼 고상한 분이라는 거였다.

결국 나는 선생님을 지나치게 우상화함으로써 그분과 전연 친화감을 느낄 수 없었고, 그분에게 품었던 인간적인 감정이란 강정을 먹으면서 느낀 고소함—아마 일종의 미움이었겠지—이 고작이었다.

그러나 그 시절이 내 어린 시절을 상처 입혔다고는 생각지 않는다.

나는 내 공상을 내 생애에서 최초로 내가 받았던 억압—학교생활의 엄한 규칙·소외감·선생님의 위선—으로부터 나를 해방시키는 수단으로 삼았던 것이다.

지금도 나에겐 그때 버릇이 남아 있다. 따분하고 우울할 땐 곧잘 텔레비전을 틀고 드라마를 본다. 재미가 있어서 볼 때도 있지만 드라마의 스토리 전개와는 상관없는 엉뚱한 재미로 보는 수가 많다.

도저히 그럴 수 없는 얘기, 그게 아닌 얘기, 우리의 생활 감정을 조금도 건드리지 않고 허공에 붕 뜬 얘기가 펼쳐진다.

그래도 나는 텔레비전을 끌 정도의 저항도 하지 않고 히히덕대고 앉아 있다. 국민학교 1학년 때 담임 선생님에 대한 공상을 하듯이 그 이야기를 꾸민 사람을 상상하는 게 재미있다. 우리와는 전연 딴 현실을 사는 사람, 공중에 붕 떠서 사는 사람, 희로애락·관능 등 감정·감각 기관의 구조조차 우리네 하곤 다르게 돼 있는 사람을 요모조모 구성해 보는 것이 재미있는 것이다.

우습지 않은 코미디를 볼 때의 내 상상 속의 코미디 작가는 어설픈 협박자의 모습을 하고 있다.

"지금 네 시간은 웃을 시간이다. 웃어라 웃어. 길길길……" 하고 웃음을 선창하고 나서 따라 웃으라고 마구 협박을 한다.

왜 웃어야 하는지 영문도 안 가르쳐 주고 덮어놓고 웃기만 하라니 협박일 수밖에, 미구(未久)에 텔레비전 수상기를 통해 팔목이라도 뻗어 나와 우리의 멱살을 잡고 간지럼을 태우며 우리를 웃기는 시대가 오지 않을까 두렵기도 하다. 다행히, 참으로 다행히 우리의 실제 인생은 드라마나 코미디보다 훨씬 재미있다는 사실의 확인도 텔레비전을 보는 재미의 하나다.

버스를 기다리는 무료한 시간, 옆에 늘어놓인 주간지의 표지를 보면서도 내 이런 못된 버릇은 발동한다. 꽃같이 화사한 여배우나 여가수의 얼굴 옆에는 내용의 일부가 큰 글씨로 들어 있다. 대개 성적(性的)인 스캔들의 일부로 노골적인 문구들이다. 그런 걸 주워 읽는 것도 재미있지만 그런 걸 취재해 이야기로 꾸민 사람들을 상상하는 게 더 재미있다. 직업상 정력이 입으로만 모인 사람을 구성해 본다.

이런 식으로 제아무리 높은 사람의 점잖은 모습도 기회만 있으면 엉망으로 재구성을 하려 든다. 그러나 문제는 내가 구성한 대상에게 있는 게 아니라, 이런 방법으로 쓰레기처럼 덮쳐 오는 일상의 권태와 악덕으로부터 손끝하나 까딱 않고 탈출한 것으로 생각하는 내 비열함이다. 늘 그렇듯이 문제는 바로 나에게 있는 것이다.

1972년

도시 아이들

동네 골목이나 유원지 같은 데 아이들이 모여서 노는 걸 보는 것은 즐거운 일이다. 저희들끼리 하는 짓이 너무 약고 되바라지고 세련된 도시적인 아이들보다는 어딘지 모르게 시골뜨기스러운 아이들한테 더 정이 간다.

여기서 내가 시골뜨기스러워 보인다는 건 외모나 옷차림이나 말씨 같은 게 아니라 속에서 풍기는 우직함, 단순함, 천진함 같은 걸 말한다.

나도 국민학교 적부터 서울서 자라서 순 서울 토박이한테 시집와서 아이를 낳아 기르면서도 내 아이가 남보다 똑똑해지기보다는 아까 말한 의미의 시골뜨기스러워지길 바라며 또 그렇게 기르노라고 애까지 써가며 길렀다. 그러나 그게 그렇게 맘대로 되는 게 아니라는 걸 아이들을 내리 기를수록 알게 됐다. 큰애보다는 다음 애가 더 되바라지고 다음 애보다는 다음 애가 더 약아 빠지고, 저절로 이렇게 되고 만다.

내가 군이 아이들의 유형을 도시형과 시골형으로 구별하고 시골형의 아이들에게 별난 애정이랄까 향수랄까 이런 걸 갖고 있는 데는 꽤 그럴 만한 이유가 있고, 또 그런 편애(偏愛)가 어제오늘 비롯된 게 아니라 아주 역사(?) 깊은 것이다.

나는 두메에서 읍이나 면 소재지도 못 나와 보고 여덟 살까지 자랐다. 그러다가 어느 날 갑자기 서울로 끌려와 국민학교에 입학했다. 그때 본 서울 애들이 너무나 똑똑하고 예뻐 보여 내가 위축되던 기억은 지금도 생생하다. 그런 애들하고 나하고 친구가 될 것 같지가 않았다. 또 입학하고 처음 1주일쯤은 엄마들이 따라오는데, 그때 서울 엄마들은 트레머리나 히사시까미라는 근사한 머리 모양을 하고 있는데 우리 엄마는 쪽을 찌고 번쩍번쩍하게 다듬이질한 흰 옥양목 치마저고리를 입고 있는 게 멀리서도 그렇게 잘 눈에 띨 수가 없었다.

창피해서 저런 엄마는 안 따라왔으면 싶으면서도, 엄마까지 없으면 그 엄청난 고독감을 견딜 것 같지가 않았다. 게다가 나는 동네 친구도 없었다. 같은 학교에 다니는 동네 친구가 있으면 빨리 사귀게 되는데, 우리 동네 아이들은 다 우리 동네에 있는 학교를 다니는데 나만이 인왕산 자락을 넘어 매동국민학교에 다녔다.

그때는 국민학교도 시험 치고 입학하던 때였고, 지금
의 학구제처럼 그 국민학교에서 시험을 치르려면 그 국민
학교 근처 동네에 살아야 된다는 제한이 있었다.

그런데 나는 영천에 살면서도 주소를 누상동에 사는
친척 집으로 옮겨가지고 매동국민학교에 시험을 친 것이
다. 우리 어머니가 시골 부인답지 않게 그 시절로서는 대
단한 교육열이어서 영천보다는 문안에 있는 학교를 다녀
야 한다고 지금으로 치면 학구제 위반을 한 것이다.

그때는 서울을 사대문(四大門) 안과 사대문 밖으로 나
누어 문안, 문밖이라 부르며, 집값의 격차로부터 갖가지
차별이 있었다. 그래서 나는 서울에 오자마자 가뜩이나
어리둥절한데 두 가지 주소를 외워가지고 다니지 않으면
안 되었다. 학교에서 물어보면 대답할 주소와 길에서 혹
시 집을 잃어버리면 대답할 진짜 주소와.

그것은 나이 어린 시골뜨기 계집애에겐 적잖이 고통
스러운 부담이었다. 엄마는 늘 그 둘을 행여나 헷갈리는
일이 있으면 큰일 난다고 일러 줬고, 그럴수록 나는 꼭 그
걸 헷갈리고 말 것 같아 겁이 났고, 동네서고 학교서고 친
구가 없어 외로웠다.

서울 애들은 영원히 저희끼리끼리만 놀지 나 같은 건
붙여 줄 것 같지가 않았다. 그런 느낌은 죽고 싶도록 절망

적인 것이었다. 그러다가 뜻밖에 친구가 하나 생겼다. 그것도 아주 예쁘고 똑똑해서 선생님이 귀여워하고 교단에 올라가서 봄이 왔다는 일본 노래를 독창까지 한 애가 내 친구가 돼 주었다.

걔는 내 짝이었는데 고무나 연필을 교실 바닥에 떨어뜨리면 나더러 주워 달래고, 걸상을 책상 위에 얹는 일도 나더러 해 달랬고, 나는 걔가 해 달라는 대로 다 해 주었다. 반 애들이 내가 걔 '꼬붕'이라고 했지만, 나는 꼬붕의 뜻을 잘 몰라서 아무렇지도 않았다.

어떤 때는 운동화를 한 짝 벗어서 한 발로 오랏말처럼 저만치 차 던지고 주워 오라고도 했다. 아무리 시골뜨기지만 자존심이 상하는 일이어서 시무룩하게 있으면 운동화가 없는 한쪽 발을 쳐들고 한 발만 갖고 깽깽발을 치면서, 아이고 다리야, 아이고 다리야 하며 엄살을 떨면 집어다주지 않을 수가 없었다.

앙증맞고 깨끗한 도시 아이의 흰 양말에 흙이 묻지 않도록 하고 싶었던 내 심정은 예쁜 인형을 아끼는 마음과도 비슷했지만 비굴한 것은 아니었다.

그 예쁜 애는 친절하게 소곤소곤 속삭여서 재미있는 얘기를 한 적도 많다. 한번은 학부형회가 있었던 날인데, 우리 엄마는 우리 엄마답게 제일 촌스러웠고 걔 엄마는 개 엄마답게 예뻤다. 놀라운 것은 너무도 젊은 거였다.

나는 나도 모르게 탄성을 발하고 "느네 엄마는 참 예쁘다. 너는 어쩌면 그렇게 느네 엄마를 닮았냐"고 했다.

그러나 그 애는 좋아하지 않고 이상한 웃음을 웃었다. 그러더니 내 귀에다 대고 속삭였다. "내가 무슨 말 하나 해줄 게 너 아무한테도 말하면 안 돼 알았지" 했다. 나는 가슴을 다 두근대면서 절대로 말 안 하겠다고 맹세를 했다. 그래도 그 애는 못 믿겠다는 듯이 내 새끼손가락과 자기 새끼손가락을 걸고 흔들면서 종알종알 주문 같은 걸 외었다. 주문이라야 별것은 아니었다. 그때 우리 아이들 사회에서 유행하던 것으로 이 약속을 안 지키면 무슨 무슨 벌을 받는다는 기괴하고도 황당한 것이었지만 어린 마음에 상당히 두려운 것이기도 했다. 나는 엄숙하게 다시 한번 절대로 아무한테도 말 안 한다고 맹세를 했다. 그제서야 그 아이는 입을 내 귀에다 대고, 저 여자는 자기 친엄마가 아닌 의붓엄마고 친엄마는 쫓겨났고 의붓엄마는 '바(bar)'에 다니던 나쁜 여자라고 했다. 나는 '바'가 뭐 하는 데냐고 물었더니 그것도 모르냐고 아주 나쁜 데라고만 했다. 그리고 다시 한번 아무한테도 말하지 말라고 했다.

이렇게 해서 생전 처음 나는 아무한테도 말하면 안 되는 엄청난 비밀을 가지게 된 것이었다. 그건 부담스럽기도 했지만 흐뭇한 것이기도 했다. 나는 그 비밀을 통해 그 예쁜 애와 영원한 우정이라도 맺어진 것처럼 느꼈다. 실상 나는 그전까지는 그 애가 나와 너무 맞지 않게 예쁘고 세련됐기 때문에 언제고 날 버리고 딴 애와 친해질 것 같아 조마조마했던 것이다.

그런데 나는 그 '바'라는 데가 뭐 하는 덴지 그게 궁금해 영 참을 수가 없었다. 그래서 어느 날 엄마에게 그 '바'라는 데 대해서 물어봤다. 엄마는 가르쳐 주기는커녕 그런 못된 소리를 어디서 들었냐고 야단야단치면서 그 소리를 들은 곳을 대라고 했다. 나는 그 애와의 엄숙한 맹세를 생각하고 입을 열지 않았다. 엄마는 나중엔 매까지 들면서 그 '바'라는 소리를 어디서 들었는지를 알아내려고 했다. 요즈음 상식으론 상상도 안 되는 소리지만 그땐 그랬던 것이다. 그래도 나는 끝까지 입을 열지 않았다.

나는 그 비밀 때문에 매까지 맞고도 그 애가 나에게만 그 비밀을 가르쳐 줬다는 걸 감사했고 거기 무슨 보답을 하고 싶어했다. 마치 값진 선물을 받고 그것의 반값이라도 되는 걸로 보답을 하고 싶어 고민하는 만큼이나 진지하게 그 문제를 궁리했다.

마침내 나는 나도 그 애에게 내 비밀을 가르쳐 주리라 마음먹었다. 내 비밀이란 다름이 아니라 주소가 두 개라는 거였다. 실제로 사는 주소를 속이고 이 학교에 들어오기 위해 가짜 주소를 썼다는 엄청난 비밀을 이 아이에게 고백할 것을 결심했다.

나는 그 아이가 나한테 했던 것과 똑같이 새끼손가락을 걸고 주문을 외고 나서 그 애의 귀에다 대고 그 말을 했다. 말을 하고 나서 다시 한번 아무한테도 말하지 말라고 부탁하고 만일 그 사실이 탄로가 나면 이 학교에서 쫓겨날지도 모른다는 소리까지 덧붙였다.

그러고 나니 빚이라도 갚은 것처럼 속이 후련할뿐더러 이제야말로 나와 그 애는 떨어질 수 없는 단짝이 되었다는 걸 느꼈다.

그러나 웬걸, 그다음 날로 내가 영천 사는 아이란 소문은 파다하게 퍼졌다. 영천 사는 아이는 또 괜찮았다. 감옥소 동네에 사는 아이라는 거였다. 아이들이란 순진한 것 같으면서도 악마처럼 악랄하고 잔혹한 데가 있다. 얼라리 꼴라리 누구누구는 감옥소 동네에 산단다, 매일매일 전중이(죄수)만 보면서 산단다, 하고 반 아이들이 손뼉을 치면서 나를 놀렸다.

나는 우리 동네에 있는 제일 큰 집이 죄인들을 가둬두는 데라는 건 알았지만, 그 동네에 산다는 것까지 부끄러운 일이 된다는 건 처음 알았고 당황할밖에 없었다. 선생님까지 내가 누상동이 아닌 영천 산다는 걸 알게 되어 쫓겨나면 어쩌나 근심스럽기도 했다.

그러나 뭐니 뭐니 해도 가장 큰 타격은 그 예쁜 애의 배신이었다. 손가락 걸기도, 맹세도, 주문도, 귓속말도, 어쩌면 그렇게 겁도 없이 외눈 하나 까딱 안 하고 배신할 수가 있었을까.

나는 그때 학구제 위반으로 쫓겨나는 일도 안 당했고, 아이들의 놀림도 곧 가라앉았지만, 그때 그 얄쌍한 전형적인 서울 계집애의 배신이 안겨 준 상처는 어린 내가 감당하기엔 너무도 큰 것이었다. 나는 학교가 다니기 싫어서 차라리 쫓아내 주었으면 싶었고, 아무리 기다려도 안 쫓아내길래 선생님께 우리 집이 이 학교 관내가 아닌 영천이란 말씀까지 드렸다. 나로선 대단한 용기였다. 선생님은 그러냐고 말할 뿐 놀라지도 않았고 그 후 아무런 조치도 취해 주지 않았다.

그해 여름 방학에 시골에 내려가니, 서울선 그렇게 시골뜨기 같던 내가 시골 친구들한테는 서울뜨기로 보였던지 슬슬들 피했다. 얼마나 얼마나 보고 싶은 친구들이었는데.

그러나 나는 곧 그 구역질 나는 서울뜨기티를 털어 버리고 그리운 친구들과 어울릴 수 있었고, 개학이 되어도 다시는 서울 안 가겠다고 떼를 썼다. 엄마는, 아니 서울 그 좋은 3층 집 학교를 마다하고 이 두메 구석 초가지붕 간이학교 다닐 거냐고 야단을 치면서 나를 억지로 끌고 서울로 왔다.

개학해 다시 학교로 온 나는 그 계집애와 다신 친하지 않았고, 물론 그 계집애의 심부름 같은 것도 안 했다. 나는 그 계집애를 깊이깊이 미워했고 깊이깊이 경멸했다.

그 후 여직껏 서울에서 사는 서울 사람이지만 그때 그 서울 계집애에 의해 눈뜬 사람 보는 눈—그것은 다분히 옹졸한 편견일 가능성이 많다—은 여직껏 못 버리고 있다. 아이들을 좋아하지만 너무 약고 똑똑하게 겉으로 바라진 애는 괜히 싫고, 어른끼리 사귈 때도 너무 세련되고, 사교적인 사람에겐 정이 안 가고 경계심을 먼저 품게 되고, 어느 한구석이라도 시골뜨기스러움이 엿보이면 사귀어도 좋을 것 같은 신뢰가 간다.

그리고 남들이 학벌 내세우기를 좋아하는 것만큼이나 나는 내가 시골 출신이라는 걸 내세우기를 좋아한다. 그러나 나에게 얼마만치 시골뜨기성이 남아 있느냐는 나도 잘 모르겠다.

요새는 아무리 두메산골에 가도 외모가 시골뜨기인 사람은 많아도 내가 원하는 그 우직, 단순한 시골뜨기성이 내면으로부터 풍기는 사람을 만나기는 힘들다.

하물며 도시 한복판에서랴.

그러니까 내 시골뜨기성에의 그리움은 돌아갈 수 없는 고향에 대한 향수 같은 걸 거다.

1976년

내가 말하고 싶은 건
내 어린 날의 가장 큰 사건이었던
자연에 순응하는 삶에서 거스르고
투쟁하는 삶으로 넘어가는 과정에서 받은
문화적인 충격이랄까 이질감에
대해서이다.

나는 아직도 그런 이질감으로부터
자유롭지 못하다.
어린 날 뒷동산에 안겨서 맛보던
완전한 평화와 조화는 지금도
귀향의 꿈이 되어 나를 끌어당기고 있다.

「내가 잃은 동산」

시골뜨기
서울뜨기

시골 잔치 구경

뭔가 모르게 우울하게 지내던 어느 날, 시골에 사는 친척으로부터 맏아들 결혼식에 와 달라는 초대를 받았다. 전연 예기치 않은 결혼에의 초대가 나에게 이상하리만치 신선한 기쁨과 감동을 안겨 주었다.

시골이래야 서울에서 시간 반이면 갈 수 있는 강화도요, 강화에는 전등사가 있어 몇 번 가 본 일이 있지만 친척 집에 들른 적은 한 번도 없었다. 그렇지만 강화에 산다는 친척들은 서울에 올 적마다 우리 집에 들렀고 묵어가는 적도 있었다. 그럴 때마다 그들은 강화에 한번 놀러오라고, 강화엔 전등사란 절도 있거니와 친척만 해도 20여 가구가 살고 있으니 며칠이라도 심심찮게 소일할 수 있을 거라고 했다.

그런 그들에게 나는 내가 이미 몇 번이고 강화에 가

봤다는 말을 할 수가 없었다. 그들은 강화까지 와서 그까짓 절이나 보고, 바닷가나 거닐고 친척 집은 그냥 지나치는 나를 전연 상상도 하고 있지 않았으므로 그런 말은 그들에게 어떤 배신감을 줄 것 같아서였다.

이렇게 이쪽에서 무심히 시들하게 대했다고 할 수도 있는 친척들의 생활에 나는 별안간 강렬한 호기심을 느꼈다. 그것은 어떤 명승지의 절경의 유혹보다 더 가슴 설레는 것이었다.

그렇다고 시골 생활에 새삼 목가적인 꿈을 가질 만큼 철없었던 것은 아니다. 다만 도시인이라면 싫건 좋건 숨쉴 수밖에 없는 각박한 정치적·경제적 현실을 어느 만큼은 외면하고도 살 수 있는 시골 생활, 사모관대와 족두리가 있는 결혼식 광경은 상상만 해도 유쾌했을 뿐이다.

나는 기온이 급강하한 날 아침, 신촌에서 강화행 시외버스를 탔다. 버스가 도시권을 벗어나 김포 가도를 달리자 나는 서울에 다시는 안 돌아오기라도 할 듯이 '에잇 지긋지긋한 놈의 고장' 하면서 멀어져 가는 서울에다 대고 힘껏 삿대질까지 한번 했다.

읍내 차부에 친척 중의 한 사람이 마중 나와 있었다. 그러나 그가 앞장서 안내한 곳은 신랑집이 있는 호박골이란 마을이 아니라 차부에서 빤히 바라다보이는 예식장이었다. 낡고 협소한 2층 건물 회색빛 담벼락에는 그날 짝지워질, 무려 일곱 쌍이나 되는 신랑 신부의 이름이 적힌 흰 종이가 바람에 을씨년스럽게 펄럭이고 있었다. 예식장은 2층이었고 계단 밑에 접수(接受)가 있었다. 접수 앞을 그냥 지나치기가 뭣해서 준비한 축의금을 내놓았으나 나는 뭔가 좀 서운했다. 왜냐하면 나는 그 축의금을, 혼인 잔치를 총지휘하랴 폐백 받을 준비하랴 허둥지둥 바쁜 신랑 어머니에게 직접 넌지시 건네주게 될 줄 알았다. 그리고 신랑 어머니가 "와 준 것만도 고마운데 뭘 이런 것까지……"로 시작해서 구수한 너스레를 한바탕 떨면서 치마를 훌러덩 걷고 융바지에 달린 자루만 한 속주머니에 그것을 간직하는 모습을 보기를 원했었다.

비좁은 식장에선 이미 결혼식이 끝나고 사진을 찍으려는 시간이었다. 순백의 웨딩드레스를 입은 어린 신부 옆에서 엄숙한 얼굴로 굳어 있는 신랑 어머니가 내 모습을 발견하더니 셔터를 누르려는 사진사를 급히 제지하고 다짜고짜 내 손목을 잡아끌어 가족사진의 일원으로 끼워주었다. 나는 좀 난처했지만 신랑 어머니의 단호한 태도에 질려 고분고분 굴 수밖에 없었다.

말이 가족사진이지 일가친척을 총망라한 대 친족 사진이어서 사진사를 애먹이고 있었다. 더 우스운 것은 그

많은 사람들이 다 신랑 쪽 친족이고, 신부 측 친족의 사진 촬영은 신랑 측이 끝난 다음 따로 한다는 거였다. 양가가 같이 찍으려도 너무 인원이 많아 그렇게 할 수밖에 없다는 거였다. 가족이란 개념 자체가 도시하곤 달랐다. 그래서 나는 차츰 따습고 즐거운 기분에 휩싸이기 시작했다.

십 리가 지척이던 시골이었는데

식이 끝나고 신랑집으로 가는데 제각기 다투어 택시를 불러 타고 합승을 하는 광경도 재미있었다. 나는 허허한 겨울 들판을 걷고 싶다고 생각했으나 동행이 없었고, 요기서 조긴 줄 아느냐, 십 리나 되는 데라고, 누구나 십 리를 강조하며 걷는 걸 만류했다. 어려서 시골서 자란 나는 그때의 시골 사람의 거리감으로 십 리 쯤이 얼마나 지척이란 걸 기억하고 있기 때문에 시골도 참 많이 변했구나, 많이 잘살게 됐구나 생각할 수밖에 없었다.

삼시간에 읍내 택시란 택시는 싹 쓸어 호박골을 향해 흙먼지를 일으키며 줄달았다. 같이 합승한 친척들이 자못 자랑스럽게 신랑집이 얼마나 잔치를 잘 차렸나를 나에게 들려주었다.

떡을 다섯 가마나 하고 돼지를 두 마리나 잡았다고 했다. 나는 웃으면서 "다섯 말이겠죠" 하고 정정을 했다. 그 친척은 큰잔치에 그까짓 다섯 말을 누구 코에다 붙이냐고 한사코 다섯 가마니를 주장했다. 나는 할 수 없이 그냥 웃었고, 그 친척은 자못 자랑스러운 듯 으스댔다. 나는 속으로 아마 한 가마쯤은 했나보다고 생각을 고쳐하기 시작했고, 또 우리 친척이 이 고장에선 떵떵거리고 사는 부잔가보다고 생각되어 흐뭇하고 약간 으쓱하기도 했다.

그러나 당도한 신랑집은 간살이 좁은 방이 두 개밖에 없는 낡은 초가집이었고 부엌이랑 헛간이랑 그 밖에 해놓고 사는 게 30여 년 전 십 리쯤은 지척으로 알던 시절의 우리 시골 마을의 집들과 조금도 다를 바가 없었다.

신랑 집의 혼란과 소요는 이루 말할 수가 없었다. 돼지우리가 있는 뒤뜰에 차일을 치고 임시로 마련한 숙수간에는 두 개의 드럼통에 막걸리가 철철 넘치고, 돼지비계를 썰어 접시에 담는 남자들이 엉겨 붙는 사람들을 뭐라고 고래고래 악을 써서 쫓아내며 세도가 당당했다. 한 접시 더 달라커니 그 방엔 아까 한 접시 들여보낸 걸 번연히 아는데 더 달라면 어떡하냐느니, 대강 그런 소리였다.

다섯 가마 떡쌀의 풍요와 그 이면

추운 날인데도 마당이고 헛간이고 추녀 끝이고 멍석을 깔고 상만 하나 갖다 놨다 하면 사람들이 악머구리 끓듯 몰려들고 여기저기서 악들을 쓰곤 했다. 이웃집 방까지 얻은 모양으로 뒷문으로 음식을 담은 목판이 줄줄이 빠져나가고, 손자를 서넛씩 데린 할머니들이 염치 불고 방으로 밀고 들어왔다.

도저히 발 들여놓을 틈이 없는데도 손님들은 꾸역꾸역 밀어닥치고 신랑의 부모는 그저 싱글벙글 누구든지 어서 오라고 환영을 했고, 가는 사람은 한사코 못 가게 붙들었다. 그런데도 그게 조금도 인사치레 같잖고 마음으로부터 우러나는 진심으로 보이니 기가 찰밖에 없었다. 나는 사람들 사이에서 숨도 못 쉬게 짓눌리며 이런 신랑 부모네들을 경이와 약간의 공포로 지켜볼밖에 없었다.

참 모를 사람들이었다. 신랑의 부모들은 손님들에게 그런 불편한 대접을 하면서도 조금도 미안쩍어하거나 조바심하는 기색이 없이 의젓하고 여유마저 있어 보였고 손님들 역시 그런 불편을 당하면서도 짜증은커녕 끊임없이 우스갯소리를 주고받으며 흥겹고 만족해 보였다. 그들의 그런 여유는 어디서 오는지 나는 차라리 끔찍한 느낌이

330

들었다.

그 많은 사람들이 운이 좋으면 상에서 먹고, 서서도 먹고, 엉거주춤하고도 먹고, 끊임없이 먹고, 먹은 사람도 또 먹고 또 먹었다.

먹을 수 없는 굳은 떡은 치마폭에 쏟으면 쏟았지 상에 음식을 남겨 내보내는 법이 없었다. 새로 먹으러 들어오는 손님은 있어도 먹었다고 물러나는 손님은 없었다.

신랑의 부모는 무한한 여유가 있는 마술의 방이라도 가진 사람처럼 손님들을 무한정 청해 들이고, 손님들은 손님들대로 무한한 여유가 있는 뱃속을 간직한 사람들처럼 먹고 또 먹었다.

나는 신랑의 누이뻘 되는 소녀에게 이 사람들이 도대체 언제까지 먹다가 갈 거냐고 물었다. 그녀는 태평스레 웃으며 큰잔치니까 이런 법석이 며칠 갈 거라고 했다. 나는 비로소 다섯 가마니의 떡쌀을 믿게 됐다.

그러나 처음 다섯 가마니의 떡쌀 소리를 들었을 때 받은 그 풍요하고 흐뭇한 느낌 대신, 지겨운 궁상이 연상되는 걸 어쩔 수 없었다.

벽 헐고 들여놓은 색시 세간

신랑 어머니의 각별한 배려로 나도 상을 받을 수는 있었지만, 꽤 시장한 속에도 먹을 만한 음식은 없었다. 떡국은 너무 오래 끓어 국물이 꺼룩하고 떡점은 끈적거렸고, 인절미나 경단은 뻣뻣이 굳어 있었고 돼지고기는 덜 삶아서 핏기가 가시지 않은 비곗덩이였다. 그렇지만 나는 그걸 먹을 수 없는 나를 도저히 아니꼬워서 못 참아주겠다는 기분인가 하면, 맛있는 척 억지로 먹어 주는 내 위선과 인내도 아니꼬워서 못 참아 주겠는, 실로 묘한 기분이었다.

신랑 어머니가 시장할 텐데 어서 먹으라고 했다. 딴 사람들도 요새 서울서는 밀가루 섞은 가짜 떡국이나 먹어 봤지 이런 순쌀로 한 진짜 떡국을 어디 가서 먹어 봤겠느냐고 많이 먹고 더 먹으라고 나를 격려 고무했다. 나는 그런 격려에 힘입어 귀한 진짜 떡국을 한 그릇 거뜬히 비웠다.

별안간 밖이 왁자지껄이더니 색시집으로부터 세간살이가 왔다고 야단들이었다. 사람들의 눈이 기대로 빛나고 너도나도 큰길까지 나가 세간살이를 마중했다.

나는 비로소 앞으로 신혼부부가 거처할 건넌방을 들여다보았다. 분홍 꽃무늬 벽지로 도배를 새로 한 한 평 반

정도의 좁은 방이었다. 그런데 삼륜차에 실려 온 장롱은 집채만 했고, 화장대는 또 따로 있었다. 나는 큰일났다 싶은 생각이 났다. 우선 내 키도 약간은 수그려야 들어갈 수 있게 낮은 여닫이문으로 그 장롱이 들어갈 성싶지가 않았다.

그렇다고 아직도 시집 장가 안 들인 아들딸을 한방에 수두룩히 데리고 있는 시부모니, 안방을 내줄 수도 없는 처지였다.

그러나 세간살이를 맞은 시부모나 친척, 동네 사람들은 세간이 크고 번들거리는 것만 좋아서 환성을 지르고 부러워하고 며느리 잘 본다고 칭송도 하느라 도무지 정신들이 없었다. 나 혼자 조마조마 견딜 수가 없었다. 바로 이웃 동네 색시라면서 미리 방 형편을 알아보고 거기 걸맞게 세간을 해 오는 요량도 없다니, 저게 무슨 주책이요, 망신일까 싶어 안절부절을 못했다. 고와 보이던 색시가 별안간 미련퉁이로 보이기까지 했다. 그러나 정작 시부모들은 얼마든지 여유가 있는 마법의 방을 가진 분들같이 태연하고 다만 행복해 보였다.

아니나 다를까 세간은 문을 통과하지 못하고 걸렸다. 누군가가 자못 유쾌한 소리로 문지방을 뜯어내고 옆 기둥도 빼내라고 했다.

쾅쾅 망치 소리가 났다.

한두 잔씩 받아 마신 막걸리에 얼근하게 취한 신랑 어머니가 춤을 덩실덩실 추었다.

장롱을 위해 집을 허는 망치 소리가 흥겹게 울리고 잔치의 흥은 드디어 절정에 달했다.

나는 시골뜨기라고 생각했으나

사람들은 모두 부러운 듯이 한마디씩 했고 곧 삼 동네 사 동네로 이 신나는 소문은 퍼지리라. "아무개네 새며느리는 어찌나 큰 장롱을 해 왔는지 글쎄 한쪽 벽을 헐어 내고 들여놨대" 하고.

나는 저녁때쯤 그 집을 하직했다. 집에다는 하룻밤 자고 오마고 하고 떠난 길이었는데도 그렇게 했다. 신랑 어머니가 그 어려운 나들이해 가지고 하루도 묵어가지 않는 법이 어디 있느냐고 한사코 붙들고 늘어졌다. 나는 시부모 모시고 있는 몸이 어디 그럴 수 있느냐고 능청을 떨었다. 모든 사람이 나를 칭송하고 나를 놓아주었다. 순쌀로만 한 떡도 시어머니께 맛뵈라고 한 보따리 싸 주었다. 너무 많이 싸 주어 십 리를 걸어 나오는 동안 어디다 던져버리고 싶도록 무거웠지만 차부까지 잘 가지고 왔다.

　겨우 막차를 타고 서울의 불빛이 가까워지자 그렇게 반가울 수가 없었다. 버스가 휘황한 도심으로 빨려들자 나는 아침나절 도시를 빠져나가면서 느끼던 것과 똑같은 자유로움을 느꼈다.

　나는 나를 시골뜨기라고 생각하기를 좋아한다. 특히 세련되고 교양 있는 사람 앞에서 느끼는 소원감, 화려한 장소나 사교적인 모임에서 남과 잘 어울리지 못하고 촌닭같이 빙충맞게 구는 것 등이 다 내 뿌리 깊은 시골뜨기성 (性) 때문이라고 생각했었다.

　그렇다고 그걸 부끄럽게 알고 지내 왔다기 보다는 오래 간직하고 싶은 소중한 걸로 알고 지내 왔었다. 그런데 이번에 강화 나들이를 다녀오고 나서는 그런 내 시골뜨기성에 대한 자신마저 없어져 버렸다.

　나는 제대로 된 시골뜨기도 못 되고 딱 바라진 서울뜨기도 못 되고 얼치기쯤 되는가 보다.

1975년

고추와 만추국

고추를 살까 말까 하면서 며칠을 보냈다. 이웃에서 고추를 사서 꼭지를 따고 배를 갈라 말리면서 고추값이 자꾸 오른다고 귀띔을 해준다. 그럴 때의 이웃 여자는 어느 만큼은 의기양양해 있기 일쑤고 이쪽은 초조할밖에 없다. 나도 고추를 사서 꼭지를 따면서 의기양양해지고 싶지만 한창 오르는 통에 샀다가 만약 값이 내리면, 그 고약한 기분은 또 어쩔까 싶어 망설였다. 망설이면서 고추값이 내리기를 기다리는 셈이었다. 그러다가 귓전에 주워들은 뉴스에서 고추가 흉작이라 수입을 해 들인다는 걸 알았다.

"어머머, 그까짓 걸 좀 덜 먹지, 수입을 해. 주식도 아니고 그까짓 거 좀 덜 먹는다고 죽나."

나는 공연히 혼자 화를 냈다. 그러나 나는 그날 오후 고추를, '그까짓 고추를' 사러 나가고 말았다. 한 근에 680원씩 달라고 했다. 추석 전에 500원씩 사서 몇 근 빻아 먹은 일이 있는 나는 너무 많이 오른 것 같아서 이 가게 저

가게 기웃대며, 재채기만 수없이 하고는 그냥 돌아오고 말았다. 설마 더 오를라구, 더 오르면 누가 먹어주나 봐라…… 어쩌구 오기까지 부려 가면서 말이다.

그 오기가 오래 못 갔다. 나는 또 고추를 사러 나갔다. 이번엔 750원 달라고 했다. 나는 오기는커녕 기가 팍 죽어서 고추 장수를 외경(畏敬)으로 우러렀다.

올 1년 내내 나는 그렇게 살았다. 물건값이 오른다는 정보에 어둡고, 오르는 걸 보면 괜히 오기가 나고, 그래서 물가쯤은 초월한 사람처럼 있다가 오른 다음에 가슴 아파하면서, 물가 당국을 원망하면서, 상인을 존경하면서, 오른 값으로 사 먹고, 사 쓰고 살았던 것이다.

나는 매운 먼지가 가득 찬 고추 가게 한 귀퉁이에 초라하니 기대서서 심한 피로감을 느꼈다. 아낙네들이 한 떼가 몰려와 고추값을 묻고, 고추를 만져보고, 비춰보고, 고추 부대 깊숙이 팔을 넣어 밑의 것을 끄집어내 보고 법석을 떤다.

나는 그것을 멍하니 지켜봤다. 구경스러울뿐더러 저 아낙네들 하는 대로만 따라 하면 틀림없을 것 같은 생각이 들어서였다. 드디어 상인과 아낙네들과 흥정이 시작된다. 700원에 하자느니, 750원에서 한 푼도 덜 받을 수 없다느니, 아낙네들은 전투적이고, 상인은 바위처럼 확고부

동하다. 나는 흥미진진한 싸움을 지켜본다. 승부가 판가름 난 다음에 즉시 이긴 쪽에 덤으로 끼어들 비열한 자세로.

그러나 승부는 이상한 방향으로 흐지부지되고 말았다. 한 아낙네가 도매시장으로 가자고, 여기서 두어 정거장만 더 가면 경동시장인데 고추나 채소는 거기가 제일 싸다고 했다. 그럼 그러자고 아낙네들이 우르르 몰려나갔다. 가게 주인은 흥 하고 코웃음을 치면서 붙들려고도 안 했다. 나는 나도 모르게 그 아낙네들 뒤를 따랐다. 나는 그 아낙네들이 전투적이고 싱싱한 게 마음에 들었고 믿음직스러웠다.

나는 버스를 타자고 했으나 아낙네들은 몇 푼이나 싸게 살지도 모르면서 미리 버스부터 탔다가 차비를 어디서 빼려고 그러느냐고 나를 경멸했다. 나는 다시 한번 이 아낙네들을 미더워하며 터덜터덜 뒤따랐다. 도중에 두 군데나 지하철 입구가 그 고혹적인 입을 벌리고 있었지만 우린 걸었다.

경동시장이라는 데는 고추도 많고, 밤도 많고, 더덕이니 고사리니 하는 산채도 많았다. 모든 것이 너무너무 많아서 싸려니 싶은 게 저절로 신이 났다. 그러나 여기서도 근당 700원이라고 했다. 도매상이니까 단 10원도 에누리

338

는 안 된다고 했다. 그래도 아낙네들은 끈덕지게 값을 깎아 690원까지 흥정이 됐다.

나는 속으로 큰 횡재라도 하는 것 같았다. 나 혼자 우리 동네서 사는 것보다 근당 60원이나 싸니 그게 어딘가 싶었다. 열다섯 근을 샀다. 그리고 재빨리 900원은 벌었구나 하고 생각했다. 기분이 좋았다. 좀 더 일찍 샀더라면 9천 원은 벌었으리라는 시시한 생각 같은 건 안 했다.

오는 길에도 버스도 안 타고 지하철도 안 탔다. 이미 그 아낙네들과 뿔뿔이 헤어져 있었지만 순전히 내 자유의사로 그렇게 했다. 내가 번 900원을 축내기가 싫어서 그렇게 했다.

집 근처까지 와서 고추 보따리를 내려놓고 쉬는데 리어카에 국화분을 가득 실은 꽃 장수도 쉬고 있었다. 아니, 쉬고 있다기보다는 거기서 손님을 기다리고 있었다.

"구경하시고 하나 들여가십쇼. 화원보다 싸게 해드립니다. 직접 받아 오는 거니까요."

꽃 장수의 유혹이 싫지 않다. 꽃송이가 잔다란 놈, 탐스러운 놈, 줄기가 곧게 뻗은 놈, 철사를 타고 멋지게 늘어진 놈, 덜 핀 놈, 잔다랗게 꽃봉우리만 진 놈, 그리고 그 여러 가지 빛깔, 나는 눈을 가느스름히 뜨고 마냥 행복해졌다.

"어떤 걸로 들여가실까요."

보다 못한 국화 장수가 나에게 여러 국화분 중 어느 하나를 선택할 것을 일깨워 준다.

이것도 예쁜 것 같고, 저것도 예쁜 것 같고 그래서 어리둥절, 우두망찰을 하고 만다. 그럴 땐 장사꾼한테 골라 달랄밖에 없다.

"아저씨, 어떤 게 좋을까요? 난 노란빛을 좋아하는데, 아니 보랏빛도 좋아해요. 빨강, 참 빨강빛도 아주 좋아해요. 저기 저 흰 국화도 예쁘네요."

이래 놓으니 웬만한 국화 장수라면 나를 그만 상대도 안 할 법한데 이 국화 장수는 그렇지 않다. 콩알같이 작고 단단한 파란 꽃봉오리가 수없이 달린 국화분을 가리키면서,

"아주머니, 이걸로 하십시오. 이건 만추국(晩秋菊)이라고 아주 늦게야 피는 겁니다. 아마 크리스마스 때나 활짝 필걸요. 무슨 빛깔이냐고요? 그건 저도 모르죠. 이렇게 꽃봉우릴 꽉 다물고 있는 걸 어떻게 압니까. 그렇지만 꼭 아주머니가 좋아하는 빛깔로 필 겁니다."

나는 그걸 1500원이나 주고 샀다. 꽃 장수는 친절하게도 집에까지 갖다주고, 물을 너무 자주 주면 일찍 피어 버릴 테니 사흘에 한 번씩만 주라고 일러 줬다.

내가 사 온 고추를 보고 이웃 부인들은 근수를 좀 속

은 것 같다고 했지만 나는 다시 달아 보진 않았다. 나는 그날 꼭 900원을 번 것으로 생각하고 싶었다. 꼭지 따서 잘 말려서 빻다가 항아리에 넣어 놓으니 김장을 반쯤은 한 것 같다. 김장을 해넣고 나면 나의 만추국이 필 테지. 나는 이래저래 흐뭇했다.

한가해진 김에 신문을 뒤적이다 보니 군용차에서 휘발유를 빼돌리다 불이 나서 차와 집을 불태우고 어린이가 셋이나 죽은 사건이 눈에 띈다. 화곡동에서 일어난 일이다. 화곡동이라면 요전에도 보일러공에 의해 어린 3남매가 무참한 죽음을 당한 곳이다. 둘 다 돈 때문이다.

나의 친정어머니도 화곡동에 사신다. 나는 오랜만에 문안 겸 어머니께 전화를 드렸다. 안부 말씀드리고 나서 요새 화곡동에서 끔찍한 불상사가 자주 있으니 밤이나 낮이나 문단속 잘하시라고 여쭈었다. 그랬더니 어머니는 내 말을 어떻게 알아들으셨는지 조금 화를 내시면서 끔찍한 일은 결코 화곡동에서만 난 게 아니라고, 무슨 무슨 사건은 어디서 났고, 어떤 어떤 흉악범은 어디서 어떻게 했고…… 올 1년에 일어난 흉악범의 이름서부터 발생한 장소까지를 놀라운 기억력으로 줄줄 말씀하시는 게 아닌가.

나는 노인네의 이런 주책스러운 기억력에 울컥 혐오

감을 느꼈다. 그래서 어머님 말씀을 듣는 둥 마는 둥 대강대강 전화를 끊었다. 끊고 나서도 영 기분이 안 좋았다. '웩, 웩' 지난 1년을 토해 내고 싶었다. 목구멍에 손가락을 넣고라도 토해 내고 싶었다. 그러나 무슨 재주로 사람이 집어먹은 세월을 다시 토해 낼 수 있단 말인가.

나는 결코 세월을 토해 낼 수는 없으리란 걸, 다만 잊을 수 있을 뿐이란 걸 안다. 내 눈가에 나이테를 하나 남기고 올해는 갈 테고, 올해의 괴로움은 잊혀질 것이다.

나는 내 망년(忘年)을 화려하게 장식하기 위한 만추국을 갖고 있으니 얼마나 다행인가. 뭐, 포인세티아라든가 하는 서투른 서양 이름이 아닌, 이름도 의젓한 만추국이 화려하게 만개할 즈음 나는 내 한 해를 보내고 그리고 잊어버릴 것이다.

1976년

틈

김장을 한 피곤 때문일까. 좀처럼 잠이 오지 않는다. 1천여 장의 탄이 있고 김장까지 해 넣었으니 이만하면 다리 뻗고 잘 만도 한데 말이다.

담배를 몇 대 연거푸 태우던 남편이 먼저 잠이 든다. 나는 그의 거침없이 코 고는 소리를 들으며 고작 1천 장의 연탄과 100포기의 김장을 때맞춰 장만하는 것으로 자족하려 드는 그의 피곤한 소시민성을 측은해 하면서도 미워한다. 나는 돌아누워서 부자가 되는 공상을 요모조모 해 본다. 부자가 되는 공상은 아무리 해도 싫증이 안 나고 할수록 재미가 아기자기하다.

한겨울에도 반소매 차림으로 지낼 수 있는 스팀 난방의 양옥, 현대적인 정갈한 부엌, 일류 음악회의 3천 원짜리 좌석을 예사롭게 예약할 수 있는 소비 생활 등등…… 나는 내 이런 공상이 모피나 보석에까지 도달하기 전에 용케 자제를 한다. 문득 남편이 나에게 줄 수 있는 것과 내가 남편에게 바라고 있는 것과의 엄청난 간극(間隙)이 두려웠기 때문이다. 이래서 초겨울 밤은 실제의 기온보다 조금쯤 더 춥다.

큰딸이 예비고사를 치르던 날이었던가. 한 친구가 어느 대학에 보낼 거냐고 전화를 걸어왔다.

"아마 S대를 보낼 것 같아. 본인의 뜻도 그렇고 학교에서도 그렇게 하라니까."

나는 대수롭지 않은 듯 대꾸하면서도 좀 자랑스러운 마음이 없지 않아 있었다. 그러나 뜻밖에 친구는,

"계집애가 S대를 나와서 뭘 하니? 기껏 중학교 선생" 하고 얕잡지 않는가.

"본인이 졸업 후 직업을 가질 것을 원하니까 교사직도 나쁠 거야 없지 않아?"

"그야 여자니까 교사직도 나쁠 것도 없겠지. 그렇지만 조금만 긴 안목으로 보면 문제가 심각해지고 말걸. 결혼 문제를 생각해 봐. 자연히 직장에서 끼리끼리 만나게 마련이야. 그래 딸을 죽도록 키워서 고작 선생 사위를 볼 참이야?"

이어서 친구는 고관이라든가 재벌의 부인을 많이 배출한다는 몇몇 대학의 이름까지 일러 주는 친절도 잊지

않는다.

그러나 나는 어떤 놀라움으로 말문이 막혀 버리고 말아, 변변히 대꾸도 못하고 통화를 끝냈다. 내가 어느 틈에 사위 볼 걱정까지 할 나이가 되었나 하는 놀라움보다 훨씬 더한 경악, 그것은 내 친구의 교사직에 대한 노골적인 비하의 말투였다.

나는 여태껏 이 세상에서 가장 고마운 분으로 선생님을 첫손으로 꼽는 터였고, 그들의 박봉이 마치 내 죄처럼 죄송했고, 그들이야말로 우리 사회의 최후의 양심이라고 여기고 있었고, 내가 아직까지 한 번도 저주나 경멸의 대상으로 삼아 본 적이 없는 직장이 있다면 그것이 바로 교사직이었기 때문이다. 이런 내 신념은 확고한 것이었을 터인데 딸의 장래와 결부되고 나니 어쩐지 쉽사리 동요와 곤혹(困惑)을 겪는다.

'기껏 교사' '고작 선생'을 좀처럼 귓전에서 떨구지 못한다. 드디어 나는 내 곤혹을 혼자 처리하지 못하고 딸에게 떠듬떠듬 의논을 하는 척, 어느 틈에 시집 잘 가는 대학 쪽으로 딸을 꾄다.

"엄마도 참……"

딸은 흘긋 한 번 쳐다보고 전연 대꾸가 없다. 그러나 나는 그 일별에서 재빨리 딸의 어미에 대한 모멸을 본다.

딸에 대해 나는 무얼까? 타락한 기성세대? 뭐 그렇게 대단한 이름을 붙일 것까지야, 탐욕한 노파쯤이 아닐까? 나는 내 딸에겐지 내 친구에겐지 이 세상에겐지 대상이 분명치 않은 노여움이 왈칵 솟구침을 느낀다.

남북의 첫만남이 신문에서 크게 천연색으로 나던 날이다.

"엄마, 이북 사람도 신사복 입었어!"

"엄마, 넥타이도 맸네, 이발도 하고!"

"엄마, 엄마, 이북에도 카메라에 시계가 있나 봐."

"엄마, 이북 사람도 웃는데."

반공 교육을 철저히 받은 국민학생인 내 아들의 놀라움이다. 맙소사, 25년은 정말 너무도 길었나 보다. 만일 이북 어린이가 같은 사진을 봤다면 뭐라 했을까.

"엄마, 이남 사람 머리에 왜 뿔이 없지?"

혹 이러지나 않았을까.

이제 최초의 무분별한 흥분이나 과도한 기대는 많이 가셨지만, 그래도 국민들의 꾸준한 주시 속에서 남북 예비 회담은 좁다란 테이블을 사이에 두고, 때로는 테이블을 넘어 악수를 하며, 가끔 맛있는 음식까지 나누며 진행하고 있다. 그러나 과연 그들의 만면의 미소가 더듬는 것이 인간의 선의, 혈연에의 그리움뿐일까. 혹은 '뿔'을 더듬고 있지나 않을까. 어떻게든 '뿔'을 찾아내 그들의 어린이들에게 쳐들어 보이고자 함은 아닐까. 자못 다정하게 활짝 웃으며 마주 앉은 좁다란 테이블이 문득 천리만큼 멀어 보임은 나 또한 그들의 독한 '뿔'에 다친 20년 전을 어제런 듯 잊지 못하기 때문일 것이다.

나는 요즈음 같은 초겨울이 싫다. 한자리 속에서 체온을 맞댄 부부 사이의 간극, 제 속으로 낳은 자식과의 간극, 내가 속한 사회의 사고와 내 사고와의 간극, 친구와의, 동포와의 간극을 어쩔 수 없이 의식하게 되는, 그래서 몸보다 마음이 먼저 추워 오는 계절이기 때문이다.

1971년

겨울 방학 때마다 나는
기차 타고 임진강을 건너
고향인 개성으로 내려갔었더랬다.
이맘때는 임진강 위에 집채만 한 또는
멍석만 하거나 방석만 한 성엣장이
둥둥 떠다닐 때다.

아아 나는 그 백색의 유빙(遊氷) 들이
지금도 있는지, 그게 보고 싶은 것이다.

내 생전에 다시 임진강을 건너
고향에 가 볼 날이 있을까.

「겨울 산책」

노인

벌써 10여 년 전쯤부터 아파트 생활에 익숙해진 한 친구는 늘 우리 동네를 부러워했었다. 아파트가 편하긴 다 편해서 좋은데 이웃끼리 통 사귀지를 않고 산다는 거였다. 그때만 해도 우리 동네는 한옥이 밀집한 고풍스러운 동네였고 이웃 간에 친목이 대단했었다.

리어카 장수나 광주리 장수한테 물건을 흥정해 놓고 좀 싼 듯하면 골목 안 사람들을 다 불러서 아주 떨이를 해 버림으로써 장수는 다 팔아서 좋고 이웃은 싼거리해서 좋은, '좋은 일'하기를 저마다의 의무로 알았고, 어느 이웃이 어느 장수한테 속았다든가 바가지를 썼다든가 하면 골목 안 식구들이 일제히 그 장수를 배척해서 다신 우리 동네에 발을 못 들여놓게 했다. 돌떡이나 고사떡 나누어 먹기, 김장이나 큰일 때 서로 돕기는 당연한 예절이었고, 집집마다 대개 노인네를 모시고 있어 노인네의 생신 때는 골목 안 노인네들을 다 청해다가 며느리, 딸들이 극진히 모시고 갖은 솜씨를 다한 음식 자랑도 했었다.

내가 처음 이 동네로 이사 왔을 때만 해도 꼭 시골 인심 비슷한 골목 안 인심에 흔연히 동화됐다기보다는 적이 당혹했었다는 쪽이 옳겠다. 개인 생활을 침해받는 것 같아 불쾌한 느낌조차 들었다. 가을철 고추 같은 것도 미리 물어보지도 않고 뉘 집에서든지 100근 200근짜리를 부대째로 사서 마당에 쏟아 놓고는 집집이 다니며 사람을 불러 모아서는 나누어 사자는 데는 뾰지게 싫달 수도 없고, 당장 돈이 없다고 발뺌을 하면 돈을 꾸어 주겠다는 사람까지 나서니 기가 찰 노릇이었다. 참, 할 일도 없으려니와 오지랖도 넓지 하며 속으로 혀를 차면 찼지 안 살 수가 없었다. 지금 생각하면 그게 요새 한창 유행하는 공동 구입이 아닌가 싶다. 내 친구가 이런 우리 동네를 부러워하는 소리를 할 때마다 나는 그냥 웃었지만 속으론 친구의 아파트 살림을 부러워하지 않았던가 싶다.

그러나 우리 동네도 이젠 많이 변했다. 골목 안에서 우리가 제일 고참이 되었고, 한옥 사이 드문드문 양옥이 들어서게 되었고, 이웃 간에 왕래가 끊긴 지 오래다. 이제 와서 문득 지난날의 인심에 그리움 같은 걸 느끼며 우리가 제일 고참인 점으로 미루어 우리 골목 안의 아름다운 전통이 우리로부터 끊긴 게 아닌가 하는 자책감조차 없지 않아 있다.

그렇지만 우리 골목의 변모야말로 근래 10여 년간의 우리 사회의 급속한 근대화가 가져온 수많은 변모의 한 전형일 따름일 것이다. 우선 집이 팔리면 새로 산 사람이 멀쩡한 한옥을 철거한다. 아직도 몇십 년을 더 버틸 수 있는 굴도리에 재목이 좋은 한옥이 헐려서 시골로 내려간다. 시골 사람은 이런 한옥을 사다가 그대로 조립하는 식으로 지으면 건축비가 훨씬 덜 든다는 거였다. 철거가 끝나면 철근에 벽돌에 시멘트가 쌓이고 땅을 판다. 양옥의 기초 공사가 시작되는 것이다. 이맘때쯤 으레 맞붙은 한옥 주인과 싸움이 붙는다. 지하실을 너무 깊이 파서 집이 기울고 있다든가, 담을 몇 센티미터쯤 내쌓았다든가 하는 일로. 집이 완공될 임시도 또 싸운다. 2층에서 남의 집 안방이 들여다보이니 될 말이냐, 보여도 안 내다보면 될 게 아니냐 하고 어린애들처럼 싸운다. 그러나 이런 싸움의 결과란 으레 새 양옥집 주인의 승리다. 이렇게 생긴 양옥은 우선 대문이 어마어마하고 담엔 쇠꼬챙이가 솟고, 차는 있건 없건 셔터 내린 차고까지 있어 이웃의 한옥하곤 사뭇 단수가 달라 뵈고 사람까지 달라 봬서 상종들을 안 하려 든다.

설사 새로 이사 온 이가 한옥을 헐지 않고 그대로 사

는 경우도 대개는 수리를 하는데 그 수리라는 게 또 대단하다. 방을 추녀 밑으로 또는 집과 집 사이로 내늘리고, 그러자니 자연히 이웃과 또 입씨름이 붙게 된다. 한옥도 번들번들 타일이 빛나는 벽이 추녀 끝까지 나와 있고 담에 쇠꼬챙이가 솟고 보니 한옥인지 양옥 인지 분간을 못하게 된다. 반양옥이라고나 할까. 한 골목 안에 한옥·양옥·반양옥이 번갈아 가며 서 있고 서로 그것을 신분의 차이처럼 의식하고 있고, 서로 적의조차 품고 있는 듯이 보인다. 나는 가끔 내가 돈이 한 푼도 없는 날, 100원이나 500원쯤이 급하게 필요한 일이 생기면 어쩌나 하는 생각을 한다. 돈은커녕 광주리 하나 빌릴 만한 이웃이 없다. 그래도 나는 자주 밖에 나가 사람들과 접촉하게 되고 심심할 땐 친구들과 전화도 할 수 있고 책도 읽고 함으로써 별로 외로움을 모르고 살지만, 모시고 있는 시어머님의 경우는 이웃과의 단절의 문제가 사뭇 심각하다. 심심하면 마을 갔다 오마고 나가시고, 한 바퀴 돌아오시면 동네의 잘다란 소식은 다 모아들이던 어른이 요 몇 년째 가실 데가 없는 것이다. 쇠꼬챙이가 삼엄한 담장, 사나운 개, 인터폰을 통과할 일도 난감하려니와 완강하게 닫힌 사람의 마음의 문을 열 일은 더욱 난관인 것이다.

앞에서 고물고물 말 상대가 돼 주던 손자들은 다 자라

아침 일찍 학교에 가면, 늦게나 돌아와 제각기 제 일이 있고 보니 할머니하고 오순도순 대화할 시간이 없다. 서로 왕래하던 친척의 노인네들도 대부분 별세하시고, 젊은이들은 노인을 찾아뵙는 예절쯤 생략하고 사는지 오래다. 그래 그런지, 원체가 팔십 고령이라 그러신지, 요새 우리 시어머님 대화에서는 많은 단어를 잊어버리고 극히 제한된 단어밖에 구사할 줄 모른다. '춥다' '덥다'라든가 '배고프다' '맛있다' '맛없다'라든가 하는, 감각과 본능의 욕구에 필요한 범위 내로 점점 협소해지고 있다. 가끔 우뚝 솟은 2층 집을 바라보면서 "저놈의 집엔 늙은이도 없나" 하시더니 요샌 그런 소리도 안 하신다. 누웠다 앉았다 장독 뚜껑을 열어 봤다 하시며 무슨 생각을 하고 계실까. 사고의 범위까지가, 구사할 수 있는 단어의 범위 내로 제한되는 걸까. 그렇다면 80년을 산 긴긴 사연은 뇌의 어느 깊은 주름살 속에 영영 사장되고 만 셈인가. 측은하고 서글프다.

내 남편을 낳아 길러주었고, 내 자식을 같이 사랑하고, 같이 병상을 보살피고, 같이 재롱에 웃던 분의 쓸쓸한 노년에 내가 할 수 있는 일이 그저 한 가닥 연민뿐이니 그것 또한 서글프다.

1978년

우리 동네

우리 집으로 들어오는 골목 어귀엔 리어카 위에 흰 포
장을 친 '뻥튀기' 장수가 있다. 온종일 뻥튀기를 뻥뻥 튀
긴다. 흰 포장에는 서투른 글씨로 '한국 팽창식품 주식회
사'라고 씌어 있다. 처음엔 선명한 검은 글씨였는데 흰 포
장이 때 묻은 것과 함께 부연 글씨로 퇴색했다. 그만큼 이
회사에 연륜이 쌓인 셈이다. 그러니까 뻥튀기 장수는 사
장님이다. 우리 골목의 주인공 중 제일 지위가 높다. 아니
지 참, 제일은 아니다. 또 한 분 사장님이 계시다. 그 사장
은 까만 승용차를 갖고 있다. 차고가 따로 없는 그 까만
승용차는 뻥튀기 리어카 옆이 주차장이다. 차고뿐 아니라
이 사장님은 집도 없다. 우리 골목에서 제일 큰 양옥에 월
세로 방 한 칸을 얻어들고 있다. 집뿐 아니라 사무실도 공
장도 없는 그냥 사장님이란다. 그래도 아주 그럴듯한 회
사 이름을 갖고 있는데 간판을 걸 데가 없어서 명함에만
박아 가지고 다닌단다. 이 승용차만 있는 사장님은 매일

다방으로 출근을 한단다. 이렇게 우리 골목에는 사장님이 두 분, 그리고 아마 전무나 상무도 몇 분 있을 테고 공무원도 교사도 있고 장사꾼도 있다.

본래는 제법 고래등 같은 기와집만 있는 동네였는데 요즈막에 이런 한옥이 드문드문 헐리고 2층 3층 양옥이 들어서는 바람에 그만 고래등 같은 기와집이 게딱지처럼 초라해지고 말았다. 양옥집에 사는 사람은 2층에서 남의 기와집 속 안방까지 들여다볼 수 있고, 그래서 기와집에 사는 사람은 신경질을 있는 대로 내면서 언제고 한번 돈을 왕창 벌어서 기와집을 헐어 버리고 슬래브 양옥집을 짓고 말겠다고 이를 간다.

이런 우리 동네의 서쪽은 산이다. 본래는 산이었지만 지금은 빈틈없이 집이 다닥다닥 붙어 있으니 산동네다. 이 산동네가 또 재미있다. 루핑이나 함석을 덮은 판잣집이 대부분이었는데 요새는 붉은 벽돌의 2층 연립주택이 많이 생겼다. 그러나 아직도 골목은 미로처럼 좁고 꼬불탕꼬불탕하고 연립주택 그늘엔 판잣집이 그대로 남아 있다. 이 주택은 시에서 시멘트랑 벽돌을 거저 줘서 지었다고 하는데 그런 혜택이 누구에겐 가고 누구에겐 안 가는지 그것까지는 자세히 모르겠다. 아무튼 연립주택 때문에 판잣집들이 한층 초라해 보일 뿐이다. 초라해 보일 뿐 아니라 당장 안정도가 의심되는 위험 건물이 많다. 그런데도 서너 집 건너마다 텔레비전 안테나가 높이 솟아 있다. 축대가 손가락이 드나들 만큼 금이 간 채 허물어져 가고, 지붕의 루핑은 누더기처럼 해진 집 속에도 텔레비전은 있는 것이다.

이 산동네에 올라서면 이 산동네의 품에 삼태기에 담긴 듯이 안긴 우리 동네가 한눈에 들어온다. 원래는 고래등 같은 기와집의 아름다운 동네였다. 그러나 지금은 우뚝 솟은 양옥 사이에서 이 빠진 자국처럼 밉다. 엉터리 사장님들의 허풍까지를 포함한 이런저런 추(醜)함들이 바로 우리의 근대화의 한 단면일는지도 모르겠다.

내 어린 날의 설날, 그 훈훈한 삶

우리는 많은 것을 잃고 있다

내 어린 시절의 시골집 안방은 늘 부숭부숭하고 훈훈했지만 구들목이 직접 뜨끈뜨끈하게 달아오르는 일은 좀체 없었다.

그런 구들목이 1년에 딱 한 번 버선발도 못 대게 달아오르는 날이 있다. 섣달그믐께 엿을 고는 날이었다.

어머니와 숙모님이 청솔가지를 밤새도록 지피면서 큰 가마솥의 엿물을 졸인다. 엿이 다 고아질 동안이란 아이들이 기다리기엔 너무도 긴 동안이다. 아이들은 부엌을 들락날락 보시기나 탕기에 엿물을 얻어다가 그 단맛을 미리 즐긴다.

그 시절의 시골 아이들에게 단맛처럼 감질나는 맛은 없었다.

엿물을 얻으러 나갈 때마다 몇 밤 자면 설날이냐고 묻

는다. 어머니는 귀찮은 듯이 손가락을 세 개쯤 펴 보인다. 엿물을 핥으며 어머니 흉내를 내, 손가락 세 개를 펴 보면 그렇게 많아 보일 수가 없다. 한꺼번에 자고 깨고 싶다.

엿이 다 고아지기 전에 우선 큰 항아리로 하나를 퍼낸다. 그게 조청이다. 개성 사람들은 특히 조청을 많이 한다. 서울 사람처럼 인절미에 찍어 먹기 위해서가 아니다. 찹쌀가루를 많이 장만해 놓았다가 손님이 오시면 즉석에서 경단을 빚어 펄펄 끓는 물에 익혀 내가지고 아무 고물도 묻히지 않고 그대로 조청에다 묻혀낸다.

군맛이 전혀 없이 달게 잘 고아진 수수엿에다 굴려 낸 찹쌀 경단의, 어린 혓바닥이 녹아버릴 것 같은 감미는 설의 미각의 추억 중에서 으뜸가는 추억이다.

다 고아진 엿은 그대로 반대기를 만들어 보관하기도 하지만 절반 이상은 강정을 만든다. 미리 마련해 놓은 밥풀 튀긴 것, 콩 볶은 것, 땅콩 깐 것을 엿과 버무려 반대기를 만든다. 모양은 둥글둥글하고 두툼하고 푸짐하다. 집의 아이들의 주전부리거리와 세배 오는 친척 아이들의 세찬 상을 위한 거다.

그러나 점잖은 손님용은 좀 다르다. 흰깨와 흑임자를 따로 볶아 강정을 만드는데 콩가루를 묻혀 가며 얇게 밀어 마름모꼴로 썰어 낸다. 달고 고소하고 품위도 있다. 이렇게 만든 강정은 큰 독 속에다 간수했던 것으로 기억된다.

몰래 훔쳐 먹을 궁리를 하며 바라다본 큰 독은 어른 한 길도 넘게 커 보여 어린 마음에 슬픈 절망을 맛보았지만, 사촌들하고 무동이라도 타고 훔쳐낼 작정으로 막상 큰 독을 공격해 보니 우리의 한 길도 안 되는 게 생각할수록 이상했던 생각도 난다.

어린 마음에 또 하나 이상했던 건 설날 먹는 떡국이 우리 집 떡국하고 동넷집 떡국하고 다른 거였다.

개성 떡국은 조랑떡이라고 해서 서울 떡국처럼 가래떡을 썬 게 아니고, 잘 친 흰떡을 더울 때 가늘게 밀어 허리를 잘룩하게 누르고 잘라낸 것이 꼭 누에고치를 축소해 놓은 것 같았다.

우리는 대대로 내려오는 개성 토박이가 아니라 할아버지가 유년 시대에 개성으로 이주한 얼치기 개성 사람이었다는데 할아버지는 무엇 때문인지 매사에 당신이 서울 사람이란 티를 내지 못해 했다. 그래서 남들이 다 하는 조랑떡을 못하게 하고 꼭 가래떡을 하게 했다.

그렇지 않아도 어린 눈에 남의 떡은 커 보이게 마련이라, 그 조랑떡이란 게 굉장히 맛있어 보이다가도 동네집에 세배 가서 얻어먹어 보면 집의 떡국 맛과 별로 다르지 않아 실망하기도 했었다. 세배 가면 으레 세찬상이라고

설음식을 고루 갖춘 상이 나왔지만 세뱃돈을 주는 일은
없었다. 우리 집은 개성 시내에서 이십여 리나 떨어진 벽
촌이어서 가게라는 게 없었고 따라서 나는 여덟 살 때 서
울 오기까지 돈을 몇 번 보긴 보았지만 그 씀씀이에 대해
아무것도 알고 있질 못했다.

정월 초사흘만 지나면 할머니 어머니들은 세배 손님
치르기에서 어느 정도 해방된다. 비로소 어머니들의 나들
이할 차례가 돌아온 것이다.

어머니들이 제일 먼저 가는 나들이는 무당집 나들이
였다. 혼자 가는 게 아니라 동네 아낙네들이 거의 함께 몰
켜서 간다. 정초에 가는 무꾸리를 샛무꾸리라고 했는데
아마 새해 무꾸리의 준말일 것이다.

개성엔 무당집과 무당들이 받드는 제신(諸神)이 함께
모여 사는 덕물산이라는 무속의 본산(本山)이 있다. 그 덕
물산으로 무꾸리를 가는 것이다.

지금도 눈에 선하다. 무명에 분홍, 옥색, 남색 등 소박
한 빛깔의 물을 들여 솜을 둥덩산처럼 둔 바지저고리 설
빔을 한 아녀석들이 얼어붙은 논바닥에서 팽이를 치는 황
량한 겨울 들판을 가로질러, 무꾸리 가는 흰옷 입은 아낙
네들의 모습이.

내 기억으론 그 시절의 그쪽 아낙네들은 아무리 설이

라도 울긋불긋한 옷을 입은 것 같지 않다. 새댁이면 또 몰라도 서른만 넘으면 흰색 아니면 옥색의 무명옷에 뻣뻣하게 풀을 먹여서 뻗쳐 입었다.

무꾸리 가는 아낙네들은 양손을 행주치마 밑에 넣고 머리엔 한두 되가량의 곡식 자루를 이고 간다. 개성 여자들은 뭐든지 머리에 이길 잘한다.

여름에 길 가다 발이 답답하면 버선을 훌떡 벗어서 반절로 접어 머리에 이고 양손을 휘두르며 간다. 물동이는 물론, 볏단, 나뭇짐, 곡식, 과일 등 장정 남자가 지게로 져도, 끙하고 한번 안간힘을 써야 일어설 분량을 너끈히 이고도 오히려 고개와 양손은 자유롭다. 손으로 머리에 인 것을 잡는 법이 없다. 고개를 자유자재로 휘둘러 구경할 것 다 한다. 그러니 한두 되 정도의 곡식을 인 아낙네들의 걸음걸이는 날아갈 듯할밖에, 그러나 절대로 서두르지 않는다. 해방감을 만끽하며 이야기를 즐기며 간다. 이야기는 무당집 안방에서도 계속된다. 무당집 안방이야말로 그 고장 아낙네들의 광장이다.

자기 차례를 기다리지도, 서두르지도 않아도 자기 차례는 돌아오고 차례가 되면 가져온 곡식을 놓고 무꾸리를 한다. 시조부모님, 시부모님, 남편, 시동생, 시누이, 아들딸 차례차례 하나도 안 빼먹고 생월생시 하나 안 잊어먹고,

고루 신령님께 여쭈어본다.

　누가 출세할 것도, 일류학교에 들어갈 것도, 큰돈 벌 것도 바라지 않는다. 다만 식구들 몸이나 성할까, 언제 시누이 시집갈까, 궁금한 건 그 정도다. 다 보고 나서도 가지 않는다. 구들장은 따습고 이야기는 무궁무진하다.

　점심때가 되면 무당집에선 단골들을 위해 떡 벌어진 점심상을 차려 낸다. 엄마 치마꼬리에 묻어가서 얻어먹은 무당집 조랑떡국처럼 맛난 설음식을 어디서 다시 먹어보랴.

청솔가지가 탁탁 기분 좋은 소리를 내며
탈 때의 활기찬 불꽃과
향긋한 송진 냄새는
내 향수의 가장 강력한 구심점이다.

낙엽과 청솔가지는
구들을 뜨끈뜨끈하게 데워 줬을 뿐 아니라
좋은 화롯불이 되었다.
밥을 뜸들이고 나서 붉은빛이 도는 재를
질화로에 퍼 담고 꼭꼭 누르고,
가운데는 둥근 불돌로 재차 눌러놓으면
그 불이 온종일 갔다.

「내가 잃은 동산」

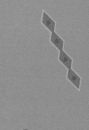

내가 싫어하는 여자

    나는 살림을 잘하는 여자를 좋아하지만 지나치게 잘 하는 여자는 안 좋아한다. 이를테면 깨끗한 걸 너무 좋아 해 쓸고 닦고 털고 닦고 온종일 그 짓만 하고, 밤엔 몸살 을 앓는 여자를 보면 딱하다 못해 싫은 생각이 든다.

    앉은 자리와 둘레가 깨끗하다는 건 참 기분 좋은 일이 지만 깨끗한 게 지나치면 오히려 불안하다. 남이 불안할 만큼 비와 걸레를 들고 다니며 앉은 자리에서 조금만 움 직이면 그 자리를 훔치고 머리카락도 집어내고 하면 불 안해서 그 집에서 쉴 마음이 안 난다. 집에 들어가면 내 집이건 남의 집이건 우선 몸과 마음이 편하고 싶다. 깨끗 한 것도 좋지만 남이 불편하고 불안해할 만큼 깨끗한 것 에만 상성인 여자는 딱 질색이다. 비질·걸레질 따위가 다 여자의 보람이 될 수 있는 건 비질·걸레질로 집 안이 깨 끗해지면 가족이나 방문객이 기분이 좋아지고 편해지기 때문일 게다. 그러니까 비질·걸레질로도 남을 행복하게 할 수 있기 때문일 게다. 그러니까 그렇지 못한 비질·걸레질은 마멸(磨滅)에 이바지할밖에 없는 그냥 비질·걸레질일 수밖에 없으니 아무리 여자라도 뭐 섬길 게 없어서 허구한 날, 아니 일생을 비질·걸레질 따위나 섬기고 사느냐 말이다.

또 내가 안 좋아하는 살림 잘하는 여자 중에 너무 알뜰한 여자가 있다. 한 푼에 바들바들 떨며 가계부에 흑자를 내고, 비밀스런 자기의 예금 통장이 있고, 옷은 어느 시장이 싸고, 과일은 어디가 싸고, 생선은 어디가 싼가에 틀림이 없고 박식해서 동네 구멍가게에서는 하다못해 알사탕 한 봉지 안 사는 것까지도 좋다. 그런 여자를 보면 믿음직스럽고 의지하고 싶기조차 하다. 내남 없이 사람 사는 게 아슬아슬하고 곡예처럼 느껴져, 사는 데 무서움증을 느끼다가도 그런 여자를 보면 우리의 삶이 딛고 선 든든한 주춧돌같이 느껴져 안심스럽다.

그런데 그런 여자가 어느 날 느닷없이 의기양양해지면서 제 자랑을 늘어놓는다.

"글쎄, 어젯밤에 내가 요 앞 구멍가겟집 설탕을 몽땅 도리했다우. 구멍가게라면 비싸다고 두부 한 모 안 사던 여편네가 웬일이냐구요? 호호 모르는 소리 말아요. 때로는 구멍가게가 엄청나게 쌀 적도 있다구요. 글쎄 그 구멍가겟집 멍청이 영감이 밤에 갑자기 설탕값이 50퍼센트나 오른 것도 모르고 졸고 앉았길래 내가 시침 뚝 떼고 몽땅 사 버린 거라고요? 어때요? 내 수지 맞추는 솜씨가."

이렇게 되면 등골에 한기가 돌면서 그 여자가 싫어진다. 알뜰한 건 미덕이지만, 수단 방법 안 가리고 알뜰한 건 악덕에 속할 것 같다.

전화나 서신으로 결혼의 청첩을 받고 축의금 때문에 안달을 떠는 여자는 참 귀엽다. 몇백 원이라도 돈을 덜 들여 보려고 요리조리 궁리 끝에 손수 귀여운 선물을 마련하는 여자는 더욱 귀엽다. 그러나 청첩장을 받고, 부잣집에서 온 거면 허둥지둥 분수에 넘치는 축의금을 마련하고, 권세 있는 집에서 온 거면 감지덕지 허공에다 대고 굽실대기까지 하며 더더욱 엄청난 축의금을 마련하고 가난한 집에서 온 거면 우선 "가정 의례 준칙도 모르나, 요새 세상에 청첩장은 무슨 놈의 청첩장" 하고 눈살부터 찌푸리고 나서 갈까 말까를 망설이고 요행 갈까로 낙찰을 본후에도 약소한 축의금을 그것도 발발 떨며 마련하는 여자는 참 보기 싫다. 여자들까지 부익부 빈익빈에 알뜰하게 이바지할 게 뭐냐 말이다.

친구들끼리 모인 자리에서 자기 남편 자랑을 하는 여자는 그래도 어느 만큼은 귀엽지만 자기 남편 얘기를 최고급의 존대말을 써서 하는 여자는 싫다.

"얘, 이거 우리 아빠가 미국 들어가 계실 때 부쳐 주신 거란다. 원체 눈이 높으셔서 물건 고르시는 데는 뭐 있으시다구. 요새 나와 계셔서 모시고 있으려니 옷 입는 것까지 신경이 써져서 큰 시집살이란다."

친정아버지 얘긴가 하면 그게 아니라 자기 남편 얘기다. 듣기 싫다 못해 구역질이 난다. 이런 여자일수록 꼭 미국이나 구라파로 들어간다 하고 한국으로 나온다고 한다. 어디가 외국이고 어디가 모국인지 얼떨떨해진다.

낮에 한참 바쁜 시간에 대문을 흔들어 나가 보면 두어 명 혹은 서너 명의 복장도 단정한 여자들이 친한 친구처럼 반색을 하며 잠깐 시간을 내달란다. 어정쩡해하는 사이에 주인보다 먼저 안으로 들어서는 예수를 믿으라고 권한다. 말세(末世)의 징후를 하나하나 열거하고 지금이 바로 그 말센데 곧 심판의 날이 올 테고 예수를 믿는 사람만이 구원을 받아 죽음도 고통도 없는 세상을 살게 되리란다. 죽은 후의 천당을 말하는 게 아니라 이 세상에서 곧 그런 일이 일어난다는 것이다. 그리고는 얄팍한 책을 내놓고 사라고 한다. 거기 모든 궁금증을 풀어 주는 해답이 있단다. 이런 여자들 끈덕지기가 보통 서적 외판원 뺨칠 정도다. 남의 시간 같은 건 아랑곳도 안 한다. 그런 여자들

이야 영생을 누릴 테니 시간 같은 건 안 아깝겠지만 난 그
렇지 못하기에 그런 여자들이 지껄이는 소리를 듣고 있는
시간을 참을 수 없다. 가만히 보면 그런 여자들은 매일 그
러고 다니고 있으니 집안 꼴은 뭐가 될까 딱하기도 하다.

난 불교고 예수교고 믿는 사람을 좋아하지만 광신자
는 싫다. 무당집 단골보다 더 싫다. 그런데 무당집 단골 중
에도 광신자 중에도 여자가 단연 많은 게 좀 속상하다.

1976년

여자와 남자

    몇 년 전 어느 잡지사의 요청으로 명동의 환락가를 순례한 적이 있다.

    맥주 홀, 고고 클럽, 주간 다실, 야간 살롱, 대폿집, 볼링장 등 주로 젊은이들이 많이 모이는 곳을 다녀 보고 나서 여성 전용 다실이란 데를 가 보았다(이 여성 전용 다실은 그 후 곧 폐업당했다).

    소문에 의하면 그 다방에선 주로 여자 재수생들이 모여서 끽연을 즐긴다는 것이었다. 과연 남자는 한 명도 없었고 배지는 안 달았지만 차림은 여대생인 아가씨들 판이었다. 들어가긴 들어갔지만 나의 연령이나 복장이 그들과 너무 안 어울려 나는 몸둘 바를 몰랐다. 그렇지만 늙었어도 여잔 여잔데 저희들이 설마 내쫓기야 할라구 하는 배짱으로 나는 자리를 잡고 커피를 시켰다.

    장내를 휘둘러보니 여자애들이 내던져진 것처럼 아무렇게나 앉았고 한쪽 벽엔 알랭 들롱의 패널 사진이 똑

같은 게 여남은 데나 걸려 있는 게 이 금남의 집에 특이한 외설스러운 분위기를 조성하고 있었다.

소문대로 담배를 피는 여자애도 있었지만, 내가 놀란 건 끽연보다는 차라리 그 비할 데 없는 방종스러운 분위기였다. 나는 그날 별의별 환락장을 다 기웃대 봤으므로, 남자 여자가 어울린 방종의 모습은 지겹도록 구경했던 터였다.

그러나 이 금남의 집에서 여자들끼리만의 방종스러움에 비하면 아무것도 아니었다. 한마디로 치마끈을 풀어 놓은 여자들처럼 게게 풀린 모습으로 함부로 뒤섞여 야한 소리를 주고받고 몸가짐을 한껏 망측스럽고 버르장머리 없이 뒹굴리고 있었다.

나는 화장실이 아닌 모든 곳에서 남자와 여자가 자연스럽게 섞여 있는 모습을 좋아하고 또 그게 마땅하다고 생각한다. 사람은 늙으나 젊으나, 주위에 이성의 눈을 의식하는 게 사는 즐거움도 되지만, 이성의 눈이 견제의 역할까지 함으로써 인간이 지킬 최소한의 예절이랄까 절도랄까를 지키면서 살게 되는 게 아닐는지.

곧 바캉스 시즌이 된다.

이럴 때 우리 어버이들은 장성한 딸이 여자 친구끼리만 여행을 떠난다면 안심을 하고 남자가 섞인다면 펄쩍 뛰는 경향이 있는데 외견상의 문제로 쉽사리 안심도 근심도 하지 말 것이다. 안심하고 귀한 딸자식 치마끈 풀러 내놓고 있는지도 모르지 않는가?

1975년

여자와 춤

나 같은 사람이 야외에 나가면 밥 지어 먹고 나서 하는 게 남 노는 것 구경하는 게 고작이다. 요새 젊은 사람들이 추는 춤은 거의 고고(GoGo)다.

보고 있으면 고고처럼 편한 춤도 없을 것 같다. 그저 몸의 아무 곳이나 흔들고 있으면 고고로 알아주니 말이다.

아마 허리가 아프거나 등에 물것이 들어서 몸을 비틀어도, 저만치서 노는 패거리 눈꼴이 사나워서 주먹질이나 발길질 시늉을 해도 고고로 알아줄 거다.

손발의 처리는 아무렇게나 하고 엉덩이와 아랫배만을 파도치는 것처럼 격렬하게 흔드는 고고가 있는가 하면 손끝 발끝 머리끝의 신경이 살아서 섬세한 경련을 일으키는 것같이 추는 고고도 있고, 무르팍만을 사시나무 떨듯 추는 고고도 있다.

얼굴이 각양각색인 것만큼 추는 모습도 각양각색이다. 그런대로 보고 있으면 즐겁다.

젊고 건강한 육체라면 으레 갖고 있을 춤추고 싶다는 욕구가 격식에 구애되지 않고 자연스럽게 발로된 춤이 야외에서의 고고가 아닌가 싶다.

여기서 굳이 야외에서의 고고라고 못 박은 건 어두운 고고클럽 같은 데서 밀집해서 기를 쓰고 추는 고고와 밝은 야외에서의 고고는 그 양상이 사뭇 다르기 때문이다.

딸들이 수학여행을 갔다 왔다던가, 친구끼리 놀러 갔다 와서 고고를 춘 얘기를 해도 크게 걱정할 건 없을 줄 안다.

요새 젊은 애들이 고고춤을 한 번도 안 춰봤다면 그게 도리어 수상하다.

그러나 나이 지긋한 아주머니들이 한복 입고 열심히 고고를 추려고 그러는 걸 보면 민망해진다.

올봄이었던가 희끗희끗한 머리를 쪽찐 시골 아주머니들이 얼큰하게 취해가지고 빈 소주병에다 스테인리스 숟가락이나 젓가락을 꽂은 걸 양손에 쥐고 흔들면서 리듬을 맞춰 가며 열심히 고고의 흉내를 내고 있는 걸 본 일이 있다. 보고 있노라니 딱하다 못해 괜히 슬퍼졌다. 서투른 고고 몸짓 밑에 더 익숙한 니나노 가락이 배어 있었고 그게 그렇게 슬퍼 보일 수가 없었다.

차라리 니나노를 추었으면 얼마나 보기가 좋았을까.

고고가 아름답게 보이는 건 젊음의 리듬과 자연스럽
게 일치하는 경우에 한해서가 아닐까.

1976년

그러나 무슨 재주로
사람이 집어먹은 세월을
다시 토해 낼 수 있단 말인가.
나는 결코 세월을 토해 낼 수는 없으리란 걸,
다만 잊을 수 있을 뿐이란 걸 안다.

내 눈가에 나이테를 하나 남기고
올해는 갈 테고, 올해의 괴로움은
잊혀질 것이다.
나는 내 망년을 화려하게 장식하기 위한
만추국을 갖고 있으니 얼마나 다행인가.

「고추와 만추국」

여자와 맥주

우리 집 그(남편)는 소주의 애용가지만 제일 더운 복중에만은 맥주를 즐겨 마신다. 저녁에 집에 들어와 목욕하고 마루에 앉아서 맥주잔을 기울이는 걸 보면 뱃속까지 시원해지면서 불현듯 나도 한잔 마시고 싶어진다.

그래서 컵을 들이대고 한 잔 달라고 하면 여자가 술은 무슨 술이냐고 핀잔을 주면서 맥주병을 뒤로 감춘다. 그럴수록 나는 걷잡을 수 없이 그게 마시고 싶어져서 한 잔만 달라고 거의 안달을 하다시피 한다. 한참 안달인지 애교인지를 떨어야 겨우 한 컵 주기는 주는데 어떻게 기술적으로 따르는지 맥주는 한 모금도 안 되고 거품만 부걱부걱 넘치게 따라 준다. 그렇게 인색할 수가 없다.

그런데 딸들이 옆에 있으면 달라지 않아도 너희들 맥주 한잔 안 하련? 하면서 자기가 먼저 권한다. 나는 그의 젊은 세대에 대한 아부 근성이 미워서 당신 어쩌자고 딸들에게 벌써 술을 가르치냐고 항의를 한다. 그러면 그는

376

맥주도 술인가, 청량음료지 하면서 능청을 떤다.

맥주란 편리한 것이어서 내가 마시면 술이 됐다가 딸들이 마시면 청량음료가 됐다가 한다. 어쩌면 편리한 건 맥주가 아니라 그의 여자에 대한 편견일지도 모르겠다. 자기 아내는 과거의 편견 속에 가두어 두고 싶지만, 딸들만은 자유롭게 길러 우리 아빠 최고란 소리를 듣고 싶은 모양이다.

나는 요새 여대생들이나 젊은 여자들이 맥주를 술로 취급하고 마시는지 청량음료인 줄 알고 마시는지 그걸 잘 모르겠다. 그렇지만 여자가…… 어쩌구 하면서 여자가 맥주 마시는 경우만 시끄럽게 논의되고 짓궂게 꼬집히는 건 부당하다고 생각한다.

피로를 풀고 담소를 곁들인 즐거운 자리에서 나는 여자니까 하고 구태여 잔을 사양해야 할 까닭은 없다고 생각한다. 그러나 아무리 맥주라도 음료의 한계를 지나 서서히 알코올기를 발휘할 때쯤은 나는 여자니까 하는 것으로 자제력을 발휘하는 건 아주 중요한 일인 줄 안다.

길에나 차중에서 몹시 취한 남자는 그래도 참고 봐주겠는데 몹시 취한 여자는 한 번 볼 거 두 번 보게 된다. 그리고 가려 주고 싶어진다. 이건 내 편견인지 몰라도 여자가 주정하는 건 남자가 그러는 것보다 더 허물어져 보이기 때문이다. 여자의 주정의 모습에는 남자의 그것엔 없는 특이한 추태가 있으니 제발 조심할지어다.

1976년

사랑을 무게로 안 느끼게

평범하게 키우고 있다. 공개해서 남에게 도움이 될 만한 애 기르기의 비결 같은 것도 전연 아는 바 없다. 그저 따뜻이 먹이고 입히고, 밤늦도록 과중한 숙제와 씨름하고 있는 것을 보면, 숙제를 좀 덜 해 가고 대신 선생님께 매를 맞는 게 어떻겠느냐고 심히 비교육적이고 주책없는 권고를 하기도 한다.

일전에 어떤 친구한테 지독한 소리를 들었다.

"너같이 애들을 막 키워서야 이다음에 무슨 낯으로 애들한테 큰소리를 치겠니? 그 흔한 과외 공부 하나 시켜 봤니? 딸이 넷씩이나 있는데 피아노나 무용이나 미술 공부 같은 걸 따로 시켜 봤니?"

그때 그 친구의 모멸의 시선이 지금 생각해도 따갑다. 아닌 게 아니라 내 애들 중 예능 방면의 천재가 있을지도 모르는데 부모를 알량하게 만나 묻혀 있는 게 아닌가 싶은 두려움이 간혹 들긴 하지만 이다음에 '큰소리'치기 위해 지나친 극성을 떨 생각은 아예 없다.

아이들의 책가방은 무겁다. 그러나 단순한 책가방의 무게만으로 한창 나이의 아이들의 어깨가 그렇게 축 처진 것일까? 부모들의 지나친 사랑, 지나친 극성이 책가방의 몇 배의 무게로 아이들의 어깨를 짓누르고 있는 거나 아닐지.

"내가 너한테 어떤 정성을 들였다구. 아마 들인 돈만도 네 몸무게의 몇 배는 될 거다. 그런데 학교를 떨어져 엄마의 평생 소원을 저버려?"

"내가 너를 어떻게 키운 자식인데 장가들자마자 네 계집만 알아. 이 불효막심한 놈아."

이런 큰소리를 안 쳐도 억울하지 않을 만큼, 꼭 그만큼만 아이들을 위하고 사랑하리라는 게 내가 지키고자 하는 절도다. 부모의 보살핌이나 사랑이 결코 무게로 그들에게 느껴지지 않기를, 집이, 부모의 슬하가, 세상에서 가장 편하고 마음 놓이는 곳이기를 바랄 뿐이다.

아이들은 예쁘다. 특히 내 애들은. 아이들에게 과도한 욕심을 안 내고 바라볼수록 예쁘다.

제일 예쁜 건 아이들다운 애다. 그다음은 공부 잘하는 애지만 약은 애는 싫다. 차라리 우직하길 바란다.

활발한 건 좋지만 되바라진 애 또한 싫다.

특히 교육은 따로 못 시켰지만 애들이 자라면서 자연히 음악·미술·문학 같은 걸 이해하고 거기 깊은 애정을 가져 주었으면 한다.

커서 만일 부자가 되더라도 자기가 속한 사회의 일반적인 수준에 자기 생활을 조화시킬 양식을 가진 사람이 되기를. 부자가 못 되더라도 검소한 생활을 부끄럽게 여기지 않되 인색하지는 않기를. 아는 것이 많되 아는 것이 코끝에 걸려 있지 않고 내부에 안정되어 있기를. 무던하기를. 멋쟁이이기를.

대강 이런 것들이 내가 내 아이들에게 바라는 사람 됨됨이다. 그렇지만 이런 까다로운 주문을 아이들에게 말로 한 일은 전연 없고 앞으로도 할 것 같지 않다.

다만 깊이 사랑하는 모자 모녀끼리의 눈치로, 어느 날 내가 문득 길에서 어느 여인이 안고 가는 들국화 비슷한 홑겹의 가련한 보랏빛 국화를 속으로 몹시 탐내다가 집으로 돌아와 본즉 바로 내 딸이 엄마를 드리고파 샀다면서 똑같은 꽃을 내 방에 꽂아 놓고 나를 기다려 주었듯이 그런 신비한 소망의 닮음, 소망의 냄새 맡기로 내 애들이 그렇게 자라 주기를 바랄 뿐이다.

1973년

코 고는 소리를 들으며

코를 고는 것도 이비인후과 계통의 질환에 드는 모양이지만 나는 남편의 유연(悠然)한 코 고는 소리를 들으면 그의 낙천성(樂天性)과 건강이 짐작돼 싫지 않다.

스스로가 코를 골기 때문인지 남편은 잠만 들면 웬만한 소리엔 둔감한데 빛에는 여간 예민하지 않다.

난 꼭 한밤중에 뭐가 쓰고 싶어서 조심스럽게 머리맡에 스탠드를 켜고는, 두터운 갈포갓이 씌워졌는데도 부랴부랴 벗어 놓은 스웨터나 내복 따위를 갓 위에 덧씌운다.

그래도 남편은 눈살을 찌푸리고 코 고는 소리가 고르지 못해진다. 까딱 잘못하면 아주 잠을 깨 놓고 말아 못마땅한 듯 혀를 차고는 담배를 피어 물고 뭘 하느냐고 넘겨다보며 캐묻는다.

나는 아무것도 아니라고 어물어물 원고 뭉치를 치운다.

쓸 게 있으면 낮에 쓰라고, 여자는 잠을 푹 자야 살도 찌고 덜 늙는다고 따끔한 충고까지 해 준다.

그래도 나는 별로 낮에 글을 써 보지 못했다.

밤에 몰래 도둑질하듯, 맛난 것을 아껴가며 핥듯이 그렇게 조금씩 글쓰기를 즐겨 왔다.

그건 내가 뭐 남보다 특별히 바쁘다거나 부지런해서 그렇다기보다는 나는 아직 내 소설 쓰기에 썩 자신이 없고 또 소설 쓰는 일이란 뜨개질이나 양말 깁기보다도 실용성이 없는 일이고 보니 그 일을 드러내 놓고 하기가 떳떳하지 못하고 부끄러울 수밖에 없다고 내 나름대로 생각하고 있기 때문이다.

쓰는 일만 부끄러운 게 아니라 읽히는 것 또한 부끄럽다.

나는 내 소설을 읽었다는 분을 혹 만나면 부끄럽다 못해 그 사람이 싫어지기까지 한다.

만일 내가 인기 작가나 베스트셀러 작가가 된다면, 온 세상이 부끄러워 밖에도 못 나갈 테니 딱한 일이지만, 그렇게 될 리도 만무하니 또한 딱하다. 그러나 내 소설이 당선되자 남편의 태도가 좀 달라졌다. 여전히 밤중에 뭔가 쓰는 나를 보고 혀를 차는 대신 서재를 하나 마련해 줘야겠다지 않는가. 나는 그만 폭소를 터뜨리고 말았다.

서재에서 당당히 글을 쓰는 나는 정말 꼴불견일 것 같다. 요바닥에 엎드려 코 고는 소리를 들으며 뭔가 쓰는 일은 분수에 맞는 옷처럼 나에게 편하다.

　양말 깁기나 뜨개질만큼도 실용성이 없는 일, 누구를 위해 공헌하는 일도 아닌 일, 그러면서도 꼭 이 일에만은 내 전신을 던지고 싶은 일, 철저하게 이기적인 나만의 일인 소설 쓰기를 나는 꼭 한밤중 남편의 코 고는 소리를 들으며 하고 싶다.

　규칙적인 코 고는 소리가 있고, 알맞은 촉광의 전기 스탠드가 있고, 그리고 쓰고 싶은 이야기가 술술 풀리기라도 할라치면 여왕님이 팔자를 바꾸재도 안 바꿀 것같이 행복해진다.

　오래 행복하고 싶다. 오래 너무 수다스럽지 않은, 너무 과묵하지 않은 이야기꾼이고 싶다.

1971년

그때가 가을이었으면

노염(老炎)이 복더위보다 기승스럽다. 어서 찬바람이 났으면 싶다가도 연탄 생각을 하면 우울해진다. 나는 오늘 우리 연탄광에 남아 있는 연탄을 아이들과 함께 세어보았다. 구구셈과 덧셈을 어렵게 해서 계산해 낸 재고량은 345장, 앞으로 자그마치 1천 655장을 더 확보해야 겨울을 날 수 있다. 낮아진 열량을 생각한다면, 2천 장쯤 더 있어야될지도 모르겠다.

연탄 장수 아저씨하고 어떻게 잘 통해 놓으면, 그만한 연탄을 확보해 놓을 수 있을까. 내가 가을과 함께 골몰하는 생각은 고작 이런 구질구질한 생각이다.

내가 순수한 감동으로 받아들일 수 없는 건 가을뿐이 아니다. 여름이 무르익어 아이들의 방학이 시작되자 나는 곧 아이들의 머릿수와 바캉스 비용을 암산하느라 머릿속이 뒤죽박죽이 되어야 했고, 계절마다 이런 사연은 반드시 따라다닌다.

그렇다고 내가 내 생활의 톱니바퀴와 각박하게 엇물려 놓은 게 어찌 계절뿐일까. 사람과의 관계 또한 그렇다. 연전에 남편이 개복 수술을 받은 적이 있다. 나는 대기실에서 가슴을 죄며 수술이 무사하게 끝나기를 빌었지만 암만해도 방정맞은 생각을 떨쳐 버릴 수가 없었다. 만약 잘못된다면? 이런 가정하에 내가 생각할 수 있는 건 남편을 잃은 아내로서의 순수한 고독이나 비탄이 아니라 나 혼자서 여러 애들하고 뭘 먹고, 뭘로 공부시키고 어떻게 사나 하는 생각이었다. 사람의 생각이 투명하게 밖으로 내비치지 않는다는 건, 사람과 사람과의 관계에 있어서 얼마나 큰 축복일까.

계절의 변화에 신선한 감동으로 반응하고, 남자를 이해관계 없이 무분별하게 사랑하고 할 수 있는 앳된 시절을 어른들은 흔히 철이 없다고 걱정하려고 든다. 아아, 철 없는 시절을 죽기 전에 다시 한번 가질 수는 없는 것일까.

소설이나 영화 같은 데는 자주 불치의 병에 걸린 주인공이 나온다. 의사와 가족만 알고 주인공은 자기의 시한부 인생을 전연 눈치채지 못한다. 가족들은 주인공을 감쪽같이 속이면서 남은 몇 달은 어떡하든 더 행복하게 해주려고 갖은 애를 쓴다. 이 대목이 바로 눈물을 노리는 대목이다. 그러나 나는 이 대목이 싫다.

나도 너무 늙기 전에 그런 병에 걸려 죽고 싶지만 이왕이면 내 생명이 몇 달 남았다는 선고를 나 혼자서 내가 직접 듣고 싶다.

가족들에겐 알리지 않겠다. 가족이 먼저 알고 나를 속이게 하고 싶지도 않다. 마지막으로 그 소중한 몇 달을 가족들의 기만과 동정이라는 최악의 대우 속에서 보내고 싶진 않다.

나는 내 마지막 몇 달을 철없고 앳된 시절의 감동과 사랑으로 장식하고 싶다. 아름다운 것에 이해관계 없는 순수한 찬탄을 보내고 싶다. 그렇다고 아름다운 것을 찾아 여기저기 허둥대며 돌아다니지는 않을 것이다. 한꺼번에 많은 아름다운 것을 봐 두려고 생각하면 그건 이미 탐욕이다. 탐욕은 추하다.

내 둘레에서 소리 없이 일어나는 계절의 변화, 내 창(窓)이 허락해 주는 한 조각의 하늘, 한 폭의 저녁놀, 먼 산빛, 이런 것들을 순수한 기쁨으로 바라보며 영혼 깊숙이 새겨 두고 싶다. 그리고 남편을 사랑하고 싶다. 가족들의 생활비를 벌어오는 사람으로서도 아니고, 아이들의 아버지로서도 아니고, 그냥 남자로서 사랑하고 싶다. 태초의 남녀 같은 사랑을 나누고 싶다.

이런 찬란한 시간이 과연 내 생애에서 허락될까. 허락

된다면 그때는 언제쯤일까. 10년 후쯤이 될까, 20년 후쯤
이 될까, 몇 년 후라도 좋으니 그때가 가을이었으면 싶다.
가을과 함께 곱게 쇠진하고 싶다.

1974년

생명이 소멸돼 갈 때일수록
막 움튼 생명과 아름답게 어울린다는 건
무슨 조화일까?
생명은 덧없이 소멸되는 게 아니라
영원히 이어진다고 믿고 싶은
마음 때문일까?

「소멸과 생성의 수수께끼」

어머니 박완서,
따듯한 사물의 기억

호원숙(작가)

어머니는 시간을 중히 여기셨고
단순하고 편안한 디자인의
손목시계를 좋아하셨다.

이해인 수녀님이 주신 나무 십자가.
한 손에 편안하게 잡히는 크기여서
침대 머리에 놓아 두시고
기도할 때마다 손에 드셨다.

작지만 아름다운 성모상을
문갑 위에 올려 놓으셨다.

이해인 수녀님

오늘 아침 8시에 눈을 뜨고 이 편지를 씁니다. 어제 행사후 일행들과 술도 마신다는게 새벽 두시까지 마셨으니 이틀에 걸친 과음을 한 셈입니다. 여기 올때 집에 있는 예쁜 카드를 가지고 오노걸 잊어 호텔방에 있는 편지를 펼치고 축하인사를 쓰려니 카드보다 지면이 넓어 수다를 떨것 같은 예감이 듭니다. 민들레의 영토가 출간된지 30년이 되었다는 소식에 접하면서 제가 수녀님을 알고 지낸지 몇 년이나 되었나 새삼스럽게 꼽아보니 어쩔수 없이 그 힘들었던 88년이 기침이 되는군요. 88년도 생각하면 지금가도 '아 소리가 나올적이 있을만큼 아직도 생생하고 예리하게 가슴이 아픕니다. 그러나 수녀님이 가까이 계시어 ❶ 분도수녀원으로 저를 인도해 주신것은 그래도 살아보라는 하느님의 뜻❷ 아니었을까 늘 생각하고 있습니다. 그때 저는 하느님은 과연 계실까, 죽은 후에 영혼의 갈곳이 있기나 있나 죽으면 먼저 간 사람을 만나수 있을까? 온통 사후세계 저 하늘 나라 일기만 가있었습니다. 그런 저에게 수녀님의 손길, 수녀님의 문학은 제가 이 지상에 속해 있다는 걸 가르쳐 주셨습니다. 죽어서 어떻게 될지 죽어 보면 알끼 아니냐, 땅을 보아라, 땅에서 가장 작은 것부터 민들레를, 제비꽃을 봄까치꽃을 ... 마치 걸음마을 배우듯이 가장 미묘한 것의 아름다움에서 기쁨을 느끼는 법을 배웠습니다. 제가 지상에 속했고, 여러 착하고 아름다운 분들과 동행할수 있는 가뿐을 저에게 가르쳐 준 수녀님 감사합니다!!

2005. 11/2

이해인 수녀님께 보낸 편지(2005)

우리 귀여운 원균이 보아라.

오늘도 파출부가 안 왔단다.
어제 해놓은 약속이라 어쩔 수
없이 외출한다.
미안하지만 시간이 있는 관계
으로 라면을 사다가 맛있게
끓여 먹기 바란다.

엄마도 시급끼리, 다 일분도
못 쉬고 일만 하러 나가니
너도 엄마 생각을 해서라
응이 너도 조금 집 잘 보라.
이후 집 보기로 너시기가
지는 돌아오겠다.
☆ 화냄이 때문에 까스 뒤고등을
잠궜으니, 뒷문 열고 뒤고등
을 틀고나서 가스 불 켜라.

어머니가 외출을 하면서 막내 원균에게 남긴 쪽지

도예를 전공한 막내 원균이 대학 때 만든
작은 도자기. 어머니가 소중하게 간직하고 계시던
물건 중 하나로 바닥에 '원균 80'이라는 글자가 있다.

셋째 손자 권중혁이
유치원에서 그린 그림이 있는 토기.
서재에 두고 사랑스럽게
바라보곤 하셨다.

첫손자 황재화가 외국 연수
다녀오며 사다 준 빨간 지갑.
손자의 선물을 기뻐하셨다.

앙드레 김 사인이 수놓인 붉은 체크 스카프.
유니세프 행사 때 받은 것으로
어머니와는 한국 유니세프 친선 대사를
함께하신 친분이 있다.

사랑하는 두 사람이 서로 마주 보는 형태의 목각 조각.
두 팔로 껴안은 듯한 모습을 좋아하셨다.

언제나 가까이 두고 들을 수 있는
작은 라디오 같은 물건을 좋아하셨다.

연필깎이 같은 작고 예쁜
도구를 즐겨 사용하셨다.

부모님의 1953년 결혼식 영상 필름.
8밀리 영화 필름이 담긴
견고한 사각 케이스와 가죽띠가
멋스럽다. 어머니가 돌아가신 후
영상을 재생해 볼 수 있었다.
흑백에 무성이지만 자막이 달려 있다.

『미망』을 위한 자료들

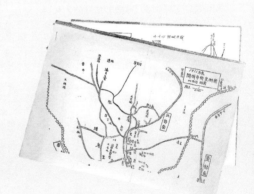

『엄마의 말뚝』
육필 원고

1975년부터 《문학사상》에 연재했던 작품
『도시의 흉년』육필 원고(영인문학관 소장)

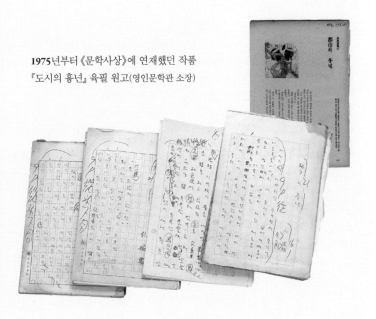

• 인물 사진이 있는 본문 페이지의 인용문은 인터뷰집 『박완서의 말』(박완서, 마음산책, 2018)에서 발췌하였습니다(*재수록 페이지/인용순: 143, 143~144, 38, 39, 89~90, 28, 84, 119쪽 일부).

사랑을 무게로 안 느끼게

초판 1쇄 발행	2024년 1월 22일
초판 7쇄 발행	2024년 11월 11일

지은이	박완서
펴낸이	최동혁
디자인	이지선

펴낸곳	(주)세계사컨텐츠그룹
주소	06168 서울시 강남구 테헤란로 507 WeWork빌딩 8층
이메일	plan@segyesa.co.kr
홈페이지	www.segyesa.co.kr
출판등록	1988년 12월 7일(제406-2004-003호)
인쇄	예림
제본	다인바인텍

ⓒ박완서, 2024, Printed in Seoul, Korea

ISBN 978-89-338-7235-2 (03810)